耕莘文叢
04

耒

井廿

辛

凌明玉

主編

一部長達五十年的時光之書

耕莘 5° 散文選

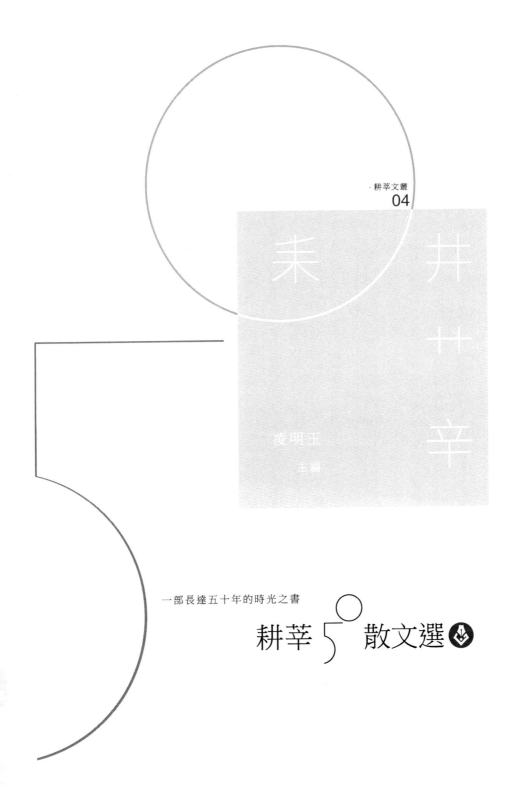

【總序一】
眾神的花園

陸達誠（耕莘青年寫作會會長）

多年前，聯合報副刊前主編瘂弦先生曾戲稱副刊是「眾神的花園」，此稱殊妙，聯副的作者與讀者一致叫好。

筆者初聞此語，立刻想到「耕莘青年寫作會」，這詞拿來形容本會再恰當不過。「眾神的花園」一語如憑虛御風般攜我們回到二千五百年前的希臘，看到的是：香氣撲鼻的萬紫千紅、纍纍碩果、藍天白雲、和煦太陽。這些描寫的確突顯了副刊的特色，眾神遨遊其間，得其所哉。耕莘寫作會何嘗不是如此，眾多的神明（老師和學生）漫步遨遊其間，樂不思蜀。耕莘寫作會與聯合報副刊的規模固然不可同日而語，但確有類似之處。

1963年耕莘文教院在台北溫羅汀文化區（台灣大學附近的溫州街、羅斯福路、汀州路）落成。院內除了住著在大學授課的十多位神父外，還有英美文學圖書館、心理輔導中心、原住民語言研究中心、多媒體教室、展演用的大禮堂、不少教室、中型聖堂、以及大專學生的活動場地。它很快地成為台北年輕人最愛的文化中心之一。

四年後（1966年），耕莘創設了兩個社團：一個是深入山區窮鄉僻壤耕耘的山地服務團，另一個即是可譽為「眾神的花園」的寫作會。兩會的創辦人是美籍張志宏神父（Rev.George Donohoe, S.J., 1921-1971）。該二團體甫成立即為耕莘帶來大批青年才俊，使原本安寧、靜態的房子充滿了喧囂嬉笑之聲，一到四層樓變得年輕活

潑。隨著各種講座的開設，文學的氣氛亦變得濃厚起來。

　　為了解這個文學花園的特色，我們要稍微介紹這位創辦人。張神父創辦寫作會那年約四十五歲，在台師大英語所授課。他左眼失明，右眼弱視（看書幾乎貼鼻，他最後一次回美探親時，學了盲人點字法），聽覺味覺均欠佳。這樣一位體弱半老的人如何會有此雄心壯志，令人不可思議。

　　張神父在1971年2月寒假期間，帶了一百二十位年輕人去縱貫公路健行，因躲閃不及被一輛貨車碰撞，跌落崖谷去世。追悼大會在耕莘文教院的教堂舉行，悼念的人擠得水泄不通。筆者願意引述下面數位名作家的話來說明張神父給人留下的印象。

　　謝冰瑩女士用對話的口吻說：「張神父，您在我的心中，是世界上少有的偉大人物，您是這麼誠懇、和藹、熱情，有活力。」（《葡萄美酒香醇時：張志宏神父紀念文集》，1981，頁2）

　　朱西甯先生說：「初識張公這麼一位年逾花甲[1]的老神父，備受中國式的禮遇——那是一般西方人所短缺的一種禮賢下士的敬重，足使願為知己者死的中國士子可為之捨命的。命可以捨，尚有何不可為！我想，這十多年來，耕莘青年寫作會之令我視為己任，不計甘苦得失，盡其在我的致力奉獻，其源當自感於張公志宏神父的相知始。」（頁11）

　　張秀亞老師記得張神父如何尊師重道。她說：「為寫作班講過課的朋友都記得，課間十分鐘的休息鈴聲一響，著了中式黑綢衫的您，就會親自拿著一瓶汽水，端著一盤點心，悄悄地推開黑板旁的小門走了出來，以半眇的眼睛端詳半晌，才摸索著將瓶與盤擺在講桌上。下課後，有時講課的人已走到大門外，坐進了計程車，工作繁忙的您，卻往往滿頭汗珠的『追蹤』而至，您探首車窗，代為

---

[1]　張神父去世時僅五十歲，朱西甯先生說「張公年逾花甲」，是因為寫此文時正值張神父去世十週年，冥壽六十，六十年為一甲子，故可稱「年逾花甲」。

預付了車資，然後又將裝了鐘點費、同寫著『謝謝您』三個中文字的箋紙信封，親自遞到授課者的手中，臉上又浮起那股赧然的微笑，口中囁嚅著，似乎又在說：『對不起！』」秀亞老師加了一句：「您是外國人，但在中國住久了，也和我們一樣的『尊師重道』。」（頁95-96）

難怪王文興老師也說：「張神父未指導過我宗教方面的探求。但近年來，我始終認為，在我有限的宗教探索中，張神父是給予我莫大協助的三五位人士之一。」（頁18）

張神父去世已有四十五年，今天是他創立耕莘青年寫作會50週年的大節日。五十年來，寫作會藉著多位園丁的耕耘，這個花園的確經歷過數次盛開的季節，也綻放過不少美麗的花卉和鮮甜的果實。而這個團體一直保持某種向心力，使許多參加過的學員不忍離開，因為我們一直有愛的聯繫。是愛文學、愛真理，穿透在我們中間的無形、無私、永恆的愛。

為慶祝耕莘寫作會創立五十週年，我們聯絡到從第一屆開始的學員，他們中有些是已成名的作家，有些與本會有深厚感情，一起策劃了慶祝內容。

在本會任教超過三十多年的楊昌年教授指導下，我們決定出版七本書及拍攝一部紀錄片。後者由陳雪鳳負責，聚點影視製作公司拍攝；書籍由夏婉雲擔任總主編，計有：1.凌明玉編《耕莘50散文選》、2.許榮哲編《耕莘50小說選》、3.白靈、夏婉雲編《耕莘50詩選》、4.陳謙、顏艾琳編《葉紅女性詩獎精選集（2006~2015）》、5.許春風編《二十八宿星錦繡——耕莘寫作會金慶研究班文集》、6.李儀婷、凌明玉、陳雪鳳編《你永遠都在——耕莘50紀念文集》、7.我的傳記增訂版《你是我的寶貝——陸達誠口述史》，半年過去，七書陸續成形。在編書過程中，通過e操作，把久違的候鳥一一找了回來，從他們的文章中，我們看到他

們從未離開過耕莘。這次,我們的文學花園因這慶典又回到當年的熱鬧狀況,百花齊放、百家爭鳴,從他們的文章中我們讀到諸遠方候鳥對耕莘的懷念和認同。這塊沙洲是不會人滿人患的。新的神明不斷的還在光臨:我們每年舉辦的「搶救文壇新秀再作戰」(2006年開始)及「高中生文學鐵人營」(2010年始)吸收了一批又一批的新秀。他們遲早要在文壇上大顯光芒。

感謝五十年來曾在耕莘授課的作家老師,您們的努力使這個花園繁榮滋長,生生不息。張志宏神父在的話,一定笑顏逐開,歡樂無比。五十年來在本會費心策劃過課程和活動的秘書和幹部們,也是令我難以忘懷的。您們使寫作會一直充滿朝氣,使它成為名符其實的「青年」寫作會。

感謝《文訊》雜誌的封德屏社長,為七月份《文訊》做耕莘50的專刊,使耕莘能有發聲的平台。紀州庵還空出檔期,租借優雅場地給我們。我們永遠會記得「文訊」和「耕莘」密不可分的緣份。

為這次金慶慷慨捐助的恩人,我們也不會忘記您們。您們的付出玉成了未來作家的文學生命的資糧。眾神的花園中因您們的施肥,花卉必將永遠地盛開,不停提供國人靈魂亟需的芬多精。

「眾神的花園」五十年來所以沒有解體因為其中有愛,愛是生命力和創造力的泉源,為這愛而犧牲過的人都享受著真正的幸福,相信讀者也感染這份愛的熱力。讓我們一起發揚這愛,滿懷希望地繼續向前邁進吧!

【總序二】
文學的因緣與際會

白靈（詩人／1975年參加寫作會）

筆下二三稿紙，胸中十萬燈火

　　很少人會再記得，在台北的城南，紅綠燈繁忙的兩條路交叉口，曾站起一棟十幾層的大樓，十幾年後地牛翻了個身，轉瞬它又從地表消失。它曾是花園，旁邊大路更早之前是一群日式建築和蟬聲鳴叫的巷弄，現在上頭是停車場，下方是日夜車流穿梭的地下四線通道。

　　這棟樓的地下二樓，曾被整修為一座小劇場，演了近十年的舞台劇，間雜幾次詩的聲光，許多人的演員夢、導演夢從那裡沒來由萌發，把汗和淚都揉雜在裡頭。與劇場息息相關的是這棟樓的地上第四層，那是一間可容納百餘人的大教室，最靠近交叉路口的那方，一長條黑板，兩邊是褐色粘貼板，左邊寫著「在心靈的天空／放想像的風箏」，右邊寫著「筆下二三稿紙／胸中十萬燈火」。

　　這間大教室，除了暑期，通常白天人少，夜晚人多。入了黃昏，一棟白日堅實穩固的大廈轉瞬間會像一柱鏤空的大燈籠，開始向這城市散發出它的光華。更多的大廈更多的大燈籠被感染，不，被點燃了，於是或強或弱或高或低的幾百萬盞燈，這裡百簇那裏千團，整座城，在極短的時間內，就由城南這棟樓開始，像星雲般爆出無數的光芒來。

　　這棟樓曾存在過,現在不在了,像一盞、十盞、百盞、千盞曾在這裏點亮過的燈,實質的還是心靈的,現在不在了,那他們的光芒就此消失了嗎?還是去了我們現在看不見的地方,還在繼續地前進?

　　那座小劇場、那間大教室都曾是耕莘青年寫作會的一部份,現在的確都不在了,但寫作會卻要在它們消失了十三、四年後,慶祝創會五十週年。而且深深感覺:十萬燈火正在一個團體裡默默發光,即使別人看不見。

沒有人能夠完整記憶這個團體

　　與大多數的台灣文學團體最不同的是,這是1966年由美籍耶穌會士張志宏神父創立的純民間寫作團體。關於張神父如使徒般犧牲奉獻的服務精神,都記載在已經印行第五版的《葡萄美酒香醇時——張志宏神父紀念文集》中,那種「不為什麼」的服務熱誠歷經鄭聖沖神父、到現在已擔任會長逾四十載的陸達誠神父,均不曾流失。他們只談文論藝、偶而說說哲學,宗教情懷從不口傳,乃是透過身體力行、心及履即及的實踐方式,無形中成了這個團體最堅定的精神支撐。

　　進入寫作會的成員一開始都不是作家,只有少數後來成為作家。大多數都在學生時代成為會裡的學員,有的機緣來了,成為幹事或輔導員,有的待了幾學期後成為總幹事或重要幹部,有的勤於筆耕,成了講師或指導老師,待得更久的乾脆留下來當秘書,不走的成了理事、常務理事、理事長。後來理事會解散,2002年寫作會隸屬基金會,老會員乃成立志工團,繼續志工到現在的不在少數。有百分之九十幾的成員始終是「純粹」的文學愛好者,卻可能是醫生、工程師、廣告人、美工設計者、記者、出版人、畫家、護士、老師、演員、律師、警察、推廣有機食材者……,這並不妨礙他們

繼續信自己原來的宗教、繼續自由貢獻心力、繼續偶然或經常當志工、繼續為某個活動或文集自掏腰包或幫忙募款,而且僅出現在團拜或紀念會上。

只因每個人對這個寫作團體都或多或少留下了一些記憶,聽了幾堂課、演了幾場戲、交了一兩個知心朋友,際會各自不同,像會裡常比喻的,這是一片自由的「文學候鳥灘」,有些晨光或夜光在灘上強烈反射,刺人眼睛,偶而看到自己泥灘上留下幾隻不成形的爪痕,不覺會心一笑,日後想起,雖是片段,也足回味良久。

沒有人能夠完整記憶這個團體五十年的點點滴滴。佇足河邊再久,有誰能看清聽清一條河的流動呢? 又如何較比今昔河灘究竟多了多少隻蟹或泥鰍?何況這是一條不曾停歇、心靈互動頻繁的時間之河。雖然上中下游都曾駐足過人,其後也都消失了,後來的人憑著過去留下的片言隻字、幾張照片、幾本文集,也不可能完整記載它的晨昏或夜晚,何況是曾經陽光強烈或雷雨大作過的午後?

一切都是紀錄片起的頭

寫作會三十週年、四十週年也都辦過大型活動,但均不曾像這回這麼大規模。只因一個在法國一個在台灣的女性會員,臉書(FB)上偶然相遇,說起耕莘往事就揪了心。在台灣的那位乃揪了團去看陸神父,一年多前即大談特談如何過五十。然後臺灣兩個「熱心過頭」只偶而寫作的老會員陳雪鳳(廣告公司顧問)、楊友信(工程師/志工團團長)硬是將一部到現在經費都尚無著落的一小時紀錄片推上火線,一股腦兒就先開了鏡,動員邀請一大批多年曾來耕莘演講的老師、會內培養的作家、歷年秘書、總幹事,調閱存檔的無數照片、影片、且兮雜誌、文集,包括詩的聲光(1985-1998)、耕莘實驗劇團(1992-2002)的各種檔案,全部想辦法要塞

進紀錄片裡，塞不了的就整理成口述稿、出成紀念文集。

　　之後規模越弄越大，還要在紀州庵辦大型特展（7月14～31日）、北中南巡迴演講、研討會、紀錄片放映會；同時要出版七本耕莘文叢，包括《耕莘50小說選》、《耕莘50散文選》、《耕莘50詩選》、《二十八宿星錦繡——耕莘寫作會金慶研究班文集》、《你永遠都在——耕莘50紀念文集》、《葉紅女性詩獎精選集（2006~2015）》、《你是我的寶貝——陸達誠神父口述史》等，本來還有第八本《耕莘文學候鳥灘》，為數百期型式不一之旦兮雜誌的選文，但因牽扯到一百多位老會員的同意權，只得延後。所有這一切，其實也只像天底下的任何美事，憑任何一人，都無法獨立完成，是一群文學人，不論他／她是不是作家，齊奉心力的結果。

從耕莘文集到耕莘文叢

　　最早出現「耕莘文叢」這四字是1988年由光啟出版社出版的短篇小說選《印象河》，及1989年的散文選《等在季節裡的容顏》，依序編號為文叢一及二。但1991年的《耕莘詩選》以寫作會名義出版，並未編為文叢三。三本選集的主編均由會長陸達誠神父掛名。再一次出現則是2005年出版的「耕莘文學叢刊」：《台灣之顏》、及《那一年流蘇開得正美》，分別標為文學叢刊一及二，前者為耕莘四十週年紀念而刊行，後者大半收入楊昌年老師所開創作研究班之學員優秀作品，另三分之一為葉紅的紀念追思文集。

　　在上述這些文叢刊行之前則曾出版過七集的「耕莘文集」，陸神父在上述兩本文叢的序文中即提及1981年8月由當時寫作會總幹事洪友崙策劃創刊的《志宏文集》，第二期起改稱《耕莘文集》（1982年2月），前後共出版了七期。每期收有詩、散文、小說、評論、人物專訪等會員作品。值得注意的是，所有文集的收支帳目均會擇時

公佈，比如第四期的末頁即公佈了一至四期的收入（分別是36,730
／15,500／28,010／30,210元）及支出表（分別是36,515／21,998／
37,801／28,624元），收入主項為捐款及義賣，四期大致收支平
衡。此期並公佈了第四期的「捐款金榜」，有二十六位會員共捐了
30,210元。由此可以想見一個寫作團體自主運作之不易（台灣迄今
仍不准以人名如「耕莘」申請立案為文學團體，因此無法自行申請
公部門任何經費）、及會員長期支撐這個團體的力量是何等強大。

這些文集主要是會員、會友、與授課老師之間的交流刊物，其
性質一如1980年開始的寫作會刊物《旦兮》雜誌，雖然《旦兮》先
後出現過週刊、月刊、雙月刊、季刊等不同階段，報紙型、雜誌
型等迥異的面貌，前前後後、大大小小出刊了二百多期。《耕莘文
集》與《旦兮》出版時也寄送圖書館、作家、出版社，但畢竟不是
上架正式發行有販賣行為的刊物，一直要等到「耕莘文叢」之名出
現為止。

1988年小說選《印象河》收有十一位會員及張大春、東年兩位
授課作家的十八篇作品，會員作品均經此兩位作家的審核方得入
選。《印象河》作者群在此次2016年出版的《耕莘50小說選》（許
榮哲主編）中仍重複入選的則僅有羅位育、莊華堂等二位，其餘新
加入的林黛嫚、王幼華、凌明玉、楊麗玲、姜天陸、徐正雄、許榮
哲、李儀婷、鄭順聰、許正平等是九○年代前後至新舊世紀交接時
期崛起的作者，而黃崇凱、朱宥勳、Killer、神小風、林佑軒、李
奕樵、徐嘉澤等則是近十年優異、活力十足的文壇新星。

1989年散文選《等在季節裡的容顏》收有三十八位會員的四十
八篇作品，作品均經簡媜、陳幸蕙兩位授課作家的審核方得入選。
其作者群在此次出版的《耕莘50散文選》（凌明玉主編）仍重複入
選的僅有喻麗清、翁嘉銘、周玉山、羅位育、白靈、夏婉雲、陸達
誠等七位，代換率極大。新加入則往前推可至1966至1970年前後幾

期的寫作班成員蔣勳、夏祖麗、傅佩榮、沈清松、高大鵬,至1980
年的楊樹清、1990年後的林群盛、陳謙,之後就是前面提過的小說
作者群,再就是新世紀才新起的一大批作者群,如許亞歷、陳栢
青、王姵旋、李翎瑋……等。

　　1991年《耕莘詩選》收有四十八位會員的七十四篇作品,其作
者群在此次2016年出版的《耕莘50詩選》(白靈、夏婉雲主編)仍
重複入選的有羅任玲、方群、白家華、林群盛、洪秀貞、白靈、夏
婉雲等七位。新加入則往前推可至喻麗清、高大鵬、靈歌、方明,
八〇年代出現的許常德、莊華堂、葉子鳥、陳雪鳳,九〇年代後的
方文山、陳謙、顧蕙倩、葉紅、邵霖、楊宗翰等,其餘就是新世紀
才新起的一批作者群,如許春風、王姿雯、游淑如、洪崇德、朱
天……等。而三十一位詩人中女性高達十七位,超過半數,為迄今
任何兩性並陳的詩選集所僅見,也預見了女性寫詩人日漸增長的趨
勢已非常明朗,這不過是第一道強光。

　　1988年由莊華堂策劃「小說創作研究班」(成員有邱妙津、姜
天陸、楊麗玲等)開始運作,「研究」二字正式與創作掛勾。加上
其後陳銘磻老師策劃十期的「編採研究班」(後三期改稱「研習
班」)、寫作會主導至少七期的「文藝創作研究班」、及「散文創
作研究班」、「歌詞創作研究班」等,「研究班」儼然成了耕莘培
育作家的搖籃。楊昌年老師自1994年起即指定優秀研究班學員參與
「作家班」,此後他開設了各種不同文類的創作研究班,以迄2011
年為止,可謂勞苦功高。此回耕莘文叢重要的結集之一是《二十八
宿星錦繡──耕莘寫作會金慶研究班文集》(許春風主編),此集
收有楊昌年老師歷年所開各項文學研究班中,特別優秀的二十八位
會員的作品,也是楊老師多年在耕莘辛苦耕耘的一個總呈現。其實
早在1995年4月寫作會會訊《旦兮》雜誌新三卷三期就做過一個專
題「文壇新銳十八」,為「十八青年創作之跡也,六男十二女采

姿各異的彙集」（見楊老師〈「十八集」序〉一文）。在2016年的
《二十八宿星錦繡》中則僅餘鍾正道、凌明玉、楊宗翰、於（俞）
淑雯四位，正見出進出耕莘的文藝青年追尋文學夢的真多如過江之
鯽，能堅持不懈者著實是少數。而此集中的作者群卻至少有楊麗
玲、羅位育、羅任玲、林黛嫚、莊華堂、凌明玉、許春風、於淑
雯、朱天、夏婉雲、蕭正儀、楊宗翰等十二位的作品被收入前述小
說、新詩、散文選集中，份量極重，表現甚為突出，其餘作者雖未
收入，也均極有可觀。

　　《你永遠都在──耕莘50紀念文集》（李儀婷、凌明玉、陳雪
鳳主編）是此回五十週年的重頭戲，共分六輯，前兩輯收入紀錄片
口述稿的原因是因在影片中受時間所限，每人只能扼要選剪幾句話
而無法暢所欲言，故當初拍攝的聚點影視公司，先找人做成逐字
稿，約十四萬多字，經許春風、黃惠真、黃九思等老會員多次一刪
再刪，現在則不足六萬字。包括王文興、瘂弦、司馬中原、蔣勳
（第一期寫作班成員）、吳念真、馬叔禮（八〇年代擔任主任導師
約七年）、簡媜、陳銘磻（九〇年代擔任指導老師、主任導師約十
餘年）、方文山（1998年參加歌詞創作班）、許常德（1983年參加
詩組）……等作家口述稿，以及陸神父、郭芳贊、黃英雄、許榮
哲、楊友信、莊華堂、陳謙、凌明玉、陳雪鳳、朱宥勳、歷任總幹
事……等互動頻繁之寫作會重要成員的口述稿，唯實因人數太多，
不得不消減，最後共輯錄了十九位。其餘有早期成員如夏祖麗、趙
可式、朱廣平、傅佩榮……等的回憶，和中生代、新世代作家均各
為一輯，白日凌明玉帶領多年的婦女寫作班成員也另作一輯，再加
上多年精彩的各式活動照片、寫作會五十年大事記、近六年文學獎
得獎作品紀錄等，真的是琳瑯滿目，詳細地記載了耕莘過去的點滴
和輝光。即使如此，它也無以呈現寫作會五十年真實的全貌。

　　最後兩冊文叢是《葉紅女性詩獎精選集（2006~2015）》（陳

謙、顏艾琳主編）和《你是我的寶貝——陸達誠神父口述史》
（Killer編撰），前者是自2006年迄2015年舉辦了十年的「葉紅女性
詩獎」得獎作品的精選，其形式和內涵所呈現女性詩特質，絕對迥
異於男性詩人，足供世界另一半人口重予審視和反省。後者是寫作
會大家長陸達誠神父口述史的增補修訂版，原書名《誤闖台灣藝文
海域的神父》（2009），此回以「你是我的寶貝」重新命名，此與
世俗情愛或父母子女親情無涉，而是更精神意義、完全無我、出於
近乎宗教情懷的一種人對人的關照和親近，這正是自當年創辦人張
志宏神父所承繼下來的一種情操和付出。

結語

　　近十年，耕莘的青年寫作者人數激增，光這六年，獲得全台各
大文學獎的作品超過一百六十件（可參看《你永遠都在——耕莘50
紀念文集》的附錄〈近六年（2010-2015）文學獎得獎紀錄〉），
七年級八年級許多重要作者都曾涉足耕莘。這是小說家許榮哲、李
儀婷伉儷與時俱進、經營網路、月月批鬥會、透過寒假十一屆「搶
救文壇新秀再作戰文藝營」及暑期六屆「高中生文學鐵人營」的辛
勤引領，耕莘文教基金會在背後默默支持，乃能培養出無數戰鬥力
十足的新人，積累出驚人的輝煌戰果。而榮哲說：「沒有耕莘，如
夢一場」，他說的，絕不只他一人，而是一大票人。然而寫作會所
以能走上五十載文學之火的傳承之路，卻是從一位一眼近瞎一眼弱
視的耶穌會士偶然的文學之夢開始的。

　　常常穿梭百花園中的人，心中也會自開一朵花，坐在千萬盞燈
火裡獲得溫暖的人，心底理應也自燃了一盞燈，「人不耕莘枉少
年」（楊宗翰），指的就是一群浸染了一些文學氣息、走出耕莘
後，自開了一朵花、自點了一盞燈之人，不論他／她寫作或不寫作。

【主編序】
時間的答案

凌明玉

有次演講末了，學生發問，「老師，妳曾想過，如果妳不曾來到耕莘，妳還會寫作，還會成為一個作家嗎？」

這問題讓我詫異，老實說，我從未曾思考過減掉耕莘的人生，彷彿我不曾懷疑過自己寫或不寫。在耕莘，彈指之間，忽忽經過二十年，不得不逼視時間的殘酷。

二十年，先是學生，然後輔導員，得到第一個文學獎，出版第一本小說，生病數載，精神耗弱以為人生就此畫上句號，遑論文學路，若不是來到耕莘，我將不在現在的時空吧。後來，至出版社工作數年，成了耕莘逃兵，離職，決定專業寫作後，反而又走回了耕莘。或者，唯有這路徑，終究讓我的心得到安頓。

如果不是來到這裡，我想我還是會寫作，但是，可能變成一個孤僻而缺乏同理心的人。在耕莘固定編排寫作班課程，實際擔任導師跟班跟課……這些那些，像順時針轉動的時鐘，回到原點，重新計時，回到我最初喜愛的，彷彿又接續了玉鳳姊離開的時間。

近幾年，我經常憂心兩個常態寫作班即將結束，無法繼續前人的豐美景致，開始密集觀察寫作會表現優異的新生代，做起玉鳳姊之前培訓講師的工作。然而，接任人選難覓，耕莘新生代正值求學就業關卡，中生代則多為家庭事業兩頭忙碌。而耕莘，多的是無給職工作，若沒有一點傻子性格，我亦無法自圓其說要他人拋開一切為文學奉獻。

去年初，早已和家人安排春天至美國旅行一個月，之後亦有北京文學交流行程，負責編纂五十週年系列叢書的總編輯夏婉雲老師，或者也誤讀我的能力，仍堅持要我來編選《耕莘50散文選集》。明知不在臺灣的時間可能貽誤編務，最終，只得硬著頭皮接下。

編纂耕莘50系列叢書，在金慶一年之前已展開冗長的前置作業，經過幾次編輯會議，在擬定散文選邀稿名單前，對於將屆知天命年歲的耕莘青年寫作會，遲至84年才加入的我，僅參與不足一半歷史，如何能快速了解耕莘究竟出品多少重要作家呢？

點開耕莘文教基金會的網頁記錄：

> 耕莘青年寫作會於民國55年創立，現為全臺灣歷史最悠久的文學社團之一，以培養青年寫作人才、提倡文學研究風氣，開闊人生境界與視野為目的，不斷舉辦文藝課程及會員聯誼等活動，出版文藝書刊、培養寫作人才為主要會務。
>
> 培養了許多寫作人才，有超過上萬名的青年朋友在此研習，部分持續創作並成為當代名作家者，則有作家沈清松、蔣勳、傅佩榮、高大鵬、白靈、夏婉雲、羅任玲、莊華堂、葉紅、王幼華、林黛嫚、羅位育、邱妙津、成英姝、駱以軍、方群、陳謙、凌明玉、許榮哲、許正平、李儀婷……等。

這些赫赫有名的作家，不乏兼擅兩種或三種文類，或許他（她）的作品會同時出現在小說集、散文集、詩集，囿於選集頁數，仍無法將所有秀異傑作逐一收入，自五〇年代至今，經由多少文學創作課程，耕莘如同一棵矗立於羅斯福路的參天大樹，無數傑出作家於其中停駐，真可謂半個文壇盡在耕莘寫作會。

　　編輯期間，除了多方請益前輩作家與中生代作家，經由總編輯和陸神父建議收錄的作家人選之外，耕莘近年有了榮哲和儀婷掌舵文藝營，每年春夏幾個營隊風風火火開航，幾年下來，也培育出不少表現傑出的文壇新秀，加入年輕世代的作品後，最後終於擬定收錄篇章。

　　散文選集分為四輯含納不同世代的文學風景：輯一「島嶼低語」說的是關於我們生長的地方，或是移動至遠方，那風那景，仍會不經意傳來呼喚。輯二「遠方有光」則收錄著哲學與藝術經驗中折射的靈思乍現。輯三「時間小碎步」，看見作家們如何將想念摺疊成文字，孜孜書寫生命曲折。輯四「我與另一個我」，在時間流裡揭露那些這些非如此不可的瞬間，有如萬片馬賽克剝落了，斑駁仍深刻的人生。

　　無論是前行世代蔣勳老師以獨特的美學觀點，拆解公東教堂的架構懷念錫質平神父；喻麗清〈蝴蝶樹〉藉由尋覓瑪瑙蝶，輕淺文字呈現莫名執著的想望；陳銘磻向來擅長勾勒文學地景，〈幽玄〉再度讓人無限嚮往滋養作家的耽美之地；或是耕莘的年輕世代徐振輔，〈請你告訴我那是什麼樣的藍〉在笛音中，耐心描摹蘭嶼活躍的生物與核廢料並置惘惘的威脅；林佑軒〈有人溫泉水滑洗凝脂，有人拔劍四顧心茫然，有人天陰雨溼聲啾啾〉通過一場社會運動逼視情感的極限⋯⋯

　　散文是個測謊機，也是赤裸裸的文類，前行世代於行履移動間叩問根生柢固的土地，將生死離別書寫出雋永風景；年輕世代亦無畏無懼，掏翻自我，如入無人之境針貶時局。不同世代描摹出時間的切點，彷彿打開歲月的祕密通道，讓人重新認識了自以為熟悉的世界。或者，藉由編選這本散文選集，我也發現了始終不曾減掉耕莘的人生解答。

　　這本選集是時光之書。長達八個月的編輯工作即將付梓，每一

輯，不斷重讀，都讓人感受耕莘的錦頁流光，眾神的花園繽紛燦爛。而選集中的36位作家，透過文字，告訴我們，他（她）們年輕的，恍惚著，熱情的，堅持著，這最初喜愛的事。

　　這也是時間最終告訴我們的答案。

目次

輯一

島嶼低語

島嶼發出低沉巨大的笛音，單音起伏，像沉思者的靈魂跳著緩慢而神祕的舞蹈。

　　　　　　　　　　　　　　　　——徐振輔

喻麗清

作者簡介

　　1945年生於浙江金華，祖籍浙江杭州，三歲隨父母遷居臺灣。臺北醫學大學藥學系畢業。創辦北極星詩社，曾任耕莘寫作班總幹事、寫作會秘書。旅居美國，先後任職於水牛城紐約州立大學及柏克萊加州大學脊椎動物學博物館。業餘寫作。出版著作數十種其中以散文居多。詩集有《短歌》、《愛的圖騰》、《沿著時間的邊緣走》、《未來的花園》。散文、小品集《千山之外》、《青色花》、《牛城隨筆》、《春天的意思》、《春天的意思》、《流浪的歲月》、《闌干拍遍》……等等。小說集《紙玫瑰》、《愛情的花樣》、《喻麗清極短篇》等。在臺灣出版42本書，大陸出版18本書。曾獲中國文藝協會文藝獎章、新聞局優良著作金鼎獎、中國文協散文獎章、兒童文學小太陽金鼎獎，行政院文建會最佳少兒著作獎。曾任海外華文女作家協會第五屆會長，美國青樹教育基金會副主席，以及臺北醫學大學北加州校友會會長。作品經常入選國內外各種選集及教科書。曾說：「我要學習等候，用一生來等候一首詩。」

耕莘與我

寫作班開班後，為臺灣唯一講授英美文學的民間組織，當然轟動臺灣學府，加上教師都是知名學者和作家，吸引了當時喜愛文學青年。天主教會裡也引起浪潮，沈清松，傅佩榮也投入這股熱潮，開啓他們潛在的文學智慧。

一九六六年（民國五十五年）我參加第一屆耕莘寫作班，和蔣勳、于德蘭、朱廣平、龔明璐同屆，做過張志宏神父秘書，自然坐上寫作班總幹事的工作為學員們服務；接棒人有朱廣平、何志韶、郭芳贄。猶記得，夏祖麗和龔明璐是第三屆。于德蘭是張秀亞老師之女，夏祖麗是林海音老師之女，兩位老師從第一屆開始就在寫作班任教，兩女喜愛耕莘的文藝及宗教美好和諧氣息，常常伴隨母親前往。明璐的姐姐是祖麗的嫂嫂，和其他前幾期同學一樣，敬愛張神父，都是神父辦公室常見的嘉賓，大家歡樂融融。

想想寫作班都五十年了，時間過得真快。我一直旅居美國，多年後，曾有一次我回臺擔任暑期寫作會散文導師，那一班同學真可愛，我到現在還留著他們送給我的大家簽名卡片，這些林林總總都是美好的記憶。

蝴蝶樹

　　兩年前，我曾經到過蒙特瑞半島。

　　蒙特瑞，那裏有一條路，叫做「十七哩路風景線」。路左是高大挺拔的蒼蒼古松，路右是浪濤如雪的海岸。沿海的岩石上鋪長著一層開小紫花的青苔，那樣美的紫和那樣美的綠，那樣乖乖地貼在粗礫的石頭上，教人真喜歡得「半死」。

　　最喜歡還是那裏的靜。附近彷彿無人，那些深宅大院人家皆隱蔽在松林當中。張大千先生的故居「環蓽庵」，亦在其內。我就是想去看看「環蓽庵」的，然而沒有找到。我拿著地圖，背著照相機，有點兒故意地在松林裏頭迷了路。

　　後來，我在一家禮品店裏看見一張明信片，是一株蒙特瑞松，枝幹上「懸」滿了蝴蝶──Monarch Butterfly，我叫它：瑪瑙蝶。它紙一樣薄的翅膀，像教堂窗上精細的拼花玻璃。中間拼的是橘黃與嫩黃。邊緣則是黑白兩色，用一種墨黑的筋脈鑲焊起來。

　　一朵朵飛來尋訪自己的花的鬼魂呢！（張愛玲《炎櫻語錄》：每一隻蝴蝶都是從前一朵花的鬼魂，回來尋訪牠自己。）

　　我問店主：

　　「那裏可以看到蝴蝶樹呢？」

　　他說：

　　「夏天是沒有的。每年入冬以後，十月底三月初吧，才能看到。至於在哪棵樹上得自己去找。」

　　一九八二年夏天，我滿腦子裏都飛著瑪瑙蝶。然而到十月以至於來年三月，我都沒有機會再去。我住的地方彷彿是千丈紅塵的俗世，而那裏是武陵外的桃源，其間一隔，竟是兩年之遙。

　　感恩節的時候，我終於又到蒙特瑞去。這一次，我舍了十七哩路風景線，徑直去找蝴蝶樹。我在松林邊緣打著轉；按鈴，避狗，詢問著：

　　「蝴蝶樹，它在那裏？」

　　「蝴蝶樹？沒聽說過嘛。」

　　很多人都這麼說。我老想到「拿破崙，在他量身製衣的裁縫眼中，不過是個矮子而已」的故事。

　　那弱不禁風似的瑪瑙蝶，由阿拉斯加飛來，要飛越三千多哩的迢遙路，飛來尋牠生生世世不能相忘的那一株「古老的情人」。難道不是一則震撼心魂的傳奇故事嗎？怎麼能不知道呢？

　　還好，總算有一位在院中修剪花木的老先生，他說他願意帶我去。

　　「你是生物系的學生嗎？為什麼會有興趣？」他進屋去拿了件厚夾克出來，一位老婦——想是他的太太——出現在窗口朝我們揮了揮手。

　　「從前我退休之前在學校教書的時候，總想辦法帶學生來看蝴蝶樹。現在，世上懂得愛惜蝴蝶與樹的人，大概不多了，不多了。」

　　他一面走，一面給我「上課」。

　　「你知道，蝴蝶通常由生到死都是不大離開牠出生的地方，飛也不飛開太遠，跟我一樣。我生在蒙特瑞，念大學成家立業卻都在舊金山，可是一退休，我馬上想到的地方還是蒙特瑞。」

　　我還來不及告訴他，並不是每個人都有這樣「安土」這樣「歸根」的福氣，他又接下去說：

　　「只有這瑪瑙蝶，不知道為什麼世世代代都要飛這麼一次。由阿拉斯加到蒙特瑞，總有三四千哩路。候鳥飛一次，我不替牠們難過。可是，蝴蝶的生命就只有一年，短短一生千辛萬苦在路上飛掉，你能想像嗎？我有個在船上當水手的朋友，有一次送給了我一

隻極美的瑪瑙蝶，說是停在他們的船帆上跟了他們好長的一程路。
我的朋友每天一早起來，第一件事就是看那帆上的蝶。到了第五
天，那隻蝶不見了，牠掉在甲板上，死了。我的朋友說想是因為筋
疲力盡的緣故。」

　　我不自覺地停了腳步：

　　「啊，我從沒有聽過比這更動人的故事。」

　　他笑了。這時候，我們走到一家叫「蝴蝶樹旅舍」的門口。
我說：

　　「我剛剛在這裏已經繞了好幾圈了。」

　　他說：

　　「不知內情的人是找不到的。這家旅館的後院是一片樹林，蝴蝶
樹就在樹林裏面。當初蓋旅館的時候，我們很不以為然，怕招引遊
人。沒想到，現在它倒成了蝴蝶樹最好的監護人了。遊客來了，因
為不願意太招惹旅館經理先生的厭煩，無不遠遠地就停了車，靜悄
悄地溜過旅舍到後院去。有意住下來的，反而是真正清高的人了。」

　　我們靜悄悄地「溜」過旅館的停車場，老先生跟門房招了招
手。來到後院，只見一條小路蜿蜒進入松林裏去。

　　路上立著許多「請肅靜」的牌子，好像就要走入「愛麗思仙
境」的感覺。還有一塊政府的公告牌，牌子上寫道：

　　　任何對蝴蝶「不禮貌」的行為，均將依法追究。

　　　最低罰款五百元。

　　忽然看見一棵松樹的樹幹上釘著一塊白底黑字的小木板寫著
「蝴蝶樹」。老先生默默地用手指著樹梢。我抬起頭來張望：看見
松枝、松葉以及枝葉間掛著些像藤條一樣灰灰的「植物」。我有點
失望。原以為會看到蒼綠的松針輝映著金黃燦爛的翅膀那樣「豪

華」的景觀。沒有，但是……

忽然，一根藤狀「植物」動起來，輕輕一撲，閃出來一隻蝶，瑪瑙一樣漂亮。牠飛到高處有陽光的地方才打開了翅膀來曬。是美麗的瑪瑙蝶，是那美麗的蝶。連陽光也彷彿忽然地動了起來。因為曬開翅膀的瑪瑙蝶一下子是這裏有，一下子又是那裏有。那些灰濛濛的藤條，原來竟是幾十隻互相擁擠著取暖，合攏著雙翅的蝴蝶。

穿著隱身衣似的瑪瑙蝶，成千成萬地簇擁在同一棵松樹上，我終於看清楚了。牠們在微微地動著。是的，「不知情的人是看不到牠們的」。

誰能看見三千哩外莫名的招引呢？誰能明白飛在太平洋上水天一藍之外的那種「尋樹」的心情呢？

只有蝶兒自己知道。牠們生就的美麗彷彿只為飛越重洋來獻給這一株蝴蝶樹。如今，牠們確確實實飛到了，心滿意足。牠們於是默默地收藏起自己的美麗。在這裏，牠們將要懷胎，然後飛回故鄉——阿拉斯加——產卵，下一代卻又將再飛回來。尋訪是一生的工作，不是嗎？然而，尋訪的彷彿並不是自己，是前世未了的「半生緣」吧！

蝴蝶與樹，站在一片寂靜當中，那樣沉凝那樣安詳。在雍容大度的大自然裏，樹底下那個仰首的我，我的這一點點渺小的感動不知道要呈獻在那裏才好。那裏又是我們的蝴蝶樹呢？

由樹林子裏走出來。老先生問我：

「失望嗎？」

我說：

「一點也不，反而更覺得神祕、吃驚呢。科學家難道一點也猜不透這些瑪瑙蝶的心路歷程嗎？」

「啊！牠們的神祕，世上也許只有蝴蝶樹懂。」他說：「所以，那松，我們已不叫它蒙特瑞松，我們管它叫『蝴蝶樹』！」

補記

〈蝴蝶樹〉才寄出去不到一個禮拜，在舊金山的二十號電視上看到一則有關「瑪瑙蝶」的專題報導，說到美國加州與墨西哥邊界成立了一個「瑪瑙蝶生態中心」。每年由阿拉斯加飛出來避寒的瑪瑙蝶，通常總有幾百萬之眾，飛回去的卻往往半數不到。其中有許多當然是飛行途中「累」死的（自然淘汰），最可惋惜的是那些因為樹林砍伐殆盡，無枝可棲而「傷心」致死的。所以為了保護瑪瑙蝶，此一生態中心將要劃出一片蝴蝶樹的林區來「嚴禁」砍伐。

瑪瑙蝶，看起來是那樣的脆弱，卻能堅毅卓絕地飛越千哩，不能不叫人感動。科學家卻發現，牠們最大的敵人不是鳥，而是人類。瑪瑙蝶小的時候（毛毛蟲），長得異常醜怪，鳥兒見了就倒胃口。毛毛蟲專吃一種叫milkweed（因葉汁如牛奶一般得名）的植物，這種植物有毒，毛毛蟲吃了，毒素積存體內。等長成美麗「可口」的蝴蝶，鳥兒一吃就會嘔吐不止，所以除了餓極了不知死活的鳥，其他生物是不大敢惹這種蝶的。自然界的奇妙處，亦即在此。一物剋一物，再脆弱無能的生物都自能發展出一套獨一無二的生存方式。然而，對抗人，或許在牠們滅種之前是少有希望的。

寫〈蝴蝶樹〉和看「護蝶報告」的時候，我心裏想的卻是臺灣的「蝴蝶谷」──世上那個最好的「活的」蝴蝶博物館。不知道那裏是否也有什麼「明文」規定要「嚴禁」的條例？或者有了條文，是否能嚴格執行？我曾在日月潭的觀光小店中見過無數用蝴蝶翅膀拚製而成的「嫦娥奔月圖」、「百花齊放圖」之類的「紀念品」，想起來都心疼。如果為了製圖而大量捕殺蝴蝶，那不是「藝術」，是「摧殘」哪！

「這世上懂得愛惜蝴蝶與樹的人真的不多了嗎？」

蔣　勳

作者簡介

　　福建長樂人。一九四七年生於古都西安，成長於寶島臺灣。中國文化大學史學系、藝術研究所畢業。一九七二年負笈法國巴黎大學藝術研究所，一九七六年返臺。曾任《雄獅美術》月刊主編，並先後執教於臺大、文化、輔仁大學，擔任東海大學美術系創系系主任七年。國立中山大學、政治大學駐校藝術家，東吳大學通識講座《當東方美學遇上西方美》教授。

　　現專事寫作繪畫、藝術美學研究推廣。舉辦個展、聯展二十餘場，著作有詩集、散文、小說、藝術史、美學專論、畫冊、有聲書等數十種，作品屢次獲獎。近年在美學教育推廣方面，更推向兩岸四地，散播無數美學種子，用佈道的心情傳播對美學的感動。

耕莘與我

　　回憶到一九六六年，我還在讀大學，現在的年輕人可能很難理解那個時代臺灣的資源非常非常少，後來一九七六年我從歐洲回來，臺灣有文學獎、各種公部門的贊助、比賽。但更早那個時候——耕莘文教院寫作會——我一直很感

謝這樣的一個組織，我覺得它是一個信仰。

中學的時候，我就在民生路的蓬萊堂受洗，我是天主教徒，那個時候方神父、孫神父，他們帶著我們讀聖經（比較古典的一些訓練），我非常感謝，因為後來到歐洲讀書，幾乎美術史的重要背景都是聖經。所以有時候別人問我，他喜歡美術史想到歐洲讀美術史，應該先讀哪一本書？我就笑一笑想，好像聖經很重要，因為如果你聖經不熟讀，你走進羅浮宮，大部分的畫你都不知道它的故事背景是什麼，所以我一直感謝在成長的過程裡所受到的這個訓練。

蔣勳口述／許春風整理／節錄自紀錄片

公東教堂
——懷念錫質平神父

近幾年，范毅舜用攝影形式出版報導的《海岸山脈的瑞士人》和《公東教堂》引起很多人注意，連帶也使更多人知道了瑞士白冷外方傳教會（Societas Missionaria de Bethlehem, SMB）在臺灣東海岸所做超過半世紀的奉獻。

一九五三年到臺東，創辦公東高工的錫質平神父（Hilber Jakob，一九一七－一九八五）的故事，更是感動了很多島嶼上的人。在現實社會的瑣碎喧囂裡，真正的奉獻是如此無私的，不炫耀，不喧譁，安靜沉默，不求回報。

公東教堂參觀的人多起來了，對這所以技職教育聞名的高中，一定也造成一些困擾吧。我閱讀了一些資料，卻遲遲沒有預約參觀。

正巧臺灣好基金會邀我在池上駐鄉創作，在地池上書局的簡博襄先生替我打點生活居所和繪畫創作的工作室。工作室的櫥、櫃、抽屜、畫板，他都親自設計動手。看到他傳給我的工作室繪圖，比例規格嚴謹，媲美專業建築師。我因此問起他在何處學得這樣手藝？他說：我是公東高工畢業的。我「啊──」了一聲，彷彿過去閱讀中還很抽象概念的公東高工，突然變得這樣具體。美，或許不只是虛有其表的抽象觀念，其實是扎扎實實的手工吧。博襄是我認識的第一個公東高工的畢業生，就在我眼前，我也才因此萌發了想去公東高工看看的念頭。

目前的學務主任楊瓊峻先生是博襄的同學，因此很快聯繫上，從池上去了公東。

瓊峻和博襄一見面就熱絡攀談起來，在這個校園一起度過十五歲到十八歲的青少年時代，大概有許多外人難以體會的溫暖回憶

吧。我聽他們講宿舍的通鋪，講每天清晨錫質平神父依次敲宿舍的門，要大家早起。博襄說他們住第一間，第一個被叫醒，還想睡，神父敲第二扇門、第三扇門，敲到後面的寢室，第一間寢室的學生又睡著了。哈哈大笑的聲音裡，有匆匆三、四十年過去的莫名的感傷吧。時間歲月逝去，或許不只是喜悅或遺憾，只是覺得不可思議，哈哈的笑聲戛然而止，忽然沉默下來。

空著的鐘塔

　　我站在那一棟著名的清水磨的建築前，一九五七年到一九六〇年修建完成。形式如此簡單，灰色磨平的水泥和沙，透著粗樸安靜

公東教堂鐘樓。

的光。抬頭順著樓梯看到二樓、三樓、四樓。頂樓上是教堂,有一個略微高起來的塔。據說當時設計時留有這座鐘樓,但是後來經費不夠,鐘樓就一直空著。我看著始終沒有掛上鐘的塔樓,上面有式樣單純到只是水平與垂直兩條線的十字架。

　　橫平與豎直,造型最基本的兩條線,也是西方上千年來構成信仰的兩條線。我私下動念,想找朋友募款捐一口鐘,讓公東教堂的鐘聲在半世紀之後重新響起。然而我也凝視著那空著的鐘樓,彷彿聽到錫質平神父的無聲之聲,在風中迴盪,在陽光下迴盪。對篤實力行的信仰者而言,真正的鐘聲,應該是自己心裡的聲音吧。是聽到了這樣的聲音,錫神父才從瑞士山區來到了臺東吧,信仰的聲音,沉默、安靜,卻可以如此無遠弗屆。

　　從簡樸的樓梯邊向上眺望,博襄指給我看二樓錫神父的寢室。他的寢室就在樓梯旁,一轉角就是緊鄰的一排學生宿舍。每一個清晨,錫神父就像鐘聲,叫醒一間一間寢室的學生。被叫醒,還是會想睡,錫神父就一間一間再叫喚一次,一日一日再叫喚一次。信仰,就是一次一次內心的喚醒吧。

清水磨樓梯。

　　我眺望頂樓空著的鐘塔，想起海明威著名的小說《鐘聲為誰響起》（編按：戰地鐘聲）。覺得這一直空著的教堂塔樓，是否傳送著比鐘聲還要更大的力量？那力量或許比鐘聲更要持久，是一次一次清晨喚醒學生的聲音，平凡、安靜、素樸，一日一日，不厭其煩，是在時間上無遠弗屆的聲音，是在每一個學生心靈上無遠弗屆的聲音。

安貧

　　走上樓梯，我撫摸清水磨的壁面，感覺到沙和水泥混合在一起的質地。清水磨，這些年在臺灣的建築上有些被過度炫耀了，似乎當成是建築語彙設計上的名牌符號。從辦公室出來跟我們會合的藍振芳校長，謙遜有點靦腆孩子氣，看到我撫摸壁面，他解釋說：選擇清水磨，因為白冷外方傳教會第一個信仰就是「安貧」。

　　「安貧」，所以不過度裝飾，不過度喧譁，不過度炫耀外表。讓校園的學生日復一日，知道沙和水泥樸素的本質，因此不油漆，不修飾，不貼壁磚。

聖方濟襤褸的袍子。

春天的奇蹟。

　　這棟清水磨的建築，早在上一世紀的六〇年代完成，遠遠早過
安藤忠雄等等出名建築師的作品。或許只是因為「安貧」的信仰，
使建築可以如此謙遜安分，不炫耀外表，不貼瓷磚，不做裝飾，露
出純粹材質的樸素本質。

　　我想起中世紀後期行走於阿西西（Assisi）的聖方濟（st.
Francis），想起在阿西西看到八百年前他身上穿的那一件全是補釘
的袍子。想起他的語言，如此平實樸素，只是不斷說「愛」與「和
平」。跟隨他的信眾多了，逼使他顯神蹟，他便帶領眾人去看高山
上春天解凍的冰雪，看枯枝上發芽的樹，冰雪融化成水流，穿過溪
澗，滋潤草原，流成長河，聖方濟跟大眾說：「這就是神蹟」。

　　目前梵諦岡的教宗也以「聖方濟」為名，他的信仰也十分清
楚，所以可以長年在南美洲為醫院貧病者洗腳。

　　信仰有如此相像的力量，聖方濟和野地的鳥雀說話，和綻放的
百合花說話，他的布道平凡、素樸、安靜。歐洲繪畫史上聖方濟的
「安貧」開啟了文藝復興的一位重要畫家喬托（Giotto）。我在翡

冷翠,在阿西西,在帕杜瓦(Padua)都曾經在教堂牆壁上看到喬托畫的聖方濟故事,像敦煌莫高窟牆壁上的佛本生故事,都不是只為藝術製作的圖像。那些動人的圖像,也是像鐘聲一樣,世世代代傳遞著信仰的故事吧。

從誇耀設計的角度誇張建築形式,和從信仰的角度解釋一個建築的精神,可以如此不同。我喜歡藍校長的親切、溫暖、平實。公東高工,這個校園裡一直傳承著錫質平神父和白冷教派「安貧」的永恆信仰吧,素樸、純真、善良,教育因此有了核心價值。

窄門

二樓轉角,迎面就是錫質平神父的寢室。簡單的木門,門上的把手已很老舊了。藍校長忽然又像嚴肅又像頑皮地說:這個門把很奇怪,沒有鎖,有人打得開,有人打不開。

我起初不當一回事,但是連續去了三次,果然有人不費力打開,有人用盡九牛二虎之力打不開。我想起基督福音書上說的「窄門」,是不容易進的門,是許多人不屑於進的門,卻是信仰者努力要進的窄門吧。

宗教多有神蹟,不可思議,但是信仰也許只是堅持,如同一九五三年到臺東的錫質平神父,心無雜念,只有對弱勢者的服務,創辦了這所技職學校。他費盡心力,邀請瑞士著名建築師達欣登(Justus Dahinden,一九二五)設計校舍。達欣登當時三十五歲,深受柯比意(Le Corbusier,一八八七-一九六五)現代建築觀念影響,「降低造價,減少構件」,完成與白冷派「安貧」信仰一致的「公東教堂」。

錫質平神父又從瑞士引進當時最先進的建築相關手工技術,如木工技師徐益民(Peter Hsler),水泥匠師易爾格(Ruedi Hg)等先

後二十一位各個領域的專業技師，鑄鐵、木工、玻璃彩繪、水電、照明，為當時的臺灣引進了世界先進觀念與技術。這些技師也心無雜念，留在臺東數年，專心教育，教導偏鄉的青年，可以學一技之長，養活自己，也造福鄉里。比起半世紀以來臺灣的教育部，似乎錫質平神父和這些技師為臺灣做了更確實的貢獻。

看著錫質平神父有時開、有時不開的門，我想：或許門其實永遠是開著的吧，只是我們稍有雜念，就以為很難開了。

清水磨的壁面留著砂石水泥的混合痕跡，很粗樸，和現代建築上過度雕琢過度修飾的清水磨其實很不同。有內在信仰的建築，和徒具外在設計形式炫耀的建築，其實是不難分辨的。走在樓梯上，大家都會發現，樓梯有間隔，與主體建築的牆面分開。很容易覺得是刻意的設計手法吧，我還是記得藍校長的解釋，他說：白冷派的信仰要與世俗保持距離。

世俗的權利、財富，世俗的貪慾、憎恨、忌妒，我們可以保持距離嗎？我一步一步走在懸空的樓梯上，懸想著白冷教派的信仰。

所以錫質平神父和如此多白冷派的教士修行者都來到了臺東？不是臺北，不是高雄，不是熱鬧的都會，他們安貧，孤獨，與俗世喧譁保持距離。在半世紀前臺東這樣的偏鄉，度過他們在異鄉的一

獻祭羔羊。

救贖血痕。

生。然而,是異鄉嗎?努力進窄門的信仰者,應該已經沒有異鄉與故鄉的分別吧。

我一路聽著博襄、瓊峻這些曾經受教於錫質平神父的學生們談著往事。神父的家人從瑞士寄來昂貴外套,他很快變賣了,做了學生的助學金。神父給學生治病,醫治香港腳,教導衛生,親自替學生剪腳趾甲。學生打球,球滾入農民田地,學生踩入農田,就要受責罰。

這是教育嗎?沒有人否認,但是我們似乎早已失去了這樣教育的信仰。

教育如果只關心知識,只關心考試、學位,是可以對人不關痛癢的吧。

島嶼的教育剩下知識,失去了人的信仰;島嶼的教育剩下考試,失去了生命核心的價值。公東高工的故事留在島嶼上,讓教育的行政者汗顏,是對猶在僅僅為知識與考試中糾纏的青年們深深的警醒吧。

救贖的血痕

頂樓的教堂是被介紹最多的,看過很多拍攝精美的照片,但是到了現場還是很被震撼,我跪在後排椅凳上,感受像聖光一樣靜謐的空間。我是在中學時領受洗禮過的,當時從羅馬回來的孫神父要我挑選聖名,我在耶穌十二門徒中選擇了「湯瑪斯」,祂是不相信耶穌復活那位門徒,他說:除非我的手指穿過祂受傷的肋骨。

我選擇那聖名受洗前,孫神父笑著說:你懷疑嗎?

「我懷疑嗎?」我不斷問自己。我終究離開了教會,然而流浪遊走於世界各地,我仍然常常一個人潛進教堂,在幽暗的角落靜坐,看彩繪玻璃的光的迷離,或跪在那釘死在十字架的身軀下,試

灰泥牆與竹篾。

著再一次仰望信仰的高度。在使徒約翰撰寫《啟示錄》的希臘帕特摩島，在伯利恆小小的誕生聖堂前，我都俯身傾聽，希望再一次聽到自己內在的聲音，不是懷疑，而能夠像使徒約翰那樣篤定信仰「啟示」。

頂樓的教堂有兩扇向左右拉開的大門，大門拉開，一排一排供信眾望彌撒時坐的長椅，厚實原木嵌榫，半世紀沁潤，透著琥珀的光。大約二〇排座椅，正對祭壇，祭壇上有鑄鐵的羔羊，代表生命的獻祭。

聖堂採自然光，祭壇上端有可以手工操作開闔的天窗，鑄鐵和玻璃鑲嵌的技術都極精準，經過半世紀，操作起來仍然自如順手。

臺灣的手工技職教育在近三十年間毀損殆盡，民間原有的手工技藝盡皆沒落，苑裡的大甲藺編織，水里的陶缸燒窯，美濃的紙雨傘製作，原住民部落的植物染，埔里的手工抄紙，許多三十年前還記憶猶新的手工技藝，沒有成為人間文化財被保存，迅速被粗糙空洞的大學教育淹沒。許多技職學校紛紛改為「大學」，學校教育師生一起打混，敷衍了事，只會考試，只求空洞學歷，青年無一技之長，無法腳踏實地生活，教育垮掉，或許是島嶼政治經濟文化一起走向沒落敗壞的開始吧。

許多人把公東教堂譽為臺灣的「廊香教堂」（chapelle Notre-Dame-du-Haut-de-Ronchamps），「廊香教堂」是柯比意的名作，我十幾年前從瑞士巴賽爾進法國，去過一次廊香，寫過報導，也知道那是柯比意在戰後被轟炸後殘留的廢墟上重建的聖堂。許多動人的建築背後都隱藏著不容易覺察的信仰，只談設計藝術，不會有廊香教堂，也不會有公東教堂。沒有信仰，也沒有美可言，金字塔如此，長城如此，奈良唐招提寺如此，巴黎聖母院如此，吳哥窟也如此，偉大的建築背後都有篤定的信仰。失去信仰，徒然比高、比大，其實在文明的歷史上只是笑話吧。

公東教堂很小，一點也不張揚霸氣，但謙遜平和，祭壇上方的自然光投射在鑄鐵的耶穌像上。達欣登的設計和教堂內部木工、鑄鐵、彩繪玻璃的製作，都使我想到一九三〇年代以後歐洲的包浩斯學院風格。手法簡潔乾淨，介於寫實和抽象之間。以耶穌鑄鐵像而言，肋骨部分像兩隻環抱的手，簡化的手掌、腳背都鑲嵌紅色玻璃

十字架苦路。

錫安東贈。

的釘痕聖血,紅色裡透著光,彷彿救贖的呼喚。

　　教堂的音響設計極好,幾乎可以不用擴音設備,極不費力,聲音就可以清晰傳達到各個角落。可以想見神父彌撒時念誦經文和聖詩詠唱,那乾淨的聲音如何在空間裡,有久久不去的迴盪。

　　第三次去公東教堂是陪伴趨勢教育基金會執行長陳怡蓁,也因此認識了當年參與教堂修建的師傅楊見智先生,他正是學務長楊瓊郡先生的父親。生於民國二十一年的見智先生,教堂修建時應該還是三十幾歲的青壯年齡,如今已年近八十四歲。他在教堂牆壁邊,告訴我們當年用特製竹篾將灰泥彈打上牆,竹子彈性強,灰泥一坨一坨扒在牆上,不會鬆散脫落。他手工的製作,時隔近半世紀,至今仍然結實牢固。

苦路

　　戶外斜射的冬日陽光,一方一方照亮牆壁上的彩繪玻璃,投射在室內的地上,椅子上。彩繪玻璃是十四方耶穌「苦路」的故事,身上負載沉重十字架,一步一步走向骷髏地,頭上刺著荊棘,身上都是鞭痕,幾次匍倒地上,用自己的血做人世苦難的救贖,那扛著

十字架的面容像是耶穌，也像是錫質平神父，是所有信仰者走向信仰高處的堅定面容。

從教堂出來，看到眾多公東的學生在籃球場打球，藍校長引領我看籃球架上一方小小金屬牌子，上面鐫刻「錫安東贈」，校長解釋：錫質平神父罹患癌症，一九八四年，家人從瑞士寄來七十五萬臺幣，要他趕緊醫病，神父想到校園缺一個給學生運動的空間，便把醫療費用弟弟「安東」之名捐贈，修建了籃球場，並立一小牌，算是感謝弟弟錫安東吧。

公東高工在島嶼許多粗糙浮濫的「大學」將面臨淘汰廢除之時，卻成為優秀技職教育的典範，成為優秀人文教育的典範，也成為人性信仰的典範。

病重時堅持潛返臺東的錫質平神父，一九八五年在他愛的臺東逝世。他的遺體被當作「家人」，迎接進排灣族頭目自家的祖墳埋葬，飽受外來文化傷害的臺東原住民，很清楚，誰才是「親人」。

刊於2015年2月17日聯合報副刊

陳銘磻

作者簡介

　　陳銘磻，曾任國小教師、電台廣播節目主持人。雜誌社總編輯、出版社發行人。與吳念真、林清玄聯合擔任中央電影公司電影「香火」編劇。一九八五年至二〇〇〇年代擔任耕莘寫作會導師、主任導師，救國團大專編研營駐隊導師。獲二〇〇九年新竹市名人錄。大愛電視台〈發現〉節目主持人。以〈最後一把番刀〉獲中國時報第一屆報導文學優等獎。曾獲金鼎獎最佳出版品獎。《情話》《軍中笑話》《尖石櫻花落》入選金石堂暢銷書排行榜。《香火》《報告班長》《部落·斯卡也答》為電影原著。著有：《賣血人》《最後一把番刀》《父親》《陳銘磻報導文學集》《夢浮伊豆》《花心那羅》《雪落無聲》《新店渡》《青雲有路志為梯》（中英文版）《雪琉璃》《在旅行中遇見感動》《微笑，花散里》《安太郎の爺爺》《我在日本尋訪源氏物語足跡》《我在日本尋訪平家物語足跡》《川端康成文學の旅》《三島由紀夫文學の旅》《我在京都尋訪文學足跡》《我在奈良尋訪文學足跡》《跟著夏目漱石去旅行》《跟著谷崎潤一郎遊京阪神》《跟著坂本龍馬晃九州》《跟著芥川龍之介訪羅生門》《作文高手一本通》《作文高手大全集》《片段作文》等百部。

　　現任臺北柯林頓補習班國中國小作文老師。

耕莘與我

　　耕莘寫作會十四年的教學過程，讓我得有機會重拾小學課堂任教的經驗，因緣際會，我也從教學相長中認識不少喜愛寫作的學生，常常，在馬路上或臉書交友欄遇到喊我「老師」的年輕朋友，絕大部分都說是「耕莘的學生」，可我卻常喊不出對方大名，覺到十分愧疚。這一點真的不若陸達誠神父的好記憶，好用心。

　　提到「耕莘寫作會」任誰都會聯想起陸神父和白靈老師，他們兩位不僅是寫作會的靈魂人物，對於文學教學與教育，誠摯的熱忱深刻影響我在耕莘服務期間的態度，我想應該就是「熱心」和「奉獻」吧！我就是這樣想，也依循他們兩位的精神，才把自己從矛盾的散漫情緒中找了回來，成就個人對文學教學的些許認知。

　　社會教育和學校教育流失文學已久，而耕莘始終沒遺失對文學教學的執著意志，這使我念念不忘，引以為豪。

幽玄

　　每個旅行的季節,看見海洋或乘坐火車行過聚落,記憶都會從腦海重新改寫。

　　猶記臺灣尚未開放觀光旅遊的年代,隻身前往日本,跟隨從事新聞工作的留日父親,自東京一路漫遊到四國,深切體悟父子同行的感動。父親去世後十五年,我花了四年三次時間,引領三個子女,依循當年父親帶我行過的漫漫旅路,走進親子情感相互依存的真摯思念。

森鷗外在九州小倉的故居。

小泉八雲在熊本市的故居。

　　這是我唯一謹慎守護的東西。

　　人的一生守護的東西太多，會變得懦弱；我只有這一樣，總覺得失去親情依存那樣東西，便會喪失了生存下去的意義。

　　帶著這種心情，長時間、長距離的日本旅行，我喜歡從旅程中面對不成熟的自己，或者記錄旅途遇見的感人事物。這些聞見感懷，後來都成為寫作日本文學旅行的素材。

　　多少年了，我對文學旅行的寫作感情日積月累，越堆越厚，如同積雪一般。最初的那一場雪，一直在我心中，沒有融化。不管過了多久，那些點滴在我心中都是特別的存在。

　　不知為何，獨獨喜歡藉旅行走訪日本文學家的文學作品地景；究詰遠因，自然是來自年少時代因喜愛而瘋狂閱讀明治時代以降，知名小說家的創作，以及經由名家名著改編拍攝的電影，並受其影響的緣故。

　　原來，我是如此鍾情從探索文學家故舊宅邸與文學地景的幽玄裡，聆聽孤寂創作的靈魂樂章。

　　夏目漱石、芥川龍之介、谷崎潤一郎、川端康成、三島由紀夫、

位於神戶市東灘區，谷崎潤一郎的故居「倚松庵」。

司馬遼太郎等明治時代或大正、昭和時期出生的作家，眾多作品如斯影響終戰後，臺灣新生代的文藝青年。這一批文筆犀利，對文學創作懷抱不離不棄使命的日本文學家，其作品所敘或描繪的地景，引人嚮往；閱讀著作，多次尋訪小說作品的真實景地，如川端康成《伊豆の踊子》的伊豆天城山與湯本館、三島由紀夫《潮騷》的三重神島、夏目漱石《哥兒》的松山道後溫泉、谷崎潤一郎《春琴抄》的道修町與有馬溫泉、芥川龍之介《羅生門》的羅城門跡、司馬遼太郎《龍馬行》的下關與伏見等，我從這些地景感受文學家取材的創作意識，從而承歡他們透過文學，所欲傳達人生百相的悲喜特質。

　　某年寒冬，到訪位於大阪天神橋，天滿宮巷衖，如今已成懷石料理店「相生樓」，川端康成出生地此花町，忽見「相生樓」門口，奠立一塊「川端康成生誕地」石碑，碑石雕有簡述川端生平的陰刻文。旅途中遇見文學家出生地，莫過興奮。

　　川端的作品有明朗、抒情與優美的一面，也有虛無、愁黯、頹廢的一面。得見他最初的出生地，不禁聯想起他作品裡悠遠、古典、神祕又淒美的鮮明文學特性，自「相生樓」寧謐的前院庭園，

翩然飛揚起來。

　　某年仲夏，三度鎌倉之旅，從伊東、熱海、大船，轉換電車到長谷，打算專程拜訪川端生前最後故居，宛如當年三島由紀夫會見川端那樣，感受一代文學大師淒美、幽玄的作品靈魂。

　　雖則早已從作品中了然川端不喜被隨意打擾的性情，我卻執意坐上江ノ島電車，凝視車窗外白花花的夏日天空，想望被形容為地地道道《源氏物語》一脈傳承下來的日本新感覺派作家的文學丰采。

　　紅日西斜的長谷小衖，站在懸掛「川端」門牌的板門前，心跳加劇，想著這扇門的另一頭便是作家宅邸，即將面見已故文學家，生前創作時，翩翩起舞的古典靈思意象了。

　　屋鈴聲響，簡樸的門板被緩緩推開，像極了電影畫面，一切神祕景象都藏在木門後；從門縫探頭問話的是位年約五十的女管家，一陣嘰嘰喳喳，不知云何的兩極對談，根本搭不上話。雖則已過參

作者在鎌倉川端康成故居與管家合影。

訪時間，女管家最後在聽聞「臺灣」二字後，不疑有他的開門迎客進入屋內。

首先，映入眼簾的是兩扇編列精緻的竹扉矮門，門後一片綠意盎然的韓國草坪，幾棵高大林樹和三根石柱，在夕陽鮮明耀眼的餘暉照射下，氣氛動人；這該是作家半隱半現的幽邈投影？還是我玄妙想像的倒影？日思夜想參訪的川端故居，已然輕易在眼下展現它平凡又寧謐的面貌，那是近乎夢幻的虔誠蕭穆，一種感官精妙的典雅之美。

屋主早已不在人世，我央求管家讓我坐到川端生前經常沉坐靜思，那一塊日式傳統建築的屋宇石階，並與她拍照留影；當時，心神不由產生一股不知今夕是何夕的喟嘆，斯人已然作古成仙，我卻歡喜坐在作家過往沉潛創作靈思的台階，凝視長谷夕陽映照在眼前那一片空寂草坪；偌大庭園的角隅，徒留深深斑駁的沉落痕跡，充

位於熊本市的夏目漱石故居。

滿淒寂的無常色彩。

莫非川端用他《雪國》那片白茫茫的雪色,將顫動之美隱藏起來,幻化成旅人幾許莫奈自嘆?

是這樣吧!

有了川端故居之旅的經驗,後來幾年,我耗去昂貴旅費,以文學旅行的實踐行動,走訪日本古典文學大作《源氏物語》作者紫式部在京都盧山寺與大津石山寺的舊居;《平家物語》說書人無耳芳一彈唱源平之戰的赤間神宮;國民大作家夏目漱石在熊本第五高校教書的內坪井町舊宅;自喻「惡魔主義」谷崎潤一郎在神戶市東灘區寫作《細雪》的「倚松庵」;以《山椒大夫》、《高瀨舟》聞名的軍醫小說家森鷗外位於小倉鍛冶町的舊居;因《暗夜行路》受讀者激賞,白樺派文豪志賀直哉在京都山科的舊居跡;首位西方籍日本作家,以寫作《怪談》著稱的小泉八雲位於熊本市中央區安政町的宅邸;還有,歷史小說家司馬遼太郎位於大阪市下阪三丁目,兼作紀念館的居所。

走過無數日本歷史景地與文學地景,終亦明白日本文學家的作品、文化、史事、民情風俗,是經由興盛的觀光產業傳承下去;鄉野、城鎮如是,博物館、文學館、作家故居遺址亦如是。幾番尋幽攬勝,或輕快,或沉甸,我以一介賞玩者之姿,無意在書冊文字裡,悵然領受文學的魅惑之美與文學旅行的幽深之實。

記憶本身是會逐漸忘卻的。

能夠想起來的事越來越少,即使想要想起來,且都模糊不清;然後在某一天突然發現自己已經忘卻。是以,我寧誠心將所有年輕時代嚮往與崇敬的日本文學家的作品地景姿色,輕巧收藏到無論多麼不想忘記,也終有一天或將遺忘的文字精靈裡。

刊於2014年10月28日自由時報副刊

夏婉雲

作者簡介

　　夏婉雲，祖籍湖北，生長於花蓮，花蓮師專、臺灣師大國文系、臺北市教大國民教育研究所結業、臺東大學兒童文學碩士、淡江大學中文系博士。曾任耕莘寫作會秘書，現任輔大、淡大等校兼任助理教授、兒童文學學會常務監事。曾獲金鼎獎、洪建全兒童文學獎童詩獎第一名、楊喚兒童文學童詩獎、入選「一九四五年以來臺灣兒童文學一百」、文建會兒歌百首優等獎、臺灣省兒童文學創作獎童話佳作、臺北文學獎、花蓮文學獎二屆（散文、小說）、鐘肇政文學獎（新詩）等。著有《大冠鷲的呼喚》、《穿紅背心的野鴨》、《愛吃雞腿的國王》、《坐在雲端的鵝》、《文字詩的悄悄話》、《ㄅㄆㄇ園地》，及《文字小拼盤》、《快樂玩文字》等童詩、童話、兒歌、散文集及研究著作共十四本。

耕莘與我

　　民國六十五年，清嫩的二十五歲，我參加為期一個月的第十一屆暑期寫作班，事後和白靈、謝綺霞、羅崴、吳融麾結伴去霧社遊玩，還和周玉山、吳融

容結為好友。

　　民國六十六、六十七年繼續參加寫作會活動，六十七年七月師大國文系畢業，十一月和白靈結縭，六十八年一月接郭芳贄的秘書，白日繼續教書，晚上去寫作會上班。七月主辦第十四屆暑期寫作班，六十九年一月外子白靈出國深造，我二月因要生產辭寫作會職，總共做了一年秘書。我二月因要生產辭寫作會職，只做了一年秘書。我辭秘書，馬叔禮師接我職，他要求做導師，不管行政瑣事，至此寫作會由秘書制改為導師制，陳銘磻師接手也是導師制。兩位皆強調幹事會功能，而幹事會的積極推手是楊友信和陳養國，大家皆希望寫作會能轉型，走向組織效能化。

　　民國七十九年耕莘基金會成立，民國九十一我被遴選為基金會董事，代表寫作會在董事會內為其發聲。

誰來指南

整座山區只有一條路。

從平地爬坡上來，到了交叉口，兵分二路。立在路口，準備上山，卻不知該左該右。這是第一次來的人的困擾。

其實，不論左或右，都通，眼前這一大片山，像一張圓弧形的荷葉斜張開來，而你就站在莖與葉的交口，所謂路，正是葉緣，圓圓一大圈，管他往左或往右，反正都會回到這原點來。指南，看來，不太像要指出南方，倒像說人生道路乃一循環，不管往哪一方向，最好的方向就是回到原點來。

沒錯，這條路就叫指南路。圓圓一圈，是路的精華所在，剩下來在筆直的莖這一端，被塵垢的都市抓住，由此上山時，就像由粗圓毛茸的荷之柄爬上翠綠、薄而透徹的荷葉；尤其是黃昏暮靄縹緲籠罩著群山時，站在山上就如同坐在荷葉上，居高臨下，深呼吸後隨風搖晃，竟有點出污泥而不染了。

一般人恐怕也很難想像，開著車都得繞上老半天的山路，竟都叫指南路三段：三十四巷、三十六巷、三十八巷、四十巷、一百五十巷，每家每號隔得老遠，但有葉脈、小而細緻的經緯，巧巧連絡著它們。經常一片片薄霧籠罩著起起伏伏的茶園，一把把細雨滋潤著散立各處的竹林。一起物換星移，一起姓「張」，一起衰，一起興。

一般說起「北與南」，都說坐北朝南，北方總給人君臨一方、稍帶霸氣的感覺。而臺北也有類似的氣息。你看，北邊陽明山一路上去的仰德大道筆直而上，兩旁，常有豪宅深院，一般人無從窺探；這南邊就謙虛多了，土厝、瓦厝、稻農挑穀、農夫背筍，頂多

開了一點竅，煮起茶，讓很多茶癡泡在茶香裏，浮浮沉沉。

「來來來！內面食茶（喝茶）。」山上茶農一開頭單純而熱忱的奉茶，引來了登山客；那時都是步道、石階，道路開通後引來了都市人。也不知是好是壞，有了環山道路，阻隔了動物的跳躍，山川的生息；卻使更多人愛山、親近起山來。就在路旁，很多蔭涼處，很容易把車子一藏，就坐擁群山。可以早也讀山、晚也讀山；讀它的晴山歷歷、霧山靄靄，讀它的春山飄嵐、秋山點紅，當然，如果手中有一壺茶就更好了。

自從開了環山道路，臺北人似乎都受禁不住這大片山林的召喚，而原來位於入口山巔擁有一千兩百級階梯的指南宮就冷清多了，擠滿宮前台階的虔誠臉孔不復得見，想來呂洞賓都有點失落吧。塞在因他而起名的「道南橋」上的車群，竟然都不是來看他的，想像他半夜起身，看著腳下山路旁一家家茶藝館燈火興旺的程度，遠勝於他爐鼎上的香火時，恐也不免猛捋著他的長鬚，陷入一番長思吧。

現代人洗滌心靈的方式都漸漸與「休閒」有關，而「茶」似乎是相當有風味的媒介。然而時日一久，腸胃滌清之後，遊客們開始受不了饑腸轆轆就要下山的感覺，這也是茶藝館不得不兼營土雞餐飲的原因。很不幸的，從那之後，我也成了這裡的常客，有時同學會、有時同事、有時全家。有一回，坐在一家茶藝館的草坪上品茗，看到對面山巔上指南宮大雄寶殿的琉璃瓦，反射著天光，不由得坐起身，端正了一下自己。想起當年多次爬那辛苦的千級石階上指南宮的種種情景——祈禱、肅靜、和汗滴，擠在眾多香客和遊客之中，有時回頭喊一下快被衝散的同行者……，想著想著，竟也不免有失落之感。

不變是很難的，不光是山或路，連自己都一樣。自從調到山腳邊的國小來教書，跟這條路的關係就更不同了，一早從一段、二

段、到三段來上班，而有時想訓練一下腳力，就在政大指南溪旁停好摩托車，走二十分鐘走到指南山來。學生們則像是山林裏流下的泉水，嘩啦嘩啦又叫又跳的，匯集到這小學來。傍晚時疲累了，他們又像是從山窪升起的雲霧，各自「升」回山路上不同的門牌巷弄，各自躲進茶園，茶藝館內。於是我也與這群山的孩子、他們的家長有了蛛網相連的來往；甚至，還和他們的阿公阿媽有了牽牽絆絆的聯繫。

　　真的，不變是太難了。山還在那裏，但人來了，路跟著來了。有時得空，在校園附近小溪旁坐著發呆，想像溪水流過指南路下方後，匯入指南溪；真不知當年的貨船是如何到達今日政大體育場一帶的古渡船頭的，運載著此地歷史更迭的出產-----做繩索的黃藤、做染料的大青、做油漆的油桐籽、樟腦、茶葉、稻米、木炭---這些貨一路划到景美溪、新店溪、淡水河，甚至從艋舺或大稻埕出海至國外，這條水路可真是蜿蜒啊！不同年代運載著不同貨物和人。一頁頁的點點滴滴像溪水一樣流逝，越遠越模糊。跟孩子的父母問不清楚的，還得往祖字級甚至曾祖級去追溯。慢慢地才發覺一條路像一本線裝書的穿針線，串起一本寫滿了幾百年起起落落的「活書」；一頁頁往前翻，有不少頁是空白的，不知誰能來補綴？有些頁是被割裂的、散落的，不知該夾回哪幾頁之間？而泰雅族們、平埔族們的書又在何處？

　　從我所待的國小俯瞰，一直到遠遠的道南橋邊，很難想像以前這一大片土地，清乾隆之前還是泰雅族人的狩獵區，在林子和雜草之間捕獲的會是怎樣的動物？當他們在林隙之間窺探溪那頭漢人圍起的木柵後面，炊煙裊裊，心中是怎樣的羨慕和怨恨啊？然後他們節節敗退，道光年間退入山區，就是今日我所待學校後面的山林範圍。然而不知為何，與漢人立下租約的，竟是接管此片土地的平埔族人。一直到日據時期——也不過百年，泰雅族人才澈底地放棄我

視野所及的環山林區,進入新店的烏來一帶。而當年原住民與漢人間來來往往的交涉、爭執、和殺戮,會是怎樣地一點一滴一年一年緩慢而冗長地在進行?

這些都發生在指南宮(光緒十七年,一八九一年)出現之前、泉州人張迺妙從安溪老家帶回十二株鐵觀音茶苗之前(光緒二十一年,日據第二年,一八九六年)、古渡船頭被大水沖毀之前(民國十三年,一九二四年)、道南橋架起之前(民國二十四年,一九三五年)、政大設立之前(民國四十年,一九五一年)、指南路三段環山路通暢之前(修築了十二年,民國六十八年完工),更遠在今日茶藝館林立之前。

「路開得慢,但非常順利,還是石子路、未全線蓋好就分段通車了,是六人坐的小公車,『砰砰砰』的顛人屁股疼,路一顛,後座的人就會撞到車頂,但大家還是坐得很高興。」一個叫阿盛的家長告訴我說。

他近六十歲的大哥也說:「小時候我們才可憐呢!從貓空走石坡坑步道要走一個小時才到木柵國小,回家的路上同學們個個不是拿油鹽、就是背米糠,要不背幾塊紅磚也好,很少有人只背書包回家的。有些住在草湳、岐山的同學更辛苦,要花兩小時才回到家。許多人讀到國小就無力讀了,我還好能讀到初中。」,他說完掀開衣領,露出肩膀上多長出來的一塊厚厚肉墊,硬硬的凸出物把我嚇了一跳,他不在乎的說:「這就是我讀九年書抬磚的成績!四、五

瓦厝的磚牆經歷歲月的沖蝕,夕暉下,散放滄桑的斑駁色澤。

十年前要蓋磚房真不簡單啊！因為蓋磚房都要準備三年的材料。」阿盛的大哥隨後帶我爬了五十個石階上了老家，老家現在是祠堂，當年是有錢人才蓋得起的瓦厝。紅紅的牆磚，經歷歲月的沖蝕，顏色略見斑駁，夕暉下，散發滄桑的色澤。我摸著它硬硬的牆面，彷彿摸著硬硬的肩上肉墊。

此等景象皆已不復見，現在傍晚下課回家，有時還得閃躲來往絡繹於途的小轎車。回頭望著山林間沿路逐漸亮起的一長串一長串閃閃爍爍的小燈泡，簡直像熱鬧的山中不夜城，恐怕蟲子和小動物們都不得安眠吧？有人建議要將此山林劃分為——旅遊服務區、文史區（古道、廟宇）、茶史區、地質區、煤礦區、森林區、茶園區、露營區等八個部分，設接駁車、不准轎車無限制進入；甚至和仙跡岩、指南宮、動物園、深坑老街結合起來，使它成為臺北具文化氣息的休憩地……。

看來不變是不可能的，看來所謂「社區總體營造」也勢在必行，這趨勢恐怕誰也攔不住，怕吵的指南路沿線居民不能，呂洞賓不能，然而，又有誰能為這片山林指南？

　　　　　　本篇獲得2002年臺北市文化局主辦
　　　　第4屆臺北文學獎，徵選主題是「街道書寫」

白　靈

作者簡介

　　白靈，本名莊祖煌，一九五一年生，福建惠安人，現任臺北科技大學副教授。年度詩選編委，曾任臺灣詩學季刊主編五年，作品曾獲中山文藝獎、國家文藝獎、二〇一一新詩金典獎等十餘項。創辦「詩的聲光」，推廣詩的另類展演型式。著有詩集《昨日之肉》、《五行詩及其手稿》、《愛與死的間隙》、《女人與玻璃的幾種關係》等十一種，童詩集兩種，散文集《給夢一把梯子》等三種，詩論集《一首詩的玩法》等六種。近年介入網路，建置個人網頁「白靈文學船」等十二種（http://www.ntut.edu.tw/~thchuang/）。

耕莘與我

　　一九七五年九月參加耕莘寫作會，隔年暑假擔任寫作班詩組輔導員，四週相處，與眾多學員「打成一片」，從此與耕莘結了不解之緣。一九七八年才二十七歲，仍處在文學「生澀」期，即奉郭芳贄之命接了寫作班班主任，方知文壇天下大。其後在馬叔禮時期擔任多年詩組導師，接著成立理事會，接任值年常務理事，安排寫作會各項活動，其後有陳銘磻、黃英雄、黃玉鳳（葉

紅）、許榮哲等能人賢士先後加入，發揮各自才能和魅力，才使寫作會能在大起大落間仍踞住今日文壇一角，承接園丁栽種、培育新苗角色。屈指算來，在耕莘出入，竟已越四十年矣。而「誤闖文壇」的陸達誠神父四十年來始終在一旁默默領導、承擔籌措經費重任、守著「文學候鳥灘」記錄各項爪痕、並始終為眾人祝福，其謙沖溫婉的風範，最具精神導師特質。「雖不能至，而心嚮往之」，與其接觸過者，應皆有這樣反躬自省的「機會」。

　　一個人的成長，豈能不飲水思源？耕莘即是我一生文學志業最重要的活泉。

被黑潮撞響的島嶼
——綠島去來

綠島，是島外之島，黑潮，是水中之水。

　　一個隱約在我們前方，身影快速上下晃動，另一個藏身在船舶下方，正以其龐偉不可見的能量輕鬆翻弄每一個人小小的胃。這時幾乎無人可以站起身來，更不要說想拿起相機捕捉船舷外搖晃不止的島嶼身影了。大約九十五％的人都吐了，這是島與海相激相觸時促狹合作、捉弄、演出的惡作劇。那時我們對綠島所知極為有限，對黑潮的存在，更是模糊不清。即使到了島上，租了摩托車，住進民宿，快速繞島一圈，看了幾處景點，約略地了解了小島大致景色和規模，到了晚餐，一夥人依然哄哄鬧鬧，還是一派旅行時的優遊鬆弛心情，完全無法預測來去之間心境可能的落差。我們像初生之小礁嶼，潛伏的暗流以看不見力道正在前來，準備狠狠撞擊我們。

　　「預期的」跟「遇到的」相距何其遠，這還是頭一回。

　　那晚下了雨，無處可去，一夥人進了一家叫「大哥的店」，是被門前的「幹！綠島真熱」的招牌所吸引。那個「幹」字寫得特大，旁邊畫了一個穿白底黑橫條、理平頭的囚犯，看起來凶神惡煞的大哥模樣。整家店布置得就像監獄內的人出來開的販賣店，由玻璃門、櫥窗、地板、牆壁、櫃台、到天花板無處不畫著各式各樣卡通式的大哥級人物、及其所作所為。當然多半是諷刺性的，包括他們要寶、威風、懼警、泅海、賭博、逃亡、被鯊魚追等各式作為，店內有各式誇張搞笑形式畫的漫畫，還有囚衣、橋牌、逃亡用的縮小版「加司」（器具）。甚至還布置了兩間小囚房，供人拍照。老

「大哥的店」門口掛有特色招牌，店內設有小囚房，新店社大學員集體表演自囚。

闊慷慨地讓我們任意攝影，還說放進部落格、出版物都沒關係。他甚至拆下一塊天花板任我們在上頭肆意塗鴉寫字。那一夜，我們拿著相機取盡了「卡通大哥們」的鏡頭，戲謔地假扮「大哥」或「大哥的女人」，開盡了「大哥們」的玩笑。

塗抹著青春的零亂虛線

直到第二天被一堆名字和臉孔所包圍。

但這些名字跟一般認知的「大哥們」卻毫無關聯或瓜葛，那是整個過去歷史的一部分，包括綠洲山莊、和它左側的營房，以及旋轉而繞的紀念建築，那其中幾千個熟悉或不熟悉的名字和臉孔以彩色或黑白貼滿了各處，包括他們在獄中製作的器物、小提琴、書信、閱讀的書籍、畫的畫、夢中扭曲的臉孔形象，出獄後的報導、回憶錄、小說、詩、和接受訪問的影片，更多的是無可考據的名字，失聯的、不知所蹤的名字，層層疊疊，如布幔般四處飄動，遮你的身掩你的面而來。而在「X」形巨大的八卦樓中，四處是空空洞洞、說話仍有回音的五十幾間囚房，稍加走動，即有聲響，獨居

幾千名知識分子和社會菁英成為人權紀念碑上一列長長的名單。（曹登豪／提供）

室中撞牆皆不能的幽閉空間則令人不寒而慄。在隔鄰的展示間許多國高中生以詩表達他們的疑惑和不解，更幼小的孩子則畫出他們的不安。那種閱覽後使人很想逃離卻又緊緊被黏在當場的感受，讓人整個心是揪在一起的。

那是幾千名知識分子和社會菁英，包括地方領袖、議員、醫生、老師、學生，被統一叫「政治犯」或「思想犯」、認為他們頭腦裡長了米蟲的歷史之極小切片。最後在一大片連接海灘的紀念牆上排成一長排長長的名字，上面寫著他們服刑的年分，從五〇年代到八〇年代。有的幾進幾出，有的幾年，有的幾十年，斷續或交錯，像一節節零亂的虛線，塗抹著「歲月」和「青春」。但我們對於他們的痛苦是毫無所知的，最多只是對他們幾句控訴言詞的閱讀和理解罷了，一如這些人在當年的火燒島待了十幾年，對綠島也只是由鬼門關到綠洲山莊短短幾百米的石子路淺淺的認知而已，即使今日的我們對這座島拜訪幾次、對黑潮就算仔細研讀、在其上或其周圍踩踏來回幾次，那種淺淺的了解豈不是百步與五十步之差而已？

綠島因為是島外之島，黑潮因為是水中之水，因此從來沒有人可以從綠島逃脫，這種綑綁其實是與黑潮有關的。黑潮成了囚禁

幾千人青春的幫凶，當然非黑潮本意，綠島會成為無以逃遁的惡魔島，當然也非綠島本意。這使得幾千個思想長了蟲的人不能不用他們無法逃脫的困頓歲月、無法被框限的驚人意志，一步步鋪出了我們的自由。說我們的大自由是由「被黑潮撞響的島嶼」開始的，應非對綠島的溢美之辭吧。

虛實黑潮，撞響了綠島

在此「黑潮」已具「實」與「虛」二意：「實」的當然是指寬度約一百公里（一說二百公里），深度約七百公尺，最大流速每秒一公尺、清澈且少懸浮物、力量強大的神祕洋流。源自溫暖的赤道，夾帶著大量的熱能（夏季水溫比黃海高七度，冬季可差達二十度），因著地球自轉的作用力，由菲律賓群島往北，穿過臺灣東部海域，沿著日本往東北方向流去，它最大的流量據說是亞馬遜河水量的三百六十倍。此暖流因懸浮生物與營養鹽的含量低，陽光直接穿透而不反射，因此呈現深藍甚至近黑的顏色，黑潮即以此得名。而因黑潮離綠島最近，政府於二○○七年曾評估過「黑潮能」發電的可能，據估計，光是在綠島一帶的發電量，就相當於三座核能電廠的總發電量。其夾帶的能量之大，真是難以思議。

「虛」的「黑潮」則是指上述那些被設法以一句口號統一的數千政治犯、思想犯形成的隱形力道，他們絕非單一的個別人物，而是在世界普世價值潮流影響下一股暗潮洶湧、相互思想傳播、腦後皆長有反骨、一生皆不合乎時宜的社會暗流，他們抵制當道、批判時政、鼓動群眾，高唱思想自由、結黨自由、言者無罪，最後相互勾串，潛伏群眾之中，挑動社會敏感神經，形成沛然莫之能禦的力量，撞響時代鐘聲，逼迫當局釋放更多人權和自由，末了甚至可以翻轉政權主軸，使得政權輪替成為常態，得與世界人權主要價值接軌。

當年思想改造場景展示在綠島人權文化園區。

　　如此黑潮指的就不只是「海中之海」、「水中之水」，也是「人中之人」了。「實的黑潮」孕育出珍貴的珊瑚礁和魚群豐碩的生態體系，在臺灣東海沿岸大放繽紛異采。其於東部沿岸釋放的熱能，直接形成臺灣濕熱多雨的天氣，造就茂密的林相和多樣生物，因此海平面的上與下，皆可見出它驚奇的威力。「虛的黑潮」由五〇年代白色恐怖時期到一九八七年解嚴，一波波進入綠島的知識分子率皆思想前衛、見解不容於當道，他們以青年的熱血和對自由的高度期許，前仆後繼地衝撞體制，以言論以刊物以示威以遊行與當局對抗、也教育了大多數後知後覺的老百姓，最後都深深影響了其後的民主進程和體制。

　　果然，不論實的或虛的黑潮，皆狠狠「撞響」了綠島，他們的影響還在向西邊持續擴大中。而「虛的黑潮」就暫時「凝固」成了今日的綠島人權文化園區。也就是它，使得將軍岩、朝日溫泉、睡美人嶼、孔子岩、小長城、柚子湖等景色都失去了光澤，削減了有心者的遊興。

火燒過的島嶼隱成剪影

　　但我們對「虛的黑潮」所知依舊有限，它就像「實的黑潮」中洄游的各式色彩斑斕或造形超出想像的魚類（比如九棘長鰭鸚鯛、平嘴長尾的槌頭鯊），難以觸知和窺見，「虛的黑潮」需要更大量的檔案、回憶、和記錄才能略知一二。因此不得已還是回頭說說黑潮是水中之水吧，這可由一則報導印證。二〇〇五年五月十八日，善於海泳的高雄人曾美田、潘永祥、蔡聰耀等三人，以每人一小時的接力方式橫渡黑潮，從綠島長泳至臺東富岡港，由清晨四時游到晚上七時，中間還曾因黑潮的強大拉力，一度向北流，雖然奮力修正方向，還是不聽使喚，偏離了三公里，使得三十三公里的兩端距離，必須相互接力游了十七小時才到達。黑潮之能量和能耐由此可見，但如果沒有從前叫火燒島的綠島之存在，黑潮又如何顯示其威力呢？如何困住諸多政治犯思想犯使其無所遁逃？如此說來如果黑潮是水中之水、海中之海，那麼綠島就不能只叫「島外之島」了，它根本是「島中之島」了。

　　關於黑潮的這項報導是我回到臺灣才上網查知的。在這之前我們的目光曾被一張大圖片所吸引，它張貼在島上一家過夜民宿的牆壁上，足足兩、三公尺那麼高，圖的焦點是一座據說是全世界最大的「活體團狀微孔珊瑚」，高度十二公尺，腰圍寬三十一公尺，約活了一千兩百歲，離綠島岸約一百公尺，很難想像它一年才成長約一公分的緩慢速度。那張特大照片的光源由海面射向藍色海底那香菇頭形的白珊瑚礁，好幾個潛水人員正游向它，人與它相比，相當微小。此令人驚異的景致，就座落在黑潮撞向綠島的邊緣，這是綠島與黑潮相互孕育出的不可思議世界。且不要說黑潮，就是對綠島我們所知是多麼多麼的少啊。世上有什麼事物可以窮盡呢？對綠島

不能,對黑潮不能,對「實的黑潮」不能,對「虛的黑潮」也不能,我們是多麼心虛啊。沒有辦法,一夥人只好站在這張圖片下,與之合照,並相約回去寫詩,以稍補遺憾。

而就在將軍岩下方不遠的紀念物「淚眼之井」旁,刻著幾排長長名字的長牆前,花崗岩方板上顫抖地刻著的,是曾在這裡坐過牢的柏楊的題詞:

> 在那個時代,
> 有多少母親,
> 為她們囚禁在這個島上的孩子,
> 長夜哭泣。

綠島人權文化園區內的藝術作品「淚眼之井」。

　　只有在那眾多名字環繞之下，這幾句才別具意義、特別感人。柏楊說的，應該也包括那眾多早已為抗爭失去生命的孩子，這些孩子的身影則牢牢地、永無法釋放地囚禁在他們母親的心中。這樣的母親海峽兩岸遍在多有，在這世上也遍在多有，我們無法一一認知那樣的傷心與悲痛，僅能期許在未來有更多的詩可以追索之、默念之、唏噓之、紀念之。

　　回臺灣本島時，原來預期依舊波濤洶湧，九十五％的人這次都乖乖吃了暈船藥、準備了暈吐袋，抓緊船上座椅扶手，準備再一次與黑潮的厲害對抗，沒想到一路風平浪靜，毫無顛簸起伏，輕易就跨越了那險惡的水中之水、海中之海。回頭望綠島，那火燒過歷史的島中之島已幾乎隱身成一張剪影了。難道黑潮像龍一般下潛而去了嗎？

　　我們永遠不可能知道答案。

刊於2011年3月6日自由時報副刊

楊麗玲

作者簡介

◎曾任電影公司及廣告公司企劃、報社記者、副刊編輯、雜誌總編輯，現專事寫作、遊藝現代水墨、油畫。

◎得獎記錄：耕莘文學獎、聯合文學小說新人獎、中央日報文學獎、臺灣文學獎、觀光文學獎、文建會小說獎、國軍文藝金像獎、文建會小說散文獎、公視百萬劇本推薦獎、國家文藝基金會小說創作補助、長篇小說專案補助等

◎出版記錄：《失血玫瑰》、《玫瑰之肋》、《愛情的寬度》、《分手的第一千零一個

　　理由》、《傾城之愛》、《愛染》、《戲金戲土》、《愛情無需偉大》、《風起雲湧》、《活出生命之光》、《二千元打天下》、《變色龍》、《發現一個迷人的世界》、、《食在有道理》、《愛，在這一站》、《臺北生活，好樣的》、《翻滾吧阿信》《艋舺戀花恰恰恰》、《灶夢者》、《愛讓生命茁壯》、《甘蔗田裡升起的奇蹟》、《山居‧鹿小村》⋯⋯等三十餘部作品。

耕莘與我

　　耕莘歲月是我接觸文學創作之始。許多寫作者應從學生時代就是文藝青年，但我不是，也從未想過要寫作，當年，男友（一年後成為我的先生）不知為何卻認為我就是該寫作，去耕莘寫作班替我報了名，課程結束後，生平寫的第一篇小說竟幸運地獲得當屆耕莘文學獎小說首獎，過程平淡無奇，意外的鼓勵卻改變了我日後的人生。

　　許多人的生命轉折或許來自於清楚的生涯規畫與追尋，然而，翻閱我人生中幾次大變化，卻都是毫無預警、平淡的發生，如水流順勢湧浪，當岸石渠道改了彎，人生之流也就轉了向。順・其・自・然，而盡其可能地努力向前。

　　回首耕莘歲月的我，是那樣單純，對一切充滿熱忱，但父親是不會同意我寫作的──那叫亂來、不務正業。於是瞞著家裡，辭掉工作，每天仍帶著便當準時出門，假裝上班去，傻瓜的我，竟然沒有躲進圖書館，騎著五十CC的摩托車在大街小巷晃，看上哪個角落就停下來，那是冬季，怕冷的我，常就戴著安全帽禦寒，趴在摩托車上讀書、寫稿、吃冷便當，不敢亂花錢，每到月底仍如數交出薪水，以免被揭穿，以少少的積蓄支撐著流浪的寫作生活。

　　我的耕莘歲月就是這樣的，很開心，但回想起來，怎麼覺得突然鼻酸？也有點荒唐？年少輕狂的這一段，沒有多少人知道，就想和耕莘朋友們分享。

上帝才是專家

——愛土地，從尊重開始

日安！

晨起散步，潮濕的空氣中，瀰漫著檳榔花與草葉氣息融混的香味。

大口呼吸著，隔夜眠夢沉積的濁氣盡消，心神清爽，步履漸輕快。

行至轉彎處，原被林木遮擋的陽光突然從遠方山頭衝出來，瞬間光芒萬丈，視線裡，千萬葉片殘留著昨夜的雨露在梢間燦燦發亮，剔透晶瑩，如飛灑在白日裡的滿天星斗，抬眼望去，林木後方的林木的後方還有林木的後方還有……受光面不同的層層疊疊的色彩在隱約不明的氣旋中流動……那色彩彷彿是有聲音的。

或許是因著風？色彩的天籟響徹雲霄，但感覺，風，沒有動。

是人的感覺太遲鈍吧?!

大自然生機勃發，蘊藏無限，而人，領略了幾分？看見了什麼？

每當身在大自然中，我總不禁好奇。

而那是從走入溪谷開始的。

隨亦師亦友的忘年之交溯溪而上，兩岸山壁間原始雜林高聳參天，而溪中亂石堆疊，激流漱石，忽而奔驤飛濺、忽而淙淙順流，水的力量諱深莫測，得撐住及胸的竹竿當枴杖，小心前進，避免打滑，謹慎踏穩每一步，溪流看似平緩，前一步水才及膝，下一步若沒踏對，可能就栽入深溝，而深溝裡或許暗藏著旋渦，足以將人拖吸進去，瞬間滅頂。

偶爾，仰望天空，白雲躺在澄淨無染的亮藍中，環視山谷，大

片濃綠間或點綴著千姿百態的野花，好一派安詳寧和，端地是歲月靜好，卻不能惑於此刻，一陣風起、一場大雨、一片濕滑的苔、一段鬆動的地層……一隻獸、一尾蛇、一群蜂……都可能帶來危機，得步步為營，摸著石頭過溪，就算一條小野溪也絕不可輕忽它內蘊的力量。

在專注前進的傾刻，心靈放空，五識變得敏銳，動靜觀瞻，也在那頃刻，我察覺了──溪石的形狀、石面每道裂縫的粗細、彎曲、轉折、凹陷、突起……所有的軌跡變化，哪怕是突然的方向急轉，都隱有其內在的秩序和邏輯，沒有任何一道裂縫，是胡鬧瞎轉的，歲月浸染的力道，削出天地造化的刻痕，恍然間，我微笑著，似有所悟，又不知何其所悟。

當遇到溪水太深、過於湍急，得另尋出路以避開急流，拉著粗麻繩攀上崖壁，爬經崎嶇的草徑，抓緊樹根匍匐前行，放眼望去，山林蔽遮日，植物各顯神通，有些樹歪著長、甚至爬著長，伸出長長的枝椏，穿過另一樹冠，只為爭得更多陽光，有些蔓藤植物會依附著大樹生長，任性蠻纏，而一旦整棵樹都被包覆住，大樹漸枯，蔓藤若無其他寄生者，也將隨之凋萎死亡。

土地滋養萬物，似是有情，在大自然律裡，沒有特權偏私，沒有矯柔造作，植物間的生存競爭，雖無動物彼此獵殺的血腥，但相與爭鋒、激烈求生的本能，一樣嚴酷！

土地默默，以無聲之聲，示現萬象。

我每每為之震撼懾服。

往昔，我曾以為自己是愛好自然的，因工作特性，曾旅行過許多國家，親近不少名山勝景，實則來去匆匆，走馬看花，心頭更掛記的，常是如何以最高效率達成任務，寫出像樣的報導交差了事。

而當我因緣際會從都市移居鄉間，生活於山林溪野，才驀然驚

覺，我對大自然竟是如此陌生，也警覺到都市文明的發展，讓現代人離開土地愈來愈遠，心靈則日愈貧乏。

在大自然裡求存，充滿危機、挑戰，就也逼出人的潛力與勇氣，培養了面對、解決問題的能力；而看似便利、富裕、進步的都市生活，卻剝奪了人類學習基本求生技能的機會，五識漸鈍，身心靈皆受損。

到了山居鄉間，土地上處處是寶，我卻不懂為用，遇到困難，也不會就地取材、設法解決，幾隻蝸牛蟲蟻為患，就曾幾乎被打敗，而在親近土地的同時，從畏懼、接納到歡悅，我從中學會教訓、愛與包容，深刻體認到，愛土地，從尊重開始，一旦失去對大自然的愛、尊重與敬畏，人類的浩劫不遠。

以往，偶聽人豪語要「征服自然」，但當我溯溪時，踩踏於危石、攀爬於巨岩，涉行於溪澗，或日常植蔬，手握泥土，埋下發芽的薑，仰望天地，內心唯有謙卑、順服。

說到底，初始試著深入自然、溯溪冒險，原是為了采風畫畫，許多藝術家常言「以大自然為師」，而帶我同行的啟蒙師，只問了一句：「那麼妳筆下所畫的，是造作的假自然？亦或真的師法自然？」

我困惑了！受某些現代理論影響，我曾一度反寫實，推崇藝術貴在「創造」，勇於天馬行空，但愈親近土地，愈領悟到──大自然千變萬化，所有的色彩流動、線條轉折、山河地貌、林相變化，皆遠遠超過人的想像力，唯天地造化得以養成。

人為造作出來的線條色彩，遠遜於大自然律的內涵。

在大自然面前，人，何敢狂言創造？那是神才有的專利。

要在筆下極度逼真、忠於自然，不僅是對心智、耐力、體力、觀察力、專注力的考驗，也是對性靈的修煉。

不假造作，得要先能忠於自然。

而忠於自然，需得謙卑臣服。

臣服於一朵花，才能「看見」那朵花，臣服於山石河川，才能進入它，從而體會，呈現於筆下。臣服，意謂著放下自我，丟掉主觀成見，依循大自然律。

於是，有了移動生活的念想，讓日子像一條河，流淌到哪兒就是哪兒，而我在大自然中，向造化學習，藉著筆與色彩探索，與世界對話。

徐振輔

作者簡介

　　徐振輔，一九九四年生，就讀臺灣大學昆蟲系三年級，喜歡攝影、旅行、貓。從事象鼻蟲分類學研究，成果發表於國際期刊。書寫小說與散文，以整組青春肉體與心靈作祭品，想寫出真正好的自然文學作品。曾獲教育部文藝創作獎首獎、臺積電青年學生文學獎首獎、余光中散文獎首獎、中興湖文學獎小說第二名、臺中文學獎、新北市文學獎等。

耕莘與我

　　創作是很孤獨的事情，這樣說好俗濫，但我一直誠懇地這麼認為。
　　我不企求加入一個寫作團體能讓創作變成溫暖的事情，但是加入耕莘後，讓我發現有另外一群人，也在肩上扛著一大塊各自冰冷的孤獨。創作上，我們不可能一起努力，一起奔赴什麼地方，畢竟我們都在爬自己的山。
　　但這還是讓我感到一點點安慰，那就好像我撐著傘站在一場大雨中的時候，看到有其他人也打著傘，在等待各自的彩虹。

請你告訴我那是什麼樣的藍

　　島嶼發出低沉巨大的笛音，單音起伏，像沉思者的靈魂跳著緩慢而神祕的舞蹈。海風吹起，星座墜落。

　　到核廢料儲存場時天已經黑透了。我們將機車停妥，熄火，看看沒有光的蘭嶼長得什麼樣貌。民宿老闆娘曾提醒我們這一帶風特別大，漆黑如墨的海水往陸地翻滾，浪被銳利岩石擊碎。據說這附近的礁岸是最容易看到海蛇的地方。核廢料場前靠海處，有一支廢棄金屬管，原先可能是路牌或警告標語，後來只剩管子，上面鑽的幾枚孔洞，風大的時候，會吹出像木吉他的自然泛音那樣帶有巫術味道的聲音。最初聽到的時候，彷彿寓意的樂音令人發顫，習慣後就成為實用的方向標誌，聲音的燈塔，讓我們夜裡在礁岸四處漫步時，知道入口的方向，知道自己走了多遠的距離。

　　關於天空的事，沒有光的地方比有光的地方更明亮些。蘭嶼的夜晚透明如此，你得抬頭仰望，很多物事只有這裡才看得清楚。如果可能的話，我想請你也站到礁石上──最好是浪來的時候，隱隱約約會感受到碎浪飄來水霧的位置，順著我手指的方向，沿著夏銀河，漂流到蘭嶼的山頭。彼時你會嚐到很淡很淡的鹹味，頭髮與衣服在風中擺動成美好的形狀，眼睛凝視天空，想像希臘神話為遙遠的光點填補骨肉，或者因為流星去得太快而發出一聲沒有人聽見的嘆息。

　　據說古玻里尼西亞人能不依賴地景標識，憑藉觀望天空，航行於太平洋各島嶼之間，白天靠太陽，夜晚靠天狼（Sirius）與大角（Arcturus）。僅需要這樣的資訊就行了，星空提醒似地拍拍玻里尼西亞人的肩膀，航海者想起了什麼，輕輕抬頭，地圖早已繪在夜

空之上。

不曉得你有沒有注意到，沿著銀河漂流時有經過天蠍座，據說那裡有一座白色島嶼，是達悟族善靈最終的歸宿。

風又吹起。九月的笛音有受潮的氣味。

年輕人在離開故鄉時，並不真的知道要去的是什麼地方，島嶼這樣的名詞就像愛情或美學那樣曖昧，不知道會看到什麼、想看到什麼，然而他仍像期待愛情的少女那樣，急於用自己的眼睛與身體去確認一些事情。

離鄉那年他三十歲，自英國遠航至馬來群島，研究採集島嶼上各種與故鄉截然不同的動植物。過幾年，他從爪哇向東拓展，造訪龍目島時，一定曾因為見到野生的白色葵花鳳頭鸚鵡而嚐到一種心臟緊縮的滋味。更重要的是，根據兩個區域鳥種的差異，他意識到自己或許在渡過海峽時，意外進入了另一個世界。年輕人後來在自己的著作《馬來群島》（The Malay Archipelago）裡有這麼一段敘述：

越過寬不到二十英哩的海峽，我來到龍目島，期望能再次見到那些鳥。但我一連待了三個月，卻連一種也沒碰過，反倒是遇到一些迥異的鳥類。

他就是一八五八年時，和達爾文共同在林奈學會發表演化論的傑出生物地理學家——華萊士。那條分隔峇里島與龍目島生物相，往北延伸至婆羅洲與西里伯斯島之間的海峽，便稱為華萊士線。而兩地生物相差異的原因是海峽夠深，縱使冰河時期海水下降，陸棚裸露，島群兩側各自進行生物交流時，仍存有一條纖細但不會斷裂的海，像一場大雨把屋子裡外的世界阻隔開來。

後來的日本博物學者鹿野忠雄，在研究臺灣與菲律賓島群的生物地理特色之後，延伸了華萊士線忽略的北方島嶼。其中一條切開

臺灣和蘭嶼的界線，被稱為新華萊士線（鹿野線）。

　　船行到某個距離時，後方臺灣本島與前方未曾見過的蘭嶼都被吞入灰茫茫的海平線中，而我可能正跨越那條隱形的新華萊士線。

　　船在開元港靠岸。我們提著行李下船，陸地還搖晃了一陣子才慢慢堅實。民宿老闆開廂型車載我們到野銀村的民宿，放好行李。此時已經下午，陽光溫柔。我們了租機車，沿著環島公路往南騎去。

　　沿途一方一方水芋田鬆散排列，它不如河岸生長緻密的甜根子草會用葉片摩娑出聲音，或像懸鉤子結出刺激視覺與味覺的果實，芋葉總是安靜成為溶化在焦點之外的散景。然而你很難忽略在路上打盹的山羊，牠們長方形的瞳孔像是橫向的鑰匙孔，由於始終不能解開那種眼神，以致於感覺永遠藏著一些祕密。牠們經常飄動著像曬乾海藻的鬍鬚，顯得若無其事，懷著謎語倒臥在路上，直到機車靠得很近才輕快地跳往山或海的方向。

　　有位當地朋友說，遊客在商店或餐廳裡吃到的羊肉或芋頭食品，都是臺灣來的，當地的芋頭通常供應給當地人，而山羊多在祭典時才會宰殺。

　　無妨。若硬要讓人在想像或記憶的龐大資料庫裡給蘭嶼幾個標籤，大概不會是芋頭或山羊，我會說是達悟與海。

　　如果你未曾到過蘭嶼或沒受過傷的東海岸，我想你會問我關於海的問題。

　　請原諒我不能告訴你那是什麼樣的藍。在蘭嶼，偶爾會看到足夠年長的達悟族人，裸著上身，眼睛經常看著海的方向。他們的膚色通常很深，因為曬了幾十年的太陽而足以潛水到陽光微弱的海裡，目光泅泳在礁石間尋找擺動尾鰭的浪人鰺，精剛的臂膀隨時準備與之搏鬥。海是靈魂的供給者與索求者。就像泰雅祖靈棲居在彩

虹橋彼端的豐沃森林那樣，達悟的祖靈是往海而去的，那是靈魂離棄肉體後會自然飄往的歸屬之地。

因此我不能告訴你那是什麼樣的藍。那顏色溶入太多靈魂，我不具靈魂的語言沒有能力指認。自小在臺北長大，當城市裡學習到零零碎碎的知識，在腦紋中組織成可以自行運作的系統時，就已經無法真正信服石頭與竹子會化為島嶼居民的先祖；海上鱗片閃閃發亮的飛魚群中，會出現一隻黑色翅膀的飛魚神，小小頭腔承載要傳達給族人的海洋知識。

但我此刻多想遺忘自己的名字，帶著城市的氣味丟進海水任它沉積成化石。當達悟人仰頭望向星空，說那是天空的眼睛時，我也想要真的被誰注視著。

而那晚，我們因為沒有找到海蛇而經常望著天空。

不是海蛇沒有出來活動，只是我們的眼睛在黑暗處不如貓那樣銳利。夜晚對許多掠食者來說不是休息的時刻。蘭嶼角鴞「嘟嘟霧──嘟嘟霧──」在森林裡交換訊息，偶爾被人類笨拙腳步驚擾起的昆蟲，在死亡隱喻的叫聲裡懷著恐懼飛行；特有的蘭嶼筒胸竹節蟲與蘭嶼大葉螽斯化成竹枝與葉片，隱身在木麻黃與旋花科植物裡。此時球背象鼻蟲毫不焦慮地在葉背或者啃食，或者靜靜棲止。

在中央公路氣象站的圓葉血桐發現第一隻球背象鼻蟲時，好像圖鑑裡的照片突然爬行起來，時間終於開始流動似的。我感到皮膚發麻，身體像是忍受著突如其來的痛苦或快感。不過那確實是我所追求的，就像認真閱讀的人總會等到改變心跳的動人語句那樣。

那幾天經常飄下溫柔得近乎憂鬱的雨，不足以改變行程，只會讓眼睛不容易完全張開。拍照完畢時，也得小心拭去鏡頭上的淚珠。

從大天池下山的下午，天空灰暗的雲層才完全散去。黃昏那麼

乾淨，我想找一個涼台看夕陽。蘭嶼的住家前都有涼台，長得像架高的木造涼亭，再用一根切了缺口的粗大木頭充作階梯。有些涼台看起來是給觀光客看海用的，有些則是很特別的場域，就像小時候經過一些宗教儀式的場所，母親說不要靠近那樣。那裡可能有才捕了大魚的潛水夫，在夕日方落的海前面，對另一個人講述海上發生的故事，同時飲下從雜貨店買來的米酒，吃著低等的魚（男人吃的魚）。

　　我一直注意著，然而五天都沒有見到涼台上的漁人。

　　到蘭嶼唯一的加油站加滿油後，我安安分分找了港口邊適合觀光客的涼台坐下。由於風已經很小，此處的浪不再有堅定的方向，此起彼落。每個波浪之上都有更小的波浪，那些更小更不規則的波峰交會處，就會形成一枚光點。

　　放眼望去，一座城市在海上，夜晚的街光閃閃發亮。

　　真想跳下去啊，我心想。

　　但我既不會潛水，皮膚肌肉也太薄。然而可能的話，真想像條魚一樣在海底睜開眼睛，靈活地抓幾隻龍蝦送給女朋友作禮物。我望著藏匿一切的海，像坐在球場邊看比賽的受傷選手，光想起來，手指就會興奮地發抖。

　　天黑時我想起小蘭嶼就在南面的海上，於是極目眺望。或許被岩石阻擋或太黑的緣故，沒有找到。小蘭嶼，Jimagawud，達悟族的意思是暗流駭浪的島嶼，或是惡靈的島嶼。然而我有一天必定會渡水而去，臺灣僅存的野生桃紅蝴蝶蘭就在那座比蘭嶼小得多的島上。

　　返航的船班在下午，我們將五日來最好的早晨陽光保留予蝶。

　　第一隻雄性珠光鳳蝶滑翔過去時，由於巨大的翅翼與太迷人的光澤，我與朋友同時叫出聲來。

蘭嶼特有的珠光鳳蝶，是同屬物種中唯一後翅帶有物理色的蝶，也就是當角度變換時，原本金黃色的後翅會呈現綠色、紫色，或是隱隱帶有藍光的珍珠色澤。

某隻珠光鳳蝶忽然飛來，停棲在海檬果雪白的花上。我緊握相機，投擲無數個快門像拋網。唰唰唰唰唰。我檢視照片像檢視網袋裡跳動的大魚，覺得滿意，這是曬在屋子前面會令人羨慕的好魚。

看到常見的烏鴉鳳蝶時，請握好相機，那也是島嶼特有的物種。說特有可能不夠準確，畢竟烏鴉鳳蝶在本島就是相當常見的物種，然而蘭嶼的烏鴉有自己的顏色，翅膀背面的藍綠色鱗粉發達，形成兩道金屬色澤的紋路，因此烏鴉鳳蝶的蘭嶼亞種另名曰琉璃帶鳳蝶。

所謂亞種，仍算同一物種，還有基因交流的可能性，只是通常由於地理隔離，族群無法與外界交流，遂在孤島之中，物種適應島嶼獨特的環境而獨立演化。他們逐漸辨認可以吃與不能吃的植物，春天與夏天的差別，什麼形狀的雲表示午後可能會下起大雨。他們開始習慣天空經常透明，習慣離開森林就會看到海的日子。如果覺得今天的海上的天氣很好，那就飛行得比平常更遠一點，只要不飛過新華萊士線就行了。琉璃帶鳳蝶若與本島的族群交流的話，翅翼上獨特的，鎔鑄森林與海水的顏色就會黯淡。對族群來說，更多樣的基因不是壞事，只是會令拿著相機的手感到惋惜。島嶼是美麗之始，亦比什麼都脆弱。

民宿老闆娘說年輕一輩的達悟人很多已經不會說母語了，說著，她的眼神就像一個溫柔的嘆息。彼時我打開相機，放大檢視照片，由於琉璃帶鳳蝶翅膀拍得太快，每個細細的鱗粉都留下一段殘影，好像正要一起流浪到什麼地方似的。此時想起曾經問過一位達悟族創作者關於海的問題，他說，以前漁夫划著拼板船到遠方捕魚，能根據星空辨認返航的方向，就像永遠有一個燈塔在那裡。現

在的漁夫很少有這項技能了。

　　現在蘭嶼確實有一座燈塔，只是捕魚者少了。有些東西總有一天要消失或質變，畢竟他們都有自己的靈魂。並不是為了保存打造拼板舟的技術，或是證明人類有能力自由潛水捕魚而生的。

　　拍完蝴蝶後，我騎車到售價比雜貨店便宜一些的農會買了飲料。離開時，門口的中年人向我熱情推銷整把的飛魚乾，幾番猶豫，買了一條帶回臺北，讓家人知道我確實去了蘭嶼。

　　下午老闆開車送我們到開元港，笑著說以後還要再來。提著行李上船，我在甲板上腳架，留下過來的時候太過興奮而忘記拍攝的蘭嶼照片，彼時想起島嶼另一頭的核廢料儲存場前那支面對海洋的笛，會在風吹來的時候，發出迷幻聲音指引方向。

　　你有聽到那笛聲嗎？

　　小船在太平洋壓出一輪一輪的白浪。航行過新華萊士線之後，應該就很難聽到那聲音了吧。

2015年教育部文藝創作獎首獎作品

輯二

遠方有光

當這顆種子遇到有利的機會時，便會抽芽吐蕾，使陌路變成友人。

——陸達誠

傅佩榮

作者簡介

傅佩榮，祖籍上海，輔仁大學哲學系畢業，臺灣大學哲學系碩士，美國耶魯大學宗教系博士。曾任臺灣大學哲學系教授兼系主任及所長、比利時魯汶大學、荷蘭萊頓大學講座教授、《哲學與文化》月刊主編、黎明文化公司總編輯、《哲學》雜誌總編輯等。現任臺灣大學哲學系教授。

耕莘與我

在寫作班聽了幾位名家的課，我想只要翻查當時的課表，就知道老師們的大名了。我印象較深的有司馬中原與瘂弦，以及最年輕的喻麗清。真正讓我難以忘記的是我也參加了由班主任張志宏神父所帶領的中橫健行隊。開始幾天，大家盡情唱歌歡笑，就像一般大學生的旅遊氣氛，後來張神父不幸遇難，被一輛卡車後面伸長的竹子掃到背包，以致摔落深谷而蒙主寵召。回程路上大家沉默無語，多次不自覺流下淚來。我自此沒有再登過山，也很少與寫作班的同學聯絡。（二〇一六年三月二十一日）

儒家面對的挑戰

　　我在新書發表會上介紹《孔子辭典》時，忽然心血來潮，談起當前推廣國學的三項挑戰：第一，要超越兩千多年的帝王專制對儒家思想所造成的扭曲；第二，如何化解宋朝以來儒家學者對佛教及道家的不合理批評。第三，如何配合西方文化對理性要求。本文將針對第一、二點加以說明。

一、國學不是復古

（一）荀子並非真正儒家

　　所謂儒家，是指由孔子創始，經孟子發展而成的一套思想，又稱孔孟之道。儒家有兩個核心觀念：一是人性，二是天。孔子說：「仁遠乎哉？我欲仁，斯仁至矣！」這句話肯定人的主體性與能動性。「仁」字不論如何理解，總是包括「行善」在內，由此可知，行善全在自我的抉擇，並且天下之事也只有行善是自我的能力與責任，其餘皆不免涉及外在條件的配合。孟子進一步說：「惻隱之心，仁之端也；」又說：「無惻隱之心，非人也。」人只要真誠，則必生惻隱之心，然後會主動行善。依此為標準，再有荀子所說的「性惡」，意在強調人的生物本能與原始欲望，並明白批判及反對孟子的觀點。荀子之說實已偏離了儒家。

　　再看「天」概念。孔子認為自己「五十而知天命」，並且主張君子要「畏天命」，他在六十歲時所做的也不是「耳順」，而是「順天命」。孟子相信天可以平治天下，並且，天要降大任於某人，則會進行一連串的考驗，使此人「動心忍性，增益其所不

能」，再成就一番事業。相較之下，荀子怎麼說呢？他以天為自然規律，因而宣稱「大天而思之，孰與物畜而制之？從天而頌之，孰與制天命而用之？」意即：與其推崇天而思慕它，哪裡比得上把天當作物來畜養而控制它？與其順從天而讚美它，哪裡比得上掌握自然界的變化次序而利用它？這種說法，姑且不論其是否合理，實已去孔孟甚遠。

由此可見，荀子不能代表儒家思想，也無怪乎他會教出兩位法家人物，就是李斯與韓非。那麼，在秦始皇以下的兩千多年帝王專制中，究竟有沒有儒家思想？清末參與戊戌變法的六君子之一譚嗣同說：「二千年之政，秦政也；二千年之學，荀學也。」可謂一語道破。帝王專制在本質上無異於秦始皇的政治，而二千多年的所謂儒家，其實是荀子的那一套儒家。學者常以「陽儒陰法」一語描述中國政治傳統，確實有其根據。

（二）帝王專制造成扭曲

接著談到本文重點。帝王專制對儒家思想的扭曲主要顯示在何處？我們立即想到兩點：一是三綱五常，二是科舉考試。

首先，三綱五常並非儒家思想。三綱是指：君為臣綱，夫為妻綱，父為子綱。五常是指：仁義禮智信。先談三綱。儒家所重視的是「一本」，認為萬物本乎天，人本乎祖，所以只有「父母與子女」這個系統是普遍而必然的。譬如，有人問孔子何不從政？他的回答是「孝乎惟孝，友於兄弟，施於有政」，也就是以孝悌為政治的根本。當然，人不能沒有君臣關係，但此一關係是相對的而非絕對的，如「君使臣以禮，臣事君以忠」；是非必然的及非普遍的，因為人可以辭官或隱居。至於夫妻關係，則古代有離婚的各項規定，因而也談不上絕對及普遍的要求。

孟子說得更清楚，他宣稱「民為貴，社稷次之，君為輕」，又

說「君之視臣如土芥，則臣視君如寇讎」，這是明顯的相對倫理觀，又怎麼可以說是「君為臣綱」？

至於五常，則是把「仁義禮智」與「信」組合起來，這又涉及新的問題。「仁義禮智」四字並列，自然是孟子的手法，出於他「心之四端」的立論。但加上「信」則有問題。請聽孔子怎麼說，他認為第三等的士是「言必信，行必果，硜硜然小人哉！」意即：只知一板一眼堅持守信的人，是小人的格局。何以如此？這一點到孟子才展示得更清楚，他說：「大人者，言不必信，行不必果，惟義所在。」簡單說來，所謂「信」字，一定是「過去說的，現在做到；現在說的，將來做到」，於是在時間的落差中可能出現任何意料不到的狀況，因而需要以「義」做為判斷準則，而不能盲目堅持小信。試問，這樣的「信」能與「仁義禮智」並列而成為五常嗎？

「三綱五常」的想法是西漢董仲舒開始提倡的，到了東漢班固的《白虎通義》才正式定下其名，後來變成維繫政治與社會的基本觀念。它完全符合帝王專制的需要，所以形成教條而深入人心。到了南宋朱熹手上，甚至把「五常」說成人性的具體內含，然後宣稱「人性本善」。宋明兩代的學者大都主張「滅人欲，存天理」，這主要也是用於教化百姓上，試問有哪一位專制帝王做到了這六字箴言？

其次，談到科舉考試。自元朝皇慶二年（一三一三年）規定以朱注四書做為科舉考試的標準本之後，六百多年以來，所有念書人從小啟蒙學習儒家，皆以朱注為教科書，他們所學的是「朱熹的儒家」，而非「孔孟的儒家」。我曾指出朱注至少有兩點誤解，如「人性本善」與「孔子是天生的聖人」。我另外出版了《予豈好辯哉：評朱注四書》（聯經版），詳細評論了朱注四書，於此不再贅述。

總之，今日談國學必須認真注意「復古」的陷阱，因為看似源遠流長的傳統，其實未必是原本真正的思想。忽略這一點，難免事倍功半，甚至買櫝還珠。

二、宋儒批評佛老

今日談國學，必須面對的另一項挑戰是：如何化解宋朝以來儒家學者對佛教及道家的不合理批評。

宋儒眼見當時的思潮，頗有「不歸於佛，則歸於老」的趨勢，宛如處在戰國時代中期的孟子所說的「天下之言，不歸於楊，則歸於墨」的情況。孟子身為儒家代表，起而聲稱「能言距楊、墨者，聖人之徒也」（《孟子‧滕文公下》）。「北宋五子」之一的程顥說得很明白：

「楊墨之害甚於申韓，佛老之害甚於楊墨。……佛氏其言近理，又非楊墨之比，此所以危害尤甚。楊墨之害亦經孟子闢之，所以廓如也。」

與孟子不同的是，這兒所謂的「佛老之害」經宋儒闢之，不但沒有「廓如」（清理乾淨），反而繼續發展，聲勢不弱。《宋元學案》有這麼一條紀錄：

「伊川（程頤）自涪歸，見學者凋落，多從佛學，獨先生（楊龜山）與上蔡（謝良佐）不變，因嘆曰：『學者皆流於夷狄矣，惟有楊、謝長進。』」

「佛老」分指佛教與道家。佛教是有組織的宗教，其教義、儀式、戒律皆十分完備，對儒家學者自然成為首要威脅，因此自唐朝韓愈大力抨擊佛教之後，宋儒再接棒上陣，實屬可以理解之事。那麼，如何批評呢？

（一）佛教的問題

在宋儒看來，佛教對「天理」與「人性」都有偏見，所以落實在人生中完全走了樣。

　　張載說：「釋氏不知天命，而以心法起滅天地，以小緣大，以末緣本，其不能窮而謂之幻妄，所謂疑冰者與。」亦即佛教肯定「萬法皆空」，其實有如「夏蟲不可語冰」，是因為不明白天命（或天理）之生生不已。

　　《宋元學案》的編纂者黃百家說：「吾儒之學，一本乎天理，而佛氏以理為障。」他又說：「佛氏以性為空，故以理為障，惟恐去之不盡，故其視天地萬物，人世一切皆是空中起滅，俱屬幻妄，所以背棄人倫，廢離生事。」既然如此，人們為何還去信佛呢？歐陽修的解釋是：

　　「彼為佛者，棄其父子，絕其夫婦，於人之性甚戾，又有蠶食蟲蠹之弊，然而民皆相率而歸焉者，以佛有為善之說故也。」

　　這種解釋太過簡化，如果佛教靠著「為善之說」就可以使人相率而歸，那麼請問：儒家難道不講「為善之說」？如果也講，那麼為何一般人沒有聞風景從？理由或許是：佛教的「為善之說」講得比較完備，包括死後報應與輪迴之說。黃百家編輯《宋元學案》，看了所有宋儒的「性善之說」，但他不去反省這套說法何以不能吸引人，反而責怪佛教的輪迴教義。他說：

　　「而其尤可痛惡者，創輪迴之說，謂父母為今生之偶值，使人愛親之心從此衰歇，而又設為天堂地獄種種荒唐怪妄之談，禱張鑿鑿，所以為異端也。」

　　自視為正統，才會批評別人為異端。宋儒對佛教的批評有多少道理呢？程頤弟子游酢（定夫）說：「前輩往往不曾看佛書，故詆之如此之甚，而其所以破物者，自不以為然也。」後來游酢被人說成「程門罪人」，但是我們不必「以人廢言」，也許他所表現的是「吾愛吾師，吾尤愛真理」的可貴精神啊！

（二）道家的問題

道家以老子與莊子為代表，其思想經過魏晉時代「新道家」的發揮，以及道教的宗教化使用，面貌早已顯得模糊不清。宋儒認為自己是儒家，屬於名門正派的道統，自然也要批評老子與莊子了。

他們的批評主要是抓住一兩句話頭，就大作文章。譬如，老子第四十章出現了「有生於無」一語。張載說：「若謂虛能生氣，則虛無窮，氣有限，體用殊絕，入老氏有生於無自然之論，不識所謂有無混一之常。」事實上，老子此言的意思並非「由虛無生出萬物」，而是「有形之物來自無形之物」。老子強調「道生萬物」，試問：道是真正的虛無嗎？當然不是。

至於莊子，則受到的誤解更多。他認為人的修養應該先做到「形如槁木，心如死灰」，再由悟道而展現人所特有的「精神」。但是，程顥怎麼批評？他說：

「蓋人，活物也，又安得為槁木死灰？既活，則須有動作，須有思慮，必欲為槁木死灰，除是死也。」

程門弟子謝良佐請教程頤有關莊周與佛教的對比，程頤說：

「莊周安得比他佛。佛說直有高妙處。莊周氣象大，故淺近，如人睡初覺時，乍見上下東西，指天說地，怎消得恁地只是家常茶飯，誇逞個甚底。」

由這句評語可知程頤沒有讀完《莊子》，或者讀了也沒有什麼心得。《宋元學案》記葉六桐曰：「明道（程顥）不廢觀釋老書，與學者言，有時偶舉示佛語。伊川（程頤）一切屏除，雖莊列亦不看。」由此可知，程頤連《莊子》、《列子》也都不看。

不看《莊子》而妄意批評，所說的難免只是「家常茶飯」。一言以蔽之，宋儒對佛教與道家的批評，談不上什麼學術價值。

陸達誠

作者簡介

　　陸達誠神父，耶穌會士，一九三五年生，在上海法租界長大，家中信天主教有五、六代。中學時天主教受迫害，看前輩英勇榜樣，萌生奉獻之心。讀二年震旦大學文學課程後休學，養病二年再去澳門。後在香港、臺灣、菲律賓、法國修道及求學。一九七六自法返臺，負責耕莘青年寫作會的會務，並在輔大、政大、東吳等校教哲學三十餘年。退休後靜居輔大博敏神學院，從事法國哲學的翻譯工作。繼續與愛好文學的青年為友。

耕莘與我

　　一九七六年我自法國返臺，離開了本島六年，有些陌生，但在耕莘文教院四樓天台花園裏受到了盛大的歡迎。這是我第一次接觸寫作會，是耶穌會中華省省會長朱蒙泉神父委派我到此單位工作。我不是作家，在法國研究的是當代歐洲哲學中的存在主義。雖然它與文學有些關係，因為尼采、齊克果、沙特、卡繆、卡夫卡、馬賽爾等都有文學作品，但對純文學創作這一領域，我是外行。所以二〇〇九年耕莘文教基金會出版的身為耶穌會士的口述歷史，我將它

命名為「誤闖臺灣藝文海域的神父」。

　　我進入文學天地是誤打誤撞來的。四十年過去了，我一點都不後悔，因為藉著與同學一起聽文學課，閱看一些文學作品，我也開始寫散文，出版了《似曾相識的面容》和《候鳥之愛》兩本散文集。四十年來我接觸到很多作家，他們把自己的寫作經驗毫無保留地傳授給同學，使本會寫作人才輩出，使本會或可以「眾神的花園」一名冠之。我們雖沒有成「神」，但我們都是神疼愛的子女，寫作也是參與神的創工，使神的創造偉業向前推進一步。

似曾相識的「我」

耶穌復活以後，不少人認不出他來，站在墳墓外邊痛哭的瑪達肋納和走向厄瑪烏村莊的兩個「逃兵」都同耶穌談過話，但是他們不知道所談論的人物正是出現在眼前的那一位。耶穌也讓他們停留在不察覺他的情況中，至少沒有立即一語道破自己是誰，他讓自己成為一個「X」。

還好這個謎底不久就揭曉了，他或用一個稱呼：「瑪利亞」，或用一個動作：擘餅，使得真相大白。結果，這些人不只知道這位就是「他」，並且相信他真正地復活了。他們馬上動身去向別人傳揚喜訊，並為耶穌的復活作證。

能不能說瑪達肋納和厄瑪烏二門徒對復活的耶穌有似曾相識之感？我想不見得，因為如果他們有這種感覺，他們就會停止詢問，更會仔細端詳對方的容貌，或許就會發現這個人是誰了。他們都沒有認真看，也就無法看到真相，所以復活的耶穌對他們來講只是個「園丁」，或許只是位赴聖京朝聖的路客而已；他們甚至連耶穌的聲音也認不出來，問題嚴重不嚴重？

我相信這三位先生女士本來可以認出耶穌來，就像若望一樣，只是他們被自己的問題——自己的焦慮、敗興、挫折捆綁起來了，因此他們看不到自己以外的事物。我們一旦套牢在自我的枷鎖中，不但復活的基督，甚至任何別的人，都不會真正遇到。我們只會把他們看成一個個、一堆堆的陌生人。

似曾相識之感的產生，多少因為人走出了自己。還好這種經驗不算太少，我想每一個人都體驗過，因而都會產生共鳴。最近筆者看了一部名為「似曾相識」（香港譯名「時光倒流七〇年」）的電

影，想藉著這篇文章，抒發一些感受。

「似曾相識」可指我曾經見過、認識過這個人，但是我忘了在那裡碰過面，也忘了他的名字。這類感覺有時叫人很尷尬，很窘迫；在某些光景中甚至有些失禮，只能勉為其難地露出笑容，盡量表現的自然，企圖把這種窘境遮掩過去。同時盡可能要到潛意識的底層中彈精竭慮，搜索枯腸，窮極聯想之功力，非把那個人的真諦找回來不可。

成功與失敗的機會往往均等。找到的話，則如獲至寶，喜出望外；反之，則愁眉苦臉，一籌莫展，或許到深夜還會輾轉反側，不能成眠。比較外向的、比較放得開的人，大概不會到這個地步，但多少會覺得不舒適，甚至感到很委屈，奈何！

另一種「似曾相識」就不同了，對象是一位我素昧平生的人，只是他與我曾經認識過的某人很相似。如果後者是我的莫逆至交，則這位新交立刻變成非常親近，真有一見如故之感；因為我已把他納入我生命圈之內層，與他來往不必從頭開始，而從那份與他類似的人之舊交情開始，只要將那份交情轉移，就能使雙向交通直捷暢達。往往由於態度的真誠，這類接觸也會帶給人很多便利，所謂的「精誠所至，金石為開」。這是類比的相知，是人際關係奧秘之一。

然而在電影「似曾相識」中見到的故事也不是這一種。男女主角從未謀面，女方已去世十幾年，並且已度過晚年。男方在旅館客廳中看到一張相片，使他陶醉其中不能自已，乃尋找一切有關資料，企圖把那位不認識的「X」找出來。結果通過旅館老僕人的解釋和翻閱圖書館中一切有關資料，終於使他對「她」的人生有個輪廓。這位女士在一九一二年曾到此城戲院演出，借宿於此旅館。她的聲望和演過的劇名都有紀錄。然後，這位男士用自我催眠的方法超越時光，回到七〇年前的時代，終於找到了那位女演員。為知

這可愛的女郎第一次看到他時說出的話竟是「是你啊！是你啊！」
（It's You！It's You！）

本文既不為介紹電影故事，又不為分析電影情節，只就所見所感略抒管見，供大家參考，所以不想在電影內容上再動筆墨了。

這是第三種似曾相識。相遇的雙方從未謀面，也沒有類比可循，只是一瞥就知道：「就是他」，「就是你」，好像鐵定認識。以前見過不見過不重要，與我認識的人相不相似也不要緊，「就是你」，我要認識，奇妙不奇妙？

很少人不會承認這種「一見鍾情」經驗的奇妙。一般人對這種經驗之抱著懷疑的態度，主要是由於不敢確定它是否真實可靠。

畢竟，二個年輕人如果把整個的生命建築在飄忽的瞬間上，未免太冒失了。倉促結合而缺乏對彼此內在的瞭解，並不能保證恆久而真實的幸福。不過，這種想法多少偏重實利。就這類經驗本身而論，它的確很奇妙，並且異常吸引人。不然的話，怎麼會有那麼多人樂意傾聽、觀賞或閱讀這類故事，而到百讀不厭的程度，因為它太相似人心普遍渴求的一個夢了。

這是一個夢嗎？可以說是，也可以說不是。因為的確有過這類的事件發生：頃刻之間的相互吸引化成終生的幸福。似曾相識的感受一旦在時間中得到保證，對當事人來說，這種體驗不再是夢，而是天上掉下來的幸福。然而，我們不能不說在一般情況中，這種相遇方式不太可靠，反而很可能是一段充滿痛苦癡迷歷程的開始。因此這是一個夢，美則美矣，但只是個幻夢而已。

其實，這不必是個幻夢，對成熟的人，一切經驗都可以在生活中找到適當的定位，因此它很可能成為一段有意義交往的濫觴，雙方的生命可因此而得到滋潤與提昇。

陌生人不必永遠是陌生人，那份似曾相識之感也不一定非得在相遇之初刻，以邂逅的方式出現不可。它可以緩慢而逐漸地從底層

浮起;此後,那張臉會變得不再陌生,而成為我認識的、習慣的臉了。因此不只是某個人、某些人,而是一切人的心中都有使別人成為「似曾相識」之對象的種子。

當這顆種子遇到有利的機會時,便會抽芽吐蕾,使陌路變成友人。它是心橋的種子,它一出現,所有的羞澀、防衛和面具都會消失,而內在那顆真實無偽的心連同那幅真實自我的肖像,終將呈現在別人面前。這幅肖像就是構成「似曾相識」感的最後因素;出現得又快又早,就是剎那的邂逅;出現的慢一些,照樣有其深度,卻比較穩妥,同樣可以達成真正的相識。

深度的似曾相識感並不是面目之相似與熟悉,而是心心相印,肝膽相照。這是靈魂的自我呈現,也唯其如此,才有真正的相識。

如果撇開狹義的相遇事例,而瞻視一切真實際會的情況,我們會發現似曾相識的對象固然各有差異,但他們都有許多相同的特點。因著似曾相識的經驗而認識的面龐,都顯得異常光輝,充滿善意,他的眼光分外慈祥,美目可盼,他的心地是那麼開放,而願接納我,包容我。那是一個毫無自私痕跡的面容,在向我放射關愛、溫暖和喜悅。這是兒童的臉、愛侶的臉和善人的臉,也是我自己的臉;因為雖然我看不到自己,但我相信我最真實的自己該有這麼一個面容,一個充滿光澤、幸福和喜悅的面容。

似曾相識的經驗常常令人看到兩面:看到別人,也看到自己,在「別人」內的「自我」陶醉,因為彼此太相像了。似曾相識的經驗如果牽涉到奧秘,那個奧秘便是從似曾相識者的臉上看到了那位「X」。是那位X使我發現了你,也使我發現我,因為你與我在此時此刻都相似他。他好像是你我真相之原版,他是我之我,他是你之你,他是構成一切「我」的最後的我,他是一切「我」的「我性」。

聖經給了答案。在舊約創世紀中,神說:「讓我們照我們的肖

像造人。」人的原始性中有神性，人以神的肖像被造。然而神是純精神，他怎麼可能有肖像呢？他的像是否指人具有精神的稟賦，如自由、理性、超越能力之謂？是的，這些特性確是屬於靈性的存有之所有，有了它們，人的確可以說肖似了神，但是還有別的道理──也就是說，自從神的第二位降生成人以後，神取了肉體，神也有了一副有形可見的面容了，神也可以成為具有肖像的主體了。

從這個角度看，人與人的相似性，其基礎是相似基督。由於基督本有的神性，他是一切人像的原版。任何人與別人坦誠相處，真情流露時，他呈現給人的面容，就是神在創造他時所用的模型之反射。在似曾相識之中透露出的X面容，原來就是基督的面容；雖然大部分人不知道這件事實，但是這位X確實處處都在，他在一切相知相識者的面容上，播射他慈祥的微笑，因為他就是愛。

雖然他不為人知，但他確是一切人所最熟知者。因此，當我們離開塵世跨入永恆之際，當我們看到那張面容時，一定會情不自禁地大聲呼喊說：「就是你啊！就是你啊！」（It's You！It's You！）我早已認識你，我早已熟知你了！我對你一點也不陌生，因為你一直在我喜愛者的面貌上向我顯示你的尊容。

啊！我太興奮了，我真的喜樂洋溢，可與宇宙同慶，高唱幸福之歌！那麼多的美，我曾瞻仰過，我曾陶醉過，原來都是你！其實你就在我一切似曾相識的經驗之中。你是那個常數，不斷地為人通傳你自身的幸福。你的慷慨使我滿盈，使我衝破自我的繭而向天空高飛。

啊！你的面容多麼純潔美麗，使我不能不尋找你，不能不在許多面容上尋找你，或許也有無數的人在我的面容上找到了你──那個能饜足一切人心的X。

現在，你不再隱藏自己了，你要向我單獨地展示你的聖容，使我在你──我最熟悉的人──身旁邁入永恆，去參見那位「自有

者」。其實，我已認識了他，因為你說過：「誰看見了我，就是看見了父。」（若十四九），那位按你的面容創造一切面容的神也要向我展露慈顏：「來罷！承受自創世以來給你們預備了的國度罷。」（瑪二五三四）。我們終於看到了他，就像聖保祿所言：

我們現在是藉著鏡子觀看，模糊不清，到那時，就要面對面的觀看了。我現在所認識的只是局部的，那時我就要全部認清了，如同我全被認清一樣。（格前十三一二）

上帝取了人性，而使自己從無形到有形，使自己有了一幅肖像，可以作與人相似與否的標準。然而真正的相似性並非形體的，卻是精神的契合與價值的一致，因此相似基督不必一定要有他的外表輪廓。我們看到許多外貌互異但具深度基督化生命的人時，不都是如此驚嘆過嗎？「喔，他真的像基督啊！」

讓我們再一次用聖保祿的話來結束這一連串的反省吧。他說：

天主使一切協助那些愛他的人，就是那些按他的旨意蒙召的人，獲得益處。因為他所預選的人，也預定他們與自己的兒子的肖像相同，好使他在眾多弟兄中作長子（羅八二八一二九）。

沈清松

作者簡介

　　沈清松教授受業於比利時魯汶大學，師從Jean Ladrière教授，除了研習當代歐陸思潮，也關涉當時的科學哲學乃至社會科學方法論爭。歸國後於政治大學哲學系任教，直至現任多倫多大學講座教授，其哲學系統即在發展原創思想及多元關懷，對於現代科技物質文明對於人類精神生活產生的負面效應，以科技與人文的對比脈絡切入，而從現代走向後現代的迂迴哲思之路，從西方哲學省思迴向到中國哲學之精神文化與價值關切，建立從傳統到現代、從東方到西方的對比與外推歷程。

　　歸國後長期於政治大學哲學系任教（含系主任）二十年，爾後受加拿大多倫多大學邀請，接繼著名漢學家秦家懿所留之缺，任哲學系及東亞研究所講座教席。沈清松教授曾被喻作「臺灣新士林哲學」代表之一，卻不限於士林哲學之框架中。沈老師學貫中西，引薦西方哲學回臺灣，並將中國哲學帶到北美及世界。早年主張「對比」，中國與西洋、傳統與現代、科技與人文、自然與心靈、理解與批判、現代與後現代之「對比」；晚近主張「外推」，將之前的「對比」推向他者、推向超越。

耕莘與我

陸達誠神父近日來封電郵，要我趕寫一篇有關「我與耕莘寫作班」的短文，當時我正忙著上課與改學生報告。到了晚上，抽空回想起這段將近五十年前的往事。沒想到，第一個浮現在腦海裡的，竟是張志弘神父那張慈祥的面容。那年，我剛上大二，報名參加寫作班。我當時正在輔仁大學哲學系學習士林哲學。整個班的課程非常豐富，有新詩、散文、小說、戲劇，翻譯⋯⋯等等，都是由當時的名作家講授，我收穫良多。可惜，他們中沒有一人使用到士林哲學的思想。唯獨張神父，他講的就是我熟悉的士林哲學。譬如說，他講「和平」是「有秩序的寧靜」（tranquillitas ordinis）或「妥善的和諧」。或許有許多學員沒聽到這句話，可我知道，這是聖奧古斯丁和聖多瑪斯關於「和平」的定義。沒想到，張神父竟然是位士林哲學家！然而，當時著實令我感到訝異的，是如此嚴肅的士林哲學，竟可以從如此和藹的臉、慈祥的口中說出。

記得當時班上曾舉辦許多有趣的活動。例如，我們結業時要演戲，我記得自己扮演的是一位不願自己女兒太早交男朋友的父親。名不稱實，真不好意思。還有，我們同學們曾被邀請去拜訪朱西甯和劉慕沙兩位老師的家，倍感親切與溫馨。當時天文、天心、天衣都還小，現在都已是名響翻天的作家了。

在耕莘的日子，也激起我對社會事務的關心。記得當時某煤礦災變，多位工人被埋在坑裡，救不出來。我和一位姓朱的同學，兩人搭車抵達礦坑，自告奮勇要幫忙挖坑救人，可惜因為沒有勞保，被拒絕了，只得靠在山邊，望坑興嘆。後來我根據這次經驗，再增添不少想像，寫了一篇小說，投當年的幼獅文藝獎，沒想到還得了獎，也算是參加耕莘寫作班的收穫之一。

還記得，當時教新詩的老師是瘂弦，我時正熱愛新詩，常向他請教。結業後，還曾寫了一首新詩請他斧正，他也熱心地給我意見，實在感謝。還有，當時寫作班的秘書是女作家喻麗清，我也常向她請教，尤其有關文學之感人深切。直到她後來離臺到水牛城，我們還曾有信件往來。等到我後來轉到多倫多大學教書，也曾數次就近赴水牛城開會、演講，曾嘗試著詢問有關她的消息，可惜她已經離開了水牛城。

請別擋住光明

　　雖說鐘鼎山林，各有天性，但心靈如何不落入執著，而能順性發展，與時俱進，光明長保，則是一大課題。道家人物喜歡遁跡山林，逍遙自在，而儒家人物則喜學優則仕，積極進取。然而，若只顧逍遙而忽視社會責任，或趨附權勢而失心靈自由，都是一種執著，有失心靈本性。唯有內心常有光明，才能作明智抉擇，知所進退，無所滯礙。

　　不過，誠如佛家所言，煩惱即菩提，菩提即煩惱，同樣的，光明或許就是遮蔽，而遮蔽中或有光明。有若夜間行車，打開車燈，雖在車前照出一片光明，但莫忘車後與週遭更大片的黑暗。又如森林中的空地，有明月在天，朗然而照，雖一時光亮，但莫忘週遭更為幽暗的森林。總之，非幽暗無以顯示光明，非光明無以照亮黑暗。

　　對此，西方人也頗有體會。且不提哲學家們深奧的哲理，就連畫家彩繪出的具象，也頗能體現此意。我曾見法國畫家葛羅（Camille Corot）畫的林中空地，有小鹿躍出，稍縱即逝。宛如人在自然中有所了悟，剎那即逝，倏忽之間又回到森林的層層幽深。若以了悟代表光明萌現，則光明總離不開幽暗，相反的，光明總是在黑暗中呈現，且因著黑暗而更顯得光明。同樣的，黑暗不離光明，且因著光明而更顯得黑暗。

　　放到鐘鼎山林之趣的脈絡中說，也是如此。記得過去我曾參觀羅馬國家古代藝術館（Galleria Nazionaled'ArteAntica），看到李昂格志（LioneGezzi）的畫作「亞歷山大與戴奧真尼士」。畫中亞歷山大大帝敬謹探訪哲學家戴奧真尼士。大帝一身光鮮，似乎散發著某

種光明，而哲學家戴奧真尼士一身裸露，揮手請他走開，不要擋住他的陽光，讓出一點光明。原畫稿中本有一座大桶子在戴奧真尼士的後面，據說那尊大桶正是戴奧真尼士的居所。但在成作之時，這尊大桶被畫家取消了，更突顯出戴奧真尼士瘦弱的身軀。

表面上看來，戴奧真尼士欲維持其犬儒式的默觀生活，只求一點自然的陽光，而不在乎亞歷山大大帝在人間的權勢與榮華。或許，有那一剎那，哲學家的光明曾被世俗的成就所遮蔽，光明轉過來在政治家或軍事家身上顯現。然而，戴奧真尼士與其要亞歷山大讓開，不如在自己的內心重新尋獲光明。或者，亞歷山大曾一時心動，被鐘鼎之威所蔽，而此正是戴奧真尼士需要亞歷山大讓開，別擋住他內心本有光明之意義所在。

夏祖麗

作者簡介

　　曾任《婦女雜誌》編輯，純文學出版社總編輯，與母親林海音女士面對面工作十年。一九八六年遷居澳洲墨爾本，任臺灣民生報駐澳撰述。近年遷居美國北加州。寫作範圍包括散文、兒童文學、報導文學、傳記寫作，出版有二十餘本書。曾獲中國文藝協會文藝獎（一九九二《異鄉人・異鄉情》）、圖書金鼎獎（一九九五《海角天涯赤子情》）聯合報讀書人年度最佳書籍（二〇〇〇《從城南走來——林海音傳》、二〇〇三《蒼茫暮色裏的趕路人——何凡傳》）、世界福州十邑會冰心文學獎首獎（二〇一〇《林海音傳》）。

耕莘與我

　　半個世紀以前的臺北，是個安靜清爽的城市，漫漫長夏聽得到蟬聲，連續第二屆、第三屆的暑假，我坐在城南耕莘寫作會的教室裡聽課。課堂裡名師雲集，余光中、王文興、白先勇、張秀亞、林海音、琦君……，想不透一位到臺灣沒幾年的「半瞎半聾」外國神父，怎麼能把當時頂尖的學者作家都請來擔任主力老師。

　　課程安排紮實豐富，開風氣之先。老師們受到創辦人張志宏神父誠懇無私的感召，傾囊而出。學員飽嚐文學的豐華，沉醉其中，捨不得下課。那兩個充實豐盈的夏天，成為我此生永恆的記憶。

媽媽的花兒落了！

　　在我五歲的童年的記憶裡，有這樣清晰的一幕：母親牽著我在陽光下穿越臺北城南的植物園，那時我剛從一場與死神擦身而過的大病中痊癒，回到幼稚園上課，那個幼稚園就在植物園裡。蒼白瘦小如貓的我，與豐腴美麗的母親靜靜的站在燦爛的荷花池畔，我看著池中粉粉的荷花和青青的浮萍在空中顫動，心想世界上怎麼會有這麼大朵的花，這麼大片的葉子呢？我看著看著害怕起來，不覺捏緊了母親的手。母親俯下身來說：「怎麼了？妳是不是又頭昏了？」

　　那時父母親各有一部腳踏車，他們每天騎車到報社上班。父親在車後座安裝了一個有扶手靠背的小籐椅，小籐椅下邊還有兩個小腳踏板，這是我和姐姐每天幼稚園上下課的專車。在車上我們穿著母親用剩布，親手縫製的美麗小花裙，姊妹倆一前一後坐在車上。坐在後座小籐椅的我，高高在位，東盼西顧，特別神氣！

　　母親騎著另一部女車跟在後頭，她用清脆的聲音對我說：「咪咪，好好摟著你爸，小腳丫擱在腳踏凳上！」

　　我緊緊的抱著爸爸，回頭對著陽光下全身閃閃發光的母親說：「媽，妳要好好的騎啊，不要摔倒了！」

　　媽媽，一路順風！

（寫於母親去世後七日）

（摘自北京三聯書店版《林海音傳》）

黃崇凱

作者簡介

　　黃崇凱，一九八一年生，雲林人，臺大史研所畢業。曾獲文學獎若干。曾任耕莘青年寫作會總幹事。做過雜誌及出版編輯。與朱宥勳合編《臺灣七年級小說金典》。著有《靴子腿》、《比冥王星更遠的地方》、《壞掉的人》、《黃色小說》。

耕莘與我

　　那時我們都還帶著素人的天真，純粹地對那些距離遙遠的作品和作家有著溫情與敬意，或直白的嫌惡和厭棄。文學地圖正在緩緩開展，不知哪一條路線、那塊大陸或島嶼將會被發現，那是我們的啓蒙時光、學習年代。在勤於擷取、操練各種寫作技藝的過程中，我們不知不覺長大，一如所有的成長故事，總要以朋友的離聚、道路的選擇來迎接成年時刻的鐘聲。

不看足球的褚威格

　　奧地利作家褚威格一九三六年首次到巴西旅遊。出發前他跟大多數老歐洲人一樣，認為巴西「不過是南美隨便一個國家，同其他國家沒有分別，氣候炎熱，疾病肆虐，政局不穩，財政潰敗，行政無序，僅在沿海城市有少許文明；但卻風景絢麗，有諸多未知的可能。這是一個屬於絕望的流亡者和墾荒者的國度，但卻無法產生精神發展的動力。」當年深受歐洲政局動盪、種族歧視橫行和戰爭陰影籠罩的褚威格，作品被查禁，婚姻破裂，原本打算抱著隨便走走的心情到巴西一遊。

　　老歐洲人的受傷心靈，意外在巴西大陸得到慰藉。他盛讚巴西人不分種族膚色的開放心態，原始自然與現代文明的美妙結合，他在這裡找到了平靜祥和。一九四〇年他和新任妻子一起在巴西定居，並為這喜愛的國度寫下禮讚之書《巴西：未來之國》。全書洋溢著作家之眼的細膩觀察，以及考究史地源流的扎實功課。他背負著歐洲舊大陸的歷史負擔，一股腦兒地投射在巴西，不厭其煩的比對，甚而將在巴西所見所聞的一切都視為世界精神的未來可能。褚威格熱愛巴西我沒意見，但書中完全沒出現任何一顆足球，似乎就少了點對巴西的深層理解。

　　在褚威格傷心避走巴西的一九四〇年，世界盃足球賽辦過三屆，而巴西是唯一連續三屆參賽的南美球隊，且在第三屆拿到季軍。褚威格說巴西的種種文化幾乎都是借來的，卻能神奇地融合發展成自己的風格，放在巴西足球同樣說得通。不過難以理解的是，據稱一百年前才舉行第一場正式足球賽的巴西，何以對足球如此狂熱？為什麼這片廣漠的雨林大陸能在每個世代出產世界頂級球星，

每位穿上黃色制服的球員都像是輪迴轉世的喇嘛，擁有無邊創意和華麗球技呢？難怪義大利導演帕索里尼要說：「巴西的足球是詩，我們的頂多只能算散文。」

儘管巴西自己人可能不那麼贊同——好比傳奇球員蘇格拉底說過：「巴西足球在一九八二年就死了，在那之後我們跟其他人都一樣。」若照他的意見，世界足球分進合流，進入散文的年代已超過三十年。本屆世足開幕賽，地主國巴西確實踢得氣息奄奄，第一個進球有如下錯標點的烏龍球；十六強遭遇智利，拚搏到PK最後一球才分出勝負，像是參加作文比賽熬至最後一刻才交卷。巴西最精采的演出約莫是八強賽對上哥倫比亞一役。他們展現了先前不曾出現過的速度感，快到像是NCAA籃球賽的傳導攻防，傳球如彈珠台流暢，侵略性十足更不忌諱粗魯的犯規。開賽不久的進球點燃巴西球迷歡呼，接著整場的懸念可能是：場上兩位二十二歲的十號天才球員巴西內馬爾對決哥國哈梅斯，究竟怎麼分出勝負？最終結果是哈梅斯踢進一記罰球，以六進球暫居本屆進球王；內馬爾被踢到腰椎骨裂，得缺席剩下賽事，兩人一起結束了這趟世足旅程。只能期待四年後的俄羅斯世足賽再見。

對於我比較熟悉的籃球和棒球運動，足球不管在文化或歷史都距離我相對遙遠。這當然是殖民史的偶然，假使當年荷蘭人殖民臺灣直到足球被發明又傳佈到世界各地，臺灣的足球排名可能會從現今的一百七十六名提昇個幾十名也說不定。四年瘋一次世足賽，證明臺灣果然還是胸懷世界，擁抱全球化，比起自家籃球沒得拚和棒球拚不過，密集而高張力的世足賽之於我至少有三個理由值得追。

第一個是時間。四年舉行一次的賽事令人感慨時光的沖刷力。四年足以磨損掉一個明星球員的心志和軀體，也能夠打造超新星的爆發舞台。大多數球員了不起能參與三屆世界盃，極少能到達四屆乃至五屆。因此每屆都會看到世足賽遭到淘汰的球員痛哭流涕如喪

考妣，對照NBA和MLB季後賽年年有，歌唱選秀比賽每年一屆還有好幾個場子可挑，人生的長度除以四之後，所剩無幾。場邊的球迷過著等長時間，與球員一同變老變慢，場上的撲救、頭錘或射門同時銘刻在球迷的人生一瞬，有些形成隱喻，有些化為記憶。

第二是懸疑性。美國作家保羅‧奧斯特曾說球賽包含強烈的敘事成分。隨著球賽進行的敘事曲線，或高或低，不時牽引觀眾的情緒直到終場哨音響起。然而廣義來看，運動賽事的本質更像閱讀類型文學，例如言情小說或武俠小說。大量生產的類型文學已把讀者訓練得相當敏銳。言情小說的讀者只要看到總裁、總經理或董事長，多半能期待作者將以曲折又不失意外的方式把女主角送進某個密閉空間；武俠小說的讀者大約都能迅速進入常見的復仇及成長主題，並預期主角在經歷一番奇遇後，練就絕世武功，成全不管是報仇或實踐轉型正義的宿願。所以觀看世足賽的原則一定是看直播，比賽結束之前，什麼情節都可能發生超展開，而足球賽的傷停時間和PK大戰總能提供最高濃度的懸疑刺激。

第三是爆冷。爆冷有兩種，一種是實力被看好卻早早打包走人，如悲慘的西班牙隊（他們衰到搭機返國著陸前還被雷劈中機翼）；一種是表現超出預期，比如本屆原不被看好卻殺出重圍的法國隊，在八強賽對壘青年才俊熟成群集的德國隊，距離兩隊上次在世足賽對戰已有二十八年。賽前，前法國隊前鋒亨利特地錄製了一首詩祝福法國隊。詩名「高翔遠舉」，出自法蘭西詩人波特萊爾的經典詩集《惡之華》：

> 飛過池塘，飛過峽谷，飛過高山，
> 飛過森林，飛過雲霞，飛過大海，
> 飛到太陽之外，飛到九霄之外，
> 越過了群星燦爛的天宇邊緣，

　　我的精神，你活動輕靈矯健，
　彷彿弄潮兒在浪裡蕩魄銷魂，
　你在深邃浩瀚中快樂地耕耘，
　懷著無法言說的雄健的快感。

　　遠遠地飛離那致病的腐惡，
　到高空中去把你淨化滌蕩，
　就像啜飲純潔神聖的酒漿
　啜飲瀰漫澄宇的光明的火。

　　在厭倦和巨大的憂傷的後面，
　它們充塞著霧靄沉沉的生存，
　幸福的是那個羽翼堅強的人，
　他能夠飛向明亮安詳的田園；

　　他的思想就像那百靈鳥一般，
　在清晨自由自在地沖向蒼穹，
　──翱翔在生活之上，輕易地聽懂
　花兒以及無聲的萬物的語言。
　（郭宏安／譯）

　　我記得這位憂鬱、腳法如詩的老亨利。他是一九九八年那支法國世足賽冠軍隊成員，也是目前法國隊史進球最多紀錄保持人。他沉穩磁性的朗讀聲線，搭配本屆法國隊賽事精采片段，球員多變的表情和動作，激人心緒。如今我們可以輕易在網路搜尋每個感興趣的名字，補習他們展現技巧的精華剪輯。時代賦予我們多角度重溯

編輯的科技，觀看每一格鏡頭放大聚焦的歷史畫面。然而亨利的祝福終究沒能讓法國隊繼續向上飛翔。

回到避居巴西的褚威格。作為一個優雅有禮的老歐洲紳士，褚威格在巴西這個未來之國持續面向過去，懷想昨日的世界，最終他與妻子雙雙在一九四二年自殺。他的遺言說：「我向所有友人致意，願他們在漫長的黑夜之後，仍能再度見到晨曦。而我，這過於性急的人，就此先行離開。」他當然不知道只要再等三年，黑夜就會過去。我忍不住猜想，若是褚威格在走訪里約熱內盧的大小街道和貧民窟之時，感染到人們對足球的狂熱，是否會願意多待在新世界一段時日，甚至目睹一九五〇年戰後在巴西主辦的世足賽？可惜他不看足球，不知道巴西真的成為足球的璀璨未來。

刊於2014年7月14日中國時報人間副刊

朱宥勳

作者簡介

　　朱宥勳，一九八八年生，現為耕莘寫作會會員、《祕密讀者》編輯團隊成員。曾出版小說《暗影》、《堊觀》、《誤遞》，評論散文集《學校不敢教的小說》。並主持數個專欄。

耕莘與我

　　當時我坐在小屋的地板上，想著邀請我們來到這裡的email，上面說，營隊的導師們想把學員聚集起來，組成一個文學團體，也許以後可以一起發行刊物、辦活動之類的。當時我高三，心裡對這些事情半信半疑：憑我們這些小朋友，真的可以嗎？就算可以，有人要看嗎？我只是想寫作而已啊，要搞這麼大的事情，會不會有點誇張啊？要到很久很久我才知道，我們實際上能做到的，比我們以為的還要誇張很多。

其實我也想原地解散

搞不清楚重點的世代

說到「世代」問題，我首先想到的是和哲普作家朱家安主講的一場座談會。那次座談會的主題，是針對媒體推出了「語言癌」的概念，指責時下年輕人說話充滿贅字，需要語文再教育的反擊。我和朱家安早都對語文教育的議題發表過不少意見，立場鮮明，加上活動的宣傳管道是網路，所以當天的聽眾大多都是和我們年齡相近的年輕人。但也有例外。會中，有位年長的熱情聽眾，從自身經驗發表了非常長的談話，一開始舉證某些職業當中「贅字」之必要，到後來卻不知為何轉變話題，幾次重複：「所以我覺得，現在的年輕人就是常常搞不清楚重點在哪裡。」

這話每說出口一次，我就感覺現場空氣緊縮了一點。

不知道多久之後，我終於找到對方停頓的空檔，拿起麥克風切入：「容我提醒一下，根據過往的紀錄，在我們兩個面前批評年輕人是一件很危險的事。」

全場大笑。

事隔許久，我其實一直有點後悔，想和那位聽眾道歉。在那一瞬間，他其實是無辜的，我之所以能藉他引爆全場的笑意，是因為

他在那個場子裡是某種異質性的，和「我們」不同的存在，包括年齡、觀點、思考方式，和對學術討論規範的無知。不得不說，當他講出「年輕人搞不清楚重點」的時候，我們這些被指涉的「年輕人」恰恰知道最搞不清楚重點的人是誰。在這層面上，他和那些炮製出「語言癌」這個假議題的「大人」是一樣的，他們面對一個陌生的世界，於是把所有的不順遂怪給最新生的世代；但他和那些掌權的「大人們」卻也有關鍵性的差異——他也是被那些包藏鬥爭之心的世代論述傷害到的人（他的職業就需要使用大量的「贅字」），雖然他並不屬於我們這個世代。而且，更大的差別是，他是善意的，願意對話，所以願意來到這樣的場子，不像那些至今還在掩耳騙自己的社會賢達。

但是，在當下那個場子，我並沒有辦法細緻地察覺到這麼多區別，握有麥克風的我甚至有些卑劣地，利用了他不自覺建立起來的世代藩籬。在那個敵（？）弱我強的態勢裡，我過於輕率地驅動能夠團結我群、反擊他群的說法，卻沒能體解「他群」之中也有和我們同受壓迫與歧視者。

每個時代都有的七年級

這起小事件，不就是「七年級」世代處境具體而微的象徵嗎？民國七十年後出生的我們，最年幼的剛剛大學畢業，最年長的已在不斷衰退、惡化中的臺灣社會裡面打滾了第一個十年。作為臺灣史上平均學歷最高、學術訓練最佳、受惠於教育改革和民主化，無論在知識上還是專業技術上都最精銳的一代人，卻必須忍受前幾代人錯誤決策的苦果。對現實忍耐也就罷了，偏偏時不時還會有得了便宜還賣乖的既得利益者，把一切責任往根本還沒有舞台可以一展長才的我們身上推。正如同「語言癌」議題，是誰提供了劣質的語文

教育？是誰建立了服務業和媒體業應對的標準程序？是誰造成了如此惡劣的勞動環境和消費文化？但最後錯的好像都不是「誰」，是我們。臺灣是這樣一塊樂土，平庸無知的人可以身居高位，一邊製造問題一邊把問題推給剛好最缺乏資源的一代新人。

當他們感嘆「一代不如一代」的時候，我是同意的，只是方向剛好反過來。

因此，「七年級」本身是什麼樣子並不重要，它只是剛好在此時此刻，擔當了最年輕的社會人這個角色。它脫離了學生身分，因此稍多了一點社會資源和能見度；但這一切又不足以逆轉整個壓制結構。可以這樣說，每個時代都會有一群「七年級」，每一個只因年齡就遭受不平待遇的世代，也許通通可以命名作「七年級」。

於是，在我們所能掌握的場域，很容易形成一個內聚的、團結的、同仇敵愾的狀態。所有「外面」對我們的壓制，在這裡全都取消。如果有誰膽敢拿著「外面」的那套邏輯進來指指點點，那就等著遭受強力的反擊。網路如此，PTT如此，小到「語言癌」座談會（和其他同類型活動）的場子也是如此。我們塑造了強力的主場優勢，設立了高標準的發言門檻、應對節奏、淘選邏輯和檢核機制，那些仗著在「外面」行得通的年齡、資歷、頭銜等社會資本橫行的「大人」，特別容易在這樣的場域踢到鐵板。連勝文如是，蔡正元如是，李蒨蓉如是，在網友心目中「黑掉」很久的洪蘭和李家同亦如是。網路社會學理論有言，網路的特徵之一是身分脈絡的缺乏；剛好，「七年級」最大的劣勢就是身分脈絡，去掉這個，一切就容易了。雖然把「我們」放到人類史尺度來看並不算特別優秀，但要應付在各種特權庇蔭底下悠然過活的老草莓們，很夠了。在「外

面」贏不了，在「裡面」怎麼還能輸？

　　嚴格說起來，這不算是一種良好的文化氛圍。驅動一切的是被壓抑之後的怨恨，攻擊性來自於無法正常釋放的能量。有時它確實會誤傷抱持善意的無辜者，如同座談會裡那位年長的熱情聽眾。但只要這個社會繼續把壓力往下送，這樣的對立態勢就不會終結。恨是一種很難衰退的能量，讓一整個世代抱著仇恨成長絕對不會是好主意。「七年級」會有第二個十年、第三個十年，有一天它也會補滿自己的年齡、資歷和頭銜，而且這件事已在進行中了。

不能喊停的理由

　　在文學的領域，二〇一〇年應當可說是「七年級元年」。從這一年起，眾多文學刊物注意到這個世代，策劃相關專題和活動；同代人也開始嶄露頭角，陸續出版第一本著作。前文所述的世代壓迫結構，也幾乎原封不動地複製了過來——在這層意義上，我們確實能說「文學反映了現實」。前輩作家不需要讀我輩的作品自是常態（其實我是懷疑某些前輩作家連書都很少在讀了吧），不過不讀不認識，也可以把文學環境的惡化怪在我們頭上，這就是正宗臺灣本色了。比如前幾年流行把一切都賴到文學獎作品水準低落上，但到底是誰選出這些「低落」的作品並且為之背書的呢？或者有昔時的天才新秀作家，不知為何常年都有重要評審席位來發表世代歧視之論，卻連文學研究生都說不出他到底寫過什麼重要作品。當年被視為天才的作品，現下看來也只是尋常的抒情日記，我每個月去不同高中評文學獎都會看到更好的。這麼說來臺灣文學真是遍地天才，只可惜同學們其生也晚，縱然寫得更好也無法靠它吃個幾十年老本了。再有經典級的作家，大概是感嘆銷量下滑吧，放言「年輕世代

只讀比自己年輕的作者」，以此論證新生代文學水準崩壞，讓我大驚原來自己十六歲時就如此衰老，身邊朋友、學生一個比一個老靈魂。

他們從自己的書賣不好，推論出文學衰落，然通通歸因給我們，把我們描述成沒有文明的族類。我只想說哈囉，你知道臉書上有兩個分享與分析現代詩的粉絲專頁，追蹤人數都超過一萬人嗎？你知道操作這些專頁的人和他們的讀者年齡層在哪裡嗎？

他們的攻擊只是將自身的無能與恐懼轉嫁給年輕世代，看能不能把責任「外銷」掉。文學圈的「七年級」建構，就是這種攻勢的反響。也是複製「六年級」「八Ｐ」的模式，結集發聲以壯行色；結果大概也會像是六年級小說家們，各自撐起一片天（或退出戰線）後，就原地解散吧。世代論述是歧視的結果，也是歧視的根源，當不對等的權力關係消失，這種劃分就完全失去意義了。沒有國民黨，就沒有二〇一四年風起雲湧的七年級論述；沒有某些前輩作家，也不會有文學圈的七年級集結。我每次重新翻閱六年級的《百日不斷電》，都會有種時空停滯之感。八年級已快要出現，九年級第一代現在也唸國中了，為什麼裡面所有問題都還沒解決？我們到底還要打轉多久？

可以喊停了嗎？說來弔詭，在二〇一一年，我和黃崇凱主編《臺灣七年級小說金典》，被視為小說寫作者「七年級」建構的主要節點以來，我一直想問：可以喊停了嗎？我還真怕我們留給八年級、九年級的世界，是一個還需要集結為八年級、九年級的世界；該不會還要湊一組十二年國教吧。我多希望所有壓力及於我們為止，文學圈內排資論輩、向下歧視的風氣能夠終結。我常常覺得，

一九九〇年代馬華文學出了一個黃錦樹，其意義不僅止於「放火燒芭」，而是他頂住了所有壓力，撐開接下來二十多年馬華文學百花齊放的空間。那臺灣呢？誰來改變那些大家習以為常的「大環境」和「前輩」所製造出來的問題？

　　這或者就是「七年級」文學寫作者繼續集結的「階段性任務」了吧。在那些仿若抄襲自現實政商人物的、停止進步的老草莓們罷手之前，我們還要為後來的人再頂一陣子。

刊於2015年6月1日聯合報副刊「七年級專題」

林佑軒

作者簡介

　　林佑軒，臺中人。一九八七年夏天生，數日後國家解嚴。

　　臺灣大學畢業，空軍少尉役畢。新生代作家。文化部藝術新秀、各大文藝營及創作坊講師。獲聯合報文學獎小說大獎、臺北文學獎小說首獎、大墩文學獎小說首獎、大武山文學獎散文首獎、桃園縣文藝創作獎散文首獎、教育部文藝創作獎優選獎、梁實秋文學獎散文評審獎等數十獎項，數度入選《九歌年度小說選》與《七年級小說金典》等文學選集。處女作《崩麗絲味》於二零一四年秋問世。

耕莘與我

　　謝謝耕莘。永遠記得，文藝營與奕樵同一小隊，而宥勳是隊輔的情景。我們都很努力。

有人溫泉水滑洗凝脂，有人拔劍四顧心茫然，有人天陰雨溼聲啾啾。

　　與同樣寫小說的青年ㄕ共赴一場抗議。恰好是颱風首日，下車才走幾步，雨傘開花了，渾身溼透了。我看著他怒吼的側臉，敬佩不置。朋友即是如此，你愈相處，愈看見自己的愚騃、褊狹、平凡。若一個人與朋友相處而益發自認超卓者，一，你可能須要換個朋友。二，你可能須要換個醫生。

　　朋友的提點則有多種形式。有蕭直身教如我摯愛的青年小說家的，有插科打諢，笑出個深切寓意的。抗議完畢，我們各自回家。臉書上，有張圖吸引了我的目光。

　　某友ㄅ用iPhone上傳的。ㄅ在我校的社運圈與同志圈相當出名。當年在男宿，他將整箱潤滑液安在門口，任人隨喜索拿，教官就來啦，指責他不雅亦不妥。ㄅ召開記者會，荊棘中殺出血路，促成了性別反省，日後，以潤滑液男孩名世。ㄅ入伍也必要像蝴蝶炮一樣旋轉放射然後一飛沖天的。他，渡了彩虹旗入軍中，給長官上課也推薦書單。預官說明會的下午，我走出演講廳，ㄅ正擺攤賣情趣玩具。哪個單位最好？我問。當然是傘特啊！那肉體，噢，不說了。他瞇一隻眼，拇指大大地讚，陽光下，退伍後黝黑精瘦的他犬齒閃耀，像「黑人牙膏」的商標。

　　那是一張用小軟體修過的圖。一卷爌肉，肥瘦分明，穿了竹籤，背對觀眾，躺在澆鹹了的飯上。大概是卜居臺南的ㄅ在老店拍的。畫面調校出LOMO之效，中央像鮮豔過頭了的幻燈片，四角泛曝光的黑。下面有字一行：請勿打擾，我正在做夢。

　　我第一時間就笑了。揶揄得刀刀見骨。名喚「文青相機」的軟

體,能為相片隨機題上百款詩意小語,好比「這世界唯一不變的,是變」、「沒有終點,才能找到永遠」。於是乎,人人都可成為走路是「行駛」,吃飯是「喫食」的文青了。ㄅ拍了這圖,我一看就喜歡。文青該打,因為佔用資源而無裨人間,因為他們讓大家誤以為我們這個社會仍有人在思考。

我也曾是文青。都更迫遷的那晚,我說要去聲援。我那平常與人為善,與我嘻嘻哈哈的摯友ㄨ忽然表情兇狠,嚴厲地說,你如果去那邊礙人手腳,那乾脆就不要去。參與過樂生、寶藏巖、國光石化的他,怎麼忽然翻臉?我很受傷。ㄨ繼續說,對呀,如果你去那邊,沒辦法保證成為戰力,那就別去。旁邊的朋友勸解:他是寫小說的,他只是想去看看。對對對,我說,我會站得遠遠的,只是去感受那個聲光。噢,ㄨ說,那你就去呀。

我徹夜不眠,讀臉書傳來的消息:聲援的教授拉小提琴了。警察解散了又回來了。眾人手勾手躺下來就戰鬥位置了。我看見了ㄨ。警察進襲了。眾人被塞進警車帶走了。我又看見了ㄨ。

我感受自己的卑鄙。寫作者可以將他人的痛苦化為事前的聲光與事後的獎金。運動者對寫作者有這麼多的容忍。我們去偷取你們的悲劇,美其名曰「為你留名」,美其名曰「見證歷史」,實仍為心裡功成名就的魔物賣命。可我有善良的心,我和你們是一夥的啊,是一夥的啊。

後來我再也不這樣了。我要自己,去了,就站前面。

ㄕ在下面留言:好像那塊爌肉的遺言,有點淡淡的哀傷……。我說:我覺得非常好。ㄕ又回:請用爌肉的遺言寫篇小說。我於焉對著爌肉格物,希望不辱於ㄕ。杜甫〈同諸公登慈恩寺塔〉即是命題作文比賽中誕下的佳篇。

我頭髮還沒吹乾呢，雨水滴滴落腿，瀏海像地底的鐘乳石。腿本來也溼了。老天像要考驗我們時代青年，在抗議現場一會暴雨，一會豔陽。尸與我雨衣穿穿脫脫，才塞進書包，急忙舉手又喊起了口號。我瞪著爛肉，想起尸與所有青年的聲嘶力竭的臉。

我點了另個朋友的塗鴉牆。滿滿的，都是他去哪裡，吃了什麼，參加了什麼party。我再隨便看另一人的。他生活作息都跟讀者報告，配上不相關的他的胸肌，他的腹肌，他的雞雞。按讚的豬哥們一小時突破千人。尸板上那些社會議題，按讚的有幾十個人。

這就是我們的時代。有人溫泉水滑洗凝脂，有人拔劍四顧心茫然，有人天陰雨溼聲啾啾。有人貼圖換秒讚，有人衝鋒被罵幹，沒人回頭金不換。我為了我與尸感到不值。尸是外省將軍之後，我是本省富農之後，我們何必如此呢。回程的捷運上，我聽尸悲憤敘苦，忽然有點恨尸：我們倆安安份份，與其他作家一樣談吃談穿就好了嘛，書約都簽了，何苦與當道對幹。失敗了，淪成臺灣父母碰政治的負面教材；成功了，貼胸肌的繼續貼胸肌，吃美食的繼續吃美食，找咖愛愛的繼續找咖愛愛，回頭笑我們傻：你們呦，真是浪費時間，寫小說的人，不快投個文學獎？那個誰誰出第三本書了！

我們不做快樂的豬，而要做痛苦的蘇格拉底（未必痛苦。老哲學家有個年輕帥氣的將軍情人。他甩掉了人家。將軍氣沖沖衝進辦桌現場找冤家算帳，撞見蘇格拉底抱著他的新歡。他質問老哲學家，論相貌，論權錢，他是雅典的鳳凰，為何拋棄了他。老哲學家回答：在我黃金的精神面前，你的物質只是鏽鐵而已。欠揍。可憐的他前男友，活在現代，大概也是天天貼圖引讚的那種人。）的時候，亦即我們不滿於漸漸被資本家剝蝕的物質享受，而追求與資本家針鋒相對的澈底自由之際，就像那天一樣，被淋了滿頭的冷。已很幸福了我們。古代的異議份子是被淋上融化的金汁。

痛苦的是為他人痛苦，偶爾也油然嫉妒。就像我嫉妒那些伊甸

園裡的人。幸福的只求自己幸福。便難免愧疚十足。那個貼胸肌圖的朋友，他滿滿的裸照之間，夾雜了些，腦麻兒包水餃請大家轉貼分享，某某某花式調酒比賽全球冠軍臺灣之光，哪裡的手工修傘阿婆很可憐請大家多多光顧，韓國狗奧運霸場輸掉了活該啦現世報。小愛小恨，無撼結構的，他們最是關心。涉及大是大非，足以搖動生活的，他們便遮眼塞目。「可以不要這麼偏激嗎，你？」

家父也是。伊出身小地主之家，溫柔敦厚、勤樸誠懇，眾人都對我母親說，妳嫁到了個好老公。他非常慈悲，每每捐錢與宗教團體，興涼亭、蓋棧道。可我回臺中，同他說我今天又參加了什麼示威抗議、什麼請願遊行，他便說：你這樣，太偏激了吧？我看著他和藹的臉。我老了也和他一樣和藹，或者說他年輕也和我一樣英俊。那代人被恐怖壓彎了腰，他們之中，有些人則成為了盤古，將天地撐了開來。我們這一代人才能頂天立地地活。而今，天地又將收攏，我不能坐視不管。我好想跟他說，把拔，我已不是當年北上入讀社會組第一志願，想要坐辦公室吹冷氣看報表發橫財的大一生了。把拔，我的肉你收下吧。馬麻，我的骨妳收下吧。而今而後，我是全新的人。我也衝鋒，我也筆鋒，我追求公理正義。

時代對社運份子來說是最壞的。社運份子要怎麼樣才最幸福？他最好生於民國六十六年左右，取六六大順之意。這樣，就來得及參加野百合。然後，是風起雲湧的同志運動。他在民國一百年就可以去死了。這樣就看不見性權倒退與人權倒退的景象。

九十年代的榮光已然遠去，新保守主義昂首班師回朝。衝鋒陷陣換得個冷言冷語。不衝鋒陷陣，找個工作做吧，又發現頭家老虎心，人權卡到陰。東西有毒，房子會晃，路人以目光燒死我與我的情郎。我對ㄕ說，我們像荷馬史詩那被詛咒的祭司之女，什麼都預料到了，沒有人聽。有時感恩，有時惆悵。感恩學校教我們結構、脈絡、公理、正義。惆悵學校為什麼教我們結構、脈絡、公理、正

義。若我們什麼都不知道，還能與我那些朋友一樣貼美食、飛上海、追韓星、玩親親。噢當然，尸與我也玩親親。我們在怪手前相互擁吻，然後衝入火場，將受難者拉出來，期待哪個記者拍下我們的焦屍以獲得普利茲獎。

很多人對我說過，你不是衝組的，你不是站在前線，被警棍痛擊的人。我仍然希望自己能與抗議者的肉身同在。這不是隨隨便便打個卡、寫個文章致敬：我與你們精神同在，就可以的。尸也是這樣想的吧。所以，我們一衝再衝，親臨現場，手不握筆改握拳，一次次消解心中的矛盾。有作者好談寫作之神聖，遣詞調句之勞瘁心力，於焉而有眾星雲集之書腰推薦、璀璨奪目之推銷文案，我漸漸覺得狗屎。精神的勞瘁乃在肉體飽足後才能發生。有些人肉體飽足不了。有些人也想勞心，上天卻沒賜他一張書桌。

我在尸的留言下面繼續寫了：「尸，小說我還沒想到，先來個文本分析吧。那句話是爌肉的遺言。爌肉是臺灣人。一半瘦的，是數百年來的苦勞實幹與山川林莽的血氣；一半肥的，是蒙了良知的物質享受與各種消業解慍的小慈小恨。背上插了竹籤，乃代表自己的利益與認同被損害了，猶然不痛不癢；反而，它要靠這招住了自己咽喉的結構來撐出自己肥美堅挺的扮相。它其實早就死了，連意識都沒有，猶以為自己仍在做夢，且是做著美夢。它背對著，不願正眼以對的，是準備將竹籤抽掉，讓爌肉整塊崩潰，然後吃乾抹淨，不留一點骨血的人。」

尸按了讚。

那個時候，我與尸的某個共同朋友發了一篇動態：「教育部文藝創作獎小說首獎。謝謝大家。」眾人潮水般的恭喜之間，我看見尸也留了言：「這是今天的不幸中之大幸。」

我按了讚。我打了噴嚏，結果流了鼻血。我洗了個澡。

時代對作家來說卻是最好的。我不敢對尸說這個看法。哪裡是被詛咒？我們是被祝福。我們想要幫忙，卻不得其法。可是我們的情緒起伏也許超過了清末民初的文豪。我們掌握的是最無用的工具。我們稍有不慎，就偷竊了別人的痛苦，成就自己在光輝奪目的青史的篇幅。一將功成萬骨枯。以後我們之中有哪個名留千古了，可別忘了你們是踩著文萌樓、葉永誌、官秀琴、士林王家、大埔強徵、國光石化、華隆罷工、美麗灣事件、蘭嶼核廢料……的水晶骷髏寶塔才搆得上文學史的邊邊的。

洗好了澡，我回頭檢查這篇散文的文學性。它不能落得像社運份子粗野無文的爛文章一樣。

起心動念，我就痛心疾首。

我像中世紀的鍊金師，把絞刑架下的屍水混進我的釜中。從被怪手踹爛的家園中，我找文學性。從被污染成青金色的河流中，我找文學性。從被霸凌至死的娘炮男孩生蛆的恥骨，我找文學性。我是小說家的話便尤富創意，可以將案主賜死，調度場景，將受害者一家撞建商接待中心之石柱自殺。文學性好值錢，真是個搖筆桿當禿鷹的多情時代啊。

第25屆梁實秋文學獎／散文評審獎

輯三

時間小碎步

遲遲未抵達的真相，需要一顆有力的心臟。

——許亞歷

林群盛

作者簡介

　　一九八〇年代進入耕莘寫作班。「耕莘詩黨」發起人之一，於耕莘寫作會刊物「旦兮」連載現代詩專欄與漫畫。曾任耕莘寫作會現代詩班導師，與葉紅女性詩獎評審。著有詩集《超時空時計資料節錄集Ｉ聖紀豎琴座奧義傳說》，《超時空時計資料節錄集ＩＩ星舞絃獨角獸神話憶》，輕詩系〇一：《限界覺醒！超中二本》。詩與其他文類收入選集約百冊。

耕莘與我

　　以為自己記性極好，凡事用詩紀錄就夠了。

　　近三十年後，詩也許留下來了，但早忘了是哪一年來耕莘寫作班的。彷彿是個異常悶熱的暑假，四樓的大教室，現在無法想像的豪華師資，浪漫的每日密集上課，中間還穿插五天四夜的文藝營。是這樣開始的。

　　忘了旦兮是怎麼從報紙型變成了雜誌，只記得在美國與日本唸書的期間，乖巧把漫畫稿與文章傳真給玉鳳姐的日子，回國後老是纏著白靈老師。跟陸爸拜年，寫信給好幾屆的輔導員與總幹事。

　　忘記那麼多，卻清晰記得寫作會大樓被拆除，留下的空地冷冷伸出扭曲的鋼筋，扎著緊壓文件夾的胸口，記得玉鳳姐去了大陸，以及更遠的地方。

　　沒讀完的詩稿，後來全變成了詩集，一本再一本，把我忘記回覆的信件與傳真，靜靜掩去。

秋流砂

可是，已經秋天了。

陽光像在辦公室窩了幾十年的老上班族似的漫不經心漆亮了周遭，我緩緩醒來，夢的餘溫和縫錯的鈕扣一樣扎著老在過敏的部位。死亡的香氣還在門角徘徊不去。

上飛機前兩天知道他的死訊。正是背完《花語一百》的春季。然後一整個夏季都在下雨。下到連聲帶都要發炎的程度。

終於，秋天也到了。

代替楓葉的是仙人掌的灰熟。沙漠的秋天幾乎只是冬季正式登陸前的清掃工作。比電線桿更粗更高的灰綠色仙人掌靜靜埋入馬路中央的安全島，旁邊連一簇雜草也難得長出來。更遠的前方是暗灰色系的山壁。頂端還沾著雪的淡白。

已經是秋天了啊。

我發現我老是在自言自語。感覺上已經成為仙人掌族類的離群動物。

一開始其實沒有多難過。在飛機上時我是這麼猜測的。開學後我就像夏天的向日葵一樣活潑健康，而功課作業也恰好如陽光般充足飽滿。直到有一天意外的空閒以蝗蟲的量與質來襲，稍微回過神來，好像怎樣都揮霍不完的夏天已經一粒也不剩了。

那麼，也該是秋天了。

陽光突然收斂起之前的和藹可親，連光本身都像佈景一樣失去了誠意。縱使是光亮洶湧的中午，一樣會有莫名的冰雹敲著我的天窗。

不是才秋天麼。

　　想到他可能從來就沒有把我當作朋友，突然有點不知所措。我失去的可能不只是一個朋友。而是一個可能會成為朋友的人。一想到這裡，就很想拿起電話聽筒，聽著另一端永無止境的「嘟、嘟、嘟……」

　　死亡的風砂在窗外淡淡刮著玻璃。

　　真正到了沙漠後，才知道不是每棵仙人掌都有刺，許多大型的仙人掌其實是極溫馴的。他們頂多只是擁有皺摺較大的厚皮。許多的鳥將仙人掌啄空成巢，更多的動物當仙人掌是便利商店般普及的固定水壺。

　　而真正在沙漠待久了，也才明白秋天不一定要有楓葉的血統或姻親關係，而朋友也不一定可以四季如春地延續下去。

　　正是日正當中的秋天。

　　我一直認為真正的朋友是可以向你誇顯他的喜怒哀樂的那種人。其實他一開始也是。常在半夜打電話來的他往往只是向我抱怨一些當時我認為微小輕薄的事，扮演聽眾的我是高興他這樣放肆的，像經過楓樹時被一片楓葉拍拍頭。然而這種情況維持不到一年就消失了。像許多應景俗氣的秋季電影中總要刮起的那種風，那種不知道從哪裡來，又要去向何處的風。

　　那天他又在午夜打電話進來，口氣像隻淋過雨的貓一樣委屈。當他說到一半時，發現我竟然半夜還神祕兮兮抱著話筒的媽立刻拿起分機斥責了幾句。我清楚地聽見他微弱地道歉以及畏縮的掛電話聲。

　　那大概是我最後聽見他表示自己真實情緒的一聲。

　　從那一夜後，他再也沒打電話來，見面時也總是有禮而慎重地

微笑，完全像沒發生過那件事一般。雖然我也知道他如春似夏的繁茂笑容下可能是枯葉的殘跡，可是那時年紀太輕的我們一直不知如何是好，又過了幾年，我們成熟一些時，已經成為太過純粹的陌生人了。

秋天居然就跟著來了。

夏初，回國向朋友要了他骨灰下葬的簡單地圖：「很遠的，要我載你嗎？」我搖了搖頭。「不用了。自己去好像會比較好。」我停了一下：「而且有些私人的事想問他。」「這樣子呀。」

最後我不但沒去，而且還把地圖弄丟了。

原來我也不是願意追求真相的人。

而秋天仍緩緩地踱著，像沙漠中常見的蜥蜴。

在我停止自言自語前，死亡的體香老是從窗外飄進來。沒撥出去的電話號碼。寫了一半的信。生了鏽的楓葉。不知流落何處的地圖。一直被鳥掀扯舊疤的仙人掌。把天窗凍傷的冰雹。偶爾停在扶手上的蜂鳥。老是過與不及的陽光。黃昏的落雷。在沙漠的某處悄悄翻身的流砂。海市。蜃樓。

秋天很快就要過去。

羅位育

作者簡介

　　羅位育，曾任國中、高中國文教師、耕莘寫作班講師。創作文類為小說、散文與新詩。慣以微嘲的筆調來描述現代人所遭遇的各種問題，企圖在這個紊亂脫序、不確定的滾滾濁世中，提供給讀者一個冷靜的想像空間，開發各種可能的議題。

作品：
【散文】
一、等待錯覺：皇冠文學出版公司，一九九四年出版
二、有限關係：幼獅文化公司，一九九八年出版
三、各就各位：有鹿文化公司，二〇一一年年出版
【小說】
一、鼠輩：躍昇文化公司，一九九〇年出版
二、熱鬧的事：聯經出版公司，一九九〇年出版
三、食妻時代：麥田出版公司，一九九三年出版
四、天生好男人：麥田出版公司，一九九五年出版

五、貓吃魚的夢：麥田出版公司，一九九七年出版

六、不歇止的美麗回光：麥田出版公司，二○○一年出版

七、我不是第一個知道的〈小說精選集〉：東村出版/遠足文化，二○一二年出版

耕莘與我

　　多年以前，因著楊昌年教授招手，引我進入耕莘暑期寫作班，我的耕讀生涯展卷了。昔日，我就風聞這所寫作搖籃。二十歲時，我們一群玩耍的朋友當中，某位才女參加了耕莘暑期寫作班，還笑言：「練文字功去」。朋友們欣賞她的才華，不過，沒人有本事陪她練文字功。那時，我也是寫作搖籃外的路人甲，一向覺得自己的文字秤不出多少斤兩，拿筆指天畫地？就不必費心了。直到大學躬逢楊昌年教授的新文學課程，在老師高明的推搡點撥之下，忽然聽見自己小小的心聲：「不妨練練文字本事吧。」某一暑假，老師手一指耕莘寫作會，我彷彿聞悉當年朋友笑談的回聲：「我要去耕莘暑期寫作班練文字功。」這就奔赴耕莘，來瞻仰當年那位友人練文字功的地方。此後多年，我在這間寫作搖籃過從許多良師益友，也能稍寫出一些閱世的眼界。良師誠告寫作的大道和秘境；益友彼此推敲創作的足與不足；而成為寫作人的愜意之處，不在於自己是否筆刺錦繡，而是悅樂發現眾家作品中的智珠。

　　耕莘寫作會處處游於藝。

公事包

一

　　父親生前經常汲汲伏身於工作的，如今，只要一提及父親彌留時的安靜臉色，母親便感慨地嘆說：「他是為工作賣了命！實在是⋯⋯」

　　實在是⋯⋯父親太以工作為生活的本分哩！

　　初懂人事的小學時，只要半夜驟醒，總看見書房門口彌漫了光和霧，我立刻知道父親又在邊吸菸、邊斟酌卷宗上的文字。對一個總愛瞌睡的小朋友我，相當憂心自己日後是否也會淪陷在黝黑深夜一般的工作情況，而且，我顯然會邊努力撐著加菲貓的睡眼、邊嘴落口水在卷宗上，然後，卷宗的口水臭味又會熏醒我，而我再度邊努力撐著加菲貓的睡眼⋯⋯，所以，我正告自己將來要選擇輕鬆的職業來讓自己早睡，沒有必要為工作賣命吧！

　　是呀！我的父親在工作上賣命養家，每天黃昏，他手提著公事皮包、大步踏入家門，在父親低首換穿鞋子的當下，兒子我會將公事皮包接手過來，並展現小公雞司晨般的精神，將公事皮包送入父親的書房歸位。為父親效勞的好習慣是母親責成我的，母親是在炒菜的油煙之中現出笑臉說：「借爸爸一點力氣提東西」

　　我沒在父親的公事皮包上借多少力，公事皮包不重，真正沉重的，是父親不定時提回家的龐大公文卷宗，父親說那堆公文太重要也太重了，小孩子不要碰，所以了，對那些公文卷宗別說借力，我連摸都不必了。然而，抱著父親的公事皮包時，也彷彿覺得自己就

要長大了，將來也要一手提著公事皮包、一手拖著公文卷宗回家，將公事皮包交給小孩，公文卷宗自己扛著……然後，我似乎要被迫熬夜來奮戰公文了。

人一長大就有可能逃不了熬夜哪？而熬夜會熬出一張苦臉來，不是嗎？

父親往生後，母親把父親生前最後十年間所使用的深棕色公事皮包交給我，說紀念也好、實用也罷，反正由我這位兒子當老夥伴照顧了。這只公事皮包並不是我小時候經常提抱的那一只，但是，皮包的內袋真是裝滿了父親一生奉公的心意。我小心地為它上油，並且擺在我的書架上，和眾書們親善親善。

在將公事皮包擺上書架的一刹那，想起我們火化了父親在世最常穿的一套西服，好讓遠遊天上的父親保存人間居的紀念品。那……是否也將這公事皮包火化呢？而父親就可以身著西服、手提公事皮包來我們的夢裏敘舊了。不過，腦子雖然浮出父親贊許微笑的神態，並沒有真的把這只公事皮包送入火中，畢竟公事皮包的皮革是很堅韌的，很難化成青煙飛天的。況且，我可把這只公事皮包視為父親昔日工作情感的象徵哪！只要一見到公事皮包，就彷彿看見父親書房門口的光和霧。

二

走在國內百貨公司的皮件部門或路旁的皮件店前，我耳聽脂粉味十足的櫃台小姐或老成的皮件店員親切的產品簡介，心中想著：「我終於成為一個為工作熬夜的苦臉男人。」但是，我並沒有如同父親一手提著公事皮包，一手圈著龐然的卷宗離開辦公室，同時，內心又懷著「舍我其誰」的使命感。然而，我也有相當數量的書件要隨身走的。我並沒有意思非要購買父親所常用的那一款公事皮包，不

過，如果瞧見了那一家皮件擺有父親那一款（SUN-DEN）的公事皮包，或許會因為心中產生一種家常的感情，因而聽進了店員的產品美言。

美麗的店員笑著說：「先生，這件皮包很適合你的風格哪！」認真的店員認真說：「我們真的是價廉物美！」世故的店員殷勤地說：「沒關係！看喜歡最重要。」嗯！我敬表同意這些熱情的「店員說」，而且，我在皮香四溢的大包小包中快樂呼吸著。不過，我只是輕輕拍拍這些等待主人中意的公事皮包，而有禮貌地向每一個店員說：「謝謝！我會再看看！」

店員世面見多了，大概會將我的「禮貌說」視為顧客的敷衍權利，然而，我是一時不知從何買起？除了對於物件的質感、堅實、價格等條件的講究之外，或許，我是不經意地等候著家常的感情。

謝謝！我會再看看！我認真地向長髮、短髮、多髮、少髮、黑髮、棕髮、年輕的髮、年老的髮、男髮、女髮……的皮件店員表示誠意，他們大多相當有禮地回個友善的眼神以及好話：「謝謝光臨。」，當然了，也有店員以沉默堅定的眼神盯梢，似乎擔心我可能想要不告而取。

我真的再度光臨許許多多大大小小明明暗暗的皮件店，我在買與不買的情態之中，慢慢地捉住自己一點微妙的心思，或許，或許麼……我其實想要的，就是父親當年交付提抱的那只公事皮包，雖然，我完全忘記那只公事皮包的形貌；雖然，那只公事皮包的形貌和父親過世前十年所提的（SUN-DEN）公事皮包應該相差不離，但是，我心中隱隱固執地感覺著，年富力強的父親所提的公事皮包，必然煥發著一種生命的光采，是年衰體弱的父親手中的（SUN-DEN）公事皮包所不及的。

我在各家皮件店前走走停停的，或觀望或沉思或覺得似曾相識卻又覺得似是而非……，或許是想要偶遇那只籠罩父親年輕情感的

某某公事皮包吧！

三

父親初回天時，母親曾夢見父親呼喚她起來觀賞八點檔連續劇，夢醒時，恰巧就是連續劇主題曲開唱之際。母親又夢見父親問她是否取走某件西裝口袋的零錢，而父親在天上正需要零錢付帳，母親起身一想，果然如此，在那件西裝火化前，母親取出了口袋中的人世零錢。

母親把這些夢況和實情告訴我，我一方面覺得有意思，一方面詫異自己為何沒有機會和父親在夢中聊聊，而我幾乎是無睡不夢的。直到父親過往第七年，我在夢境中的自家公寓樓梯遇見了父親，父親簡短的說他很好，而且是菩薩了。

我因為心喜而突然夢醒了。我雖是一位時時謝神恩說阿門的基督徒，卻非常高興父親有幸成為菩薩。不過，我卻不記得夢中父親的穿戴，今裝？古裝？還是菩薩裝？而且，父親是自在笑著？還是鄭重其事的神態？我也沒有任何印象。不過，有一件事是確定無疑的，父親手中是空的，他沒有提著公事皮包。看來父親已把公事皮包放下來了。

而現在的我常常身上掛著大包小包的，只不過這些大包小包並非是公事皮包那一類的。許多友人好奇我這麼披披掛掛的，彷彿是把全部家當一身掛，隨時要離家出走似的。我是成為一個為工作熬夜的苦臉男人，不過還不至於要到賣命而為的情狀。我的大包小包裝了一些可算重要也算渺小的書件，以及一些生活中的零碎物品。大包小包並沒有填滿，還預留了一些空間，準備吸收另一些可算重要也算渺小的書件或生活中的零碎物品。

掛著這些大包小包的我不時走向大街小巷的皮件店，東漫看西

張望的，總會欣賞到一些氣質優雅、作工精美的公事皮包，但是，我始終沒有認出父親當年交付提抱的那只公事皮包。現在，已沒有任何男男女女老老少少的店員會來招呼我的眼光，倒不是他們已經熟悉我就是那個經常徘徊在皮件前而沉吟良久的路人，而是這種身上披掛大包小包的風塵行者，可和提著公事皮包的重要人士形象絕緣的。

陳　謙

作者簡介

　　陳謙，本名陳文成，一九六八年生，佛光大學文學博士，曾任電視編劇、專業出版經理人，現任教於臺北教育大學語文與創作學系。一九九二年加入耕莘寫作會，已出版詩集《山雨欲來》（一九九二）、《灰藍記》（一九九四）、《臺北盆地》（一九九五初版；二〇〇二再版）、《臺北的憂鬱》（一九九七）、《島》（二〇〇〇）、《給台灣小孩》（二〇〇九）等六部。並有散文集《滿街是寂寞的朋友》，旅遊文學《戀戀角板山》）、《水岸桃花源》，短篇小說集《燃燒的蝴蝶》，論文集《文學生產、傳播與社會：解嚴後詩刊選題策略析論》、《反抗與形塑：臺灣現代詩的政治書寫》，文評集《詩的真實：臺灣現代詩與文學散論》等十三部。作品曾獲吳濁流新詩獎、文建會臺灣文學獎、臺北文學獎、礦溪文學獎等十餘獎項。

耕莘與我

　　一九九二年的夏天，我毛遂自薦到前衛出版社工作，那時出版社位居金門街，下班後我的散步地圖就沿著汀州路往公館方向，來到一處叫作耕莘寫作會

的地方，只是沒想到一直到二〇一六年的今天，二四年來始終如候鳥般不時飛回停駐。

在寫作會報名參與黃英雄老師指導的編劇寫作班。一九九二年的我，當然不知道二四年後的我會以文學作為志業在大學教書。對當時一位高中畢業生的我，耕莘確實是一座仰之彌高的寫作大學，二四年來後來我參與的工作包括輔導員、兒童營副班主任、理事、《旦兮》雜誌暨文學叢刊主編、專題講師、導師團等工作。我向白靈老師看齊，自詡為耕莘永遠的義工，也學習白靈老師每年以固定的捐款，贊助寫作會辦理活動。

在辛亥路上，耕莘寫作會總亮起一盞文學溫潤的微光，期待每一位候鳥不時的飛返。

懷人三帖

一、蓮，在心中點燈—給玉鳳

一九九九年七月，我重回職場。因為生活巨大的開銷壓力，我的專業寫作生涯只持續了半年。但也何其幸運，藉由報紙一條陌生的線索，擔任了出版社的企劃主編，作了自己喜愛的工作。同年十月前後，作家江兒介紹我前往某大集團的週刊工作，因為我當時已在出版社上班，集團長官答應我先以兼職方式，待我盡快辭去出版工作後再以正式員工聘任。

那是一家薪資相對於「出版事業」來說，算是優渥的工作，但由於上班時間稍晚，常常下工時分已是午夜時分，加上工作內容為標題寫作，不但要審閱粗俗的文章又得時時揣摩編輯長官的好惡，加上我不善應酬、說場面話，工作上自然不是那麼快樂。

隨著時間的流逝，兼職就快半年了，職場長官並不滿意我仍腳踏兩條船的行徑，優柔寡斷的性格令我一時手足無措，是時，我給了玉鳳姐一通電話……

那天我們在萬大路見面，因為工作因素我早已遲到。順著狹小的樓梯上到三樓，開了門——

「來來，今天你是主角，快過來……」

我點了大概一個鐘頭的頭，聽一位五術老師講述我時常遇到人生橫逆時，也會經常去翻動、並不陌生的紫微斗數——

「那他什麼時候會比較好……」只見玉鳳姐繼續追問。

「那他適合作什麼工作！」玉鳳緊追不捨。

「嗯，往水象的，流動性高的工作，較好。」老師這般詮釋著。

流動性高，那不就是週刊的工作？……我心裡暗暗思索算命先生語帶玄機的這句話。

之後我並沒有順命，在現實與理想之間，我依然選擇理想。

全都是應了玉鳳姐在下樓後對我輕描淡寫說的一句話：

「真的想作什麼，就去作罷。老師的意見──只供參考。你沒看他把我們誤判為情侶了嗎，真是夠了。哈哈，他也有誤讀的時候罷……」

這就是玉鳳姐，我們這些朋友眼中的浮木，海上漂流時，總想抓她一把。在她那如向日葵般元氣十足的熱忱背後，相信大部分的人都和我一樣愚騃，無力察覺她自身的壓力和苦痛。

對於我們這些時常令她牽掛的家人、朋友，玉鳳姐當然會有不捨。但處事細膩如她，我們都相信她的這個決定，是救贖自己最好的方式罷。

〈藏明之歌〉玉鳳姐曾將自身隱喻為蓮，蓮是眾香王者，一如她放光覆影的風範，讓我們都記得她，為我們留下的光亮與馨香吧。

　　熄滅的形

　　揮散了自己的影子

　　而形滅多好

　　蓮

　　在心中點燈

　　（葉紅作品／一九九三）

二、姑媽

我不知道怎樣來描述我的姑媽？對我來說，她有著上流社會的生活形態，與我的生活領域重疊不多，懂事以來，我抱持著敬而遠之的態度看待。

逢年過節，爸爸會帶我們主動去找姑媽，通常是在大年初二回娘家的日子，那一天一大早我和哥哥會穿上很少拿出來穿的小西裝，頭髮用髮霜稍作打理，擠上一台鈴木五百西西的小貨車，前往姑媽在新莊的家拜年。車子到門口的時候要按電鈴，像城堡一樣的大門會緩緩開啟，車子穿過花園後繞一個小圓環，可以走進我姑媽氣派輝煌的大廳。

拿紅包的感覺其實並不喜悅，花花綠綠的鈔票回到家還是交給爸爸「永久保管」。再加上爸爸事業好一陣子不順暢，但主要仍是好賭輸錢，據聞入姑媽家「周轉」的次數實在頻繁。

而我記憶中單獨前往姑媽家，只有一次。那時我在客廳等待著，時間好像相當漫長，當姑媽從樓上的樓梯慢慢走下，我有一種莫名羞愧的感覺油然生起。一個人從南部隻身北上，國中畢業，上職校夜間部就讀，因為租屋的押金不足，打了通電話回南部，爸爸說跟姑媽說好了，要我去拿借二千塊錢。

從姑媽手中接過來的是五千塊，我說不用這麼多，姑媽只說：留著。用一種略顯嚴峻的口氣。那天我穿上一件黑色的西裝外套，身形看來單薄而消瘦，即將上高一的我，將近一百八十公分的身高，走起路來有些駝背。

「走路就要抬頭挺胸啊——」忘了姑媽那時又說了些什麼，如今只記得這句關鍵的話語。身高比一般同學要高的我，為了不想讓他人有太多壓力吧，走路總不願挺起胸膛，想跟旁人一模一樣，

姑媽的訓誡，是我第一次也是惟一一次對姑媽最深刻的印象以及記憶點。

當我爸爸，媽媽都陸續前往天國時，也傳來我姑媽，我的三姑媽在大年初七過世的消息。我其實在初二時就想帶著我的兩個小孩前往新光醫院探視姑媽，但總認為不該自己單獨前往，免得一種莫名的傷感又因應而生，大年十五將過，大哥大嫂回國時來電問我知不知道姑媽過世，我才驚覺自己錯過了見她最後一面的機會，以致遺憾發生。

我的姑媽，教我做人該抬頭挺胸，不該畏懼與閃躲。

想回答您：我知道，我明白了。

我的姑媽——楊陳金。

——寫於2009/3/2

三、在隔離病房

「阿媽妳要加油，阿媽您要快快好起來⋯⋯。」

每次電話撥通。開頭總是這兩句。母親因為腦中風，被醫生判定為植物人。但我可以感覺，在小孫子輕輕叫喚她的時候，她緊閉的眼眶裡眼珠咕嚕咕嚕隱約滾動著。雖然醫師說：那只是你們的錯覺，在醫學上是不可能的。

植物人的母親因為洗腎傷口遭受感染，小孩子只能透過貼在阿媽耳朵的手機告訴母親：

「阿媽妳要加油，

阿媽我愛妳。」

——紀念母親陳巫銀（1940-2006/5/31）

李儀婷

作者簡介

　　李儀婷，東華大學創作與英語文學研究所碩士畢業。曾任廣告文案、耕莘寫作會總幹事、男人幫男性時尚雜誌編輯。現任耕莘青年寫作會駐會導師。

　　作品曾獲林榮三文學獎、梁實秋文學獎、吳濁流文學獎、宗教文學獎、國家文化藝術基金會創作補助、文建會出版補助等。著有短篇小說集《流動的郵局》、情慾小說《十個男人，十一個壞》、劇本《風雨中的郵路》等。

耕莘與我

　　二〇〇〇年認識進入耕莘，擔任輔導員，此後每一年的耕莘活動，我成了固定班底，但每年耕莘的活動，總讓我有一種走在電線上的危險感，就彷彿走電人一樣，因為輔導員的人數遠比參加活動的成員多太多。這樣的情況，直到二〇〇五年，我提議舉辦以「搶救新秀再作戰」為名的文藝營，耕莘青年寫作會於是創造出第三次的文學浪潮，如今，每每走進耕莘社團的辦公室，就像回家一樣溫暖熱鬧了。

占風鐸

　　我的家鄉在大石莊，那裡的麻桿直又長，青棵豐收在羊隻的嘴，高粱地是窩窩頭的酒，我的家鄉釀有最純正的東北風……

　　是病，讓父親又再唱起那一首，攸關他這一輩子該結束在十八，或往八十邁進的人生關卡的家鄉小調。

　　夜裡，病重的父親從長達十六年的惡夢中驚醒，咬著牙撕裂地呼口號，僵硬的擺動身子急行軍，眼睛裡燒出滿是行刑前的恐懼。惡夢的父親，在現實的床眠上，扯著自己的衣角，驚恐的唱著那個他來自的地方，而我卻從未抵達的東北故鄉小調。如此一來，屋裡學不會走路的孩子，原本也因病而苦痛的哭鬧著，聽見了父親的家鄉調子，竟能安息了孩子的病痛。

　　我在兩張病榻上，緊握著兩隻手，一隻是父親，一隻是孩子。

　　是病，此刻我的父親正面臨兩訖的難題，一如我對孩子的抱歉，在這甚囂塵上混亂的時局，我誤判了情勢，讓孩子還沒學會呼吸之前，就必須面對病痛與死亡兩訖選擇，同孩子的祖父，我的父親一樣。

　　不管外頭的喧鬧，是如何侵擾孩子與父親的病痛，父親惡夢的嘴裡激昂的歌聲，卻安眠了我們的情緒。孩子，這一輩子，你是我們一份子了，無關時間長短都無法改變血脈的事實，讓我同說說關於你祖父，我父親的故事。

　　那年，父親十八。

父親是哼著歌,乘著船到小島的。

父親很清楚這趟來的目的,政府軍說,這一切的爆裂手段,都是為了讓他們來讀書的,他們預備到一座名為孩子現在居住的小島上讀書。

那時,父親說,那艘船上,擠滿了五千多名的學生,全是山東境內一路跟著中央軍從濟南拉鋸到廣州,邊作戰邊在烽火旁求知識的孩子。學生人數龐雜,他們卻只備了一艘油輪讓學生撤退。上船那天,偌大的油輪,像蜂巢般讓成千的學生盤踞著,油輪的吃水線已經沒入海面幾尺,無法行駛。父親是最後一個上船的。父親和幾個就讀第二臨時中學的同學,在腰間綁著麻繩,一個拉一個地上船了。

孩子呼吸的聲息弱了,想是病痛稍微遠離。孩子抿著唇,像是把世界的新奇都吮入好奇的嘴,不停的抽動著。

記憶中,父親上船之後,混亂,不知讓誰的硬棍子悶哼敲了一記腦袋,立刻昏了。「暈了,丟下海去吧。」父親整個人昏是昏了,但是手腳卻醒著,惦念著無論如何也要上船,到島的另一頭讀書去,因此整個人既昏又醒地死命掛在船舷上。多虧了父親堅韌的意志力,否則現今我和孩子,將隨著掉落海底,前來分食父親的魚群體內了。

孩子,你似乎不以為然的緊閉著眼,伸展著因病而畸零的四肢,向我抗議,你喊著嘴說:「但願一切不存在」。我睜開眼,面前是還在惡夢中遊歷的父親的臉。握著父親的手,我卻無法對父親說:「但願一切不存在。」不是因著病,而是因著他是我的父親,他努力的攀住性命,努力地讓之後的家族樹能在異地苦壯。

孩子,也許,我情願鬆手的,是你。但願一切都不存在,是的,但願一切沒有發生過,那是對你巨大的愧疚。

當我的父親在船上醒來時,船已經搖搖擺擺的預備靠岸了。有

個學生指著父親說：「你命大，本來該丟你下船的，但是沒人扳得動你。船吃重不能開，好多人都被打下海去了。」為了讓船減輕重量，政府軍派人拿長竿，在上頭綁了刺刀，在甲板這頭見人就捅，好多人被捅下船，也有好幾個被打暈了。船上的學生見著有人被打昏，便合力將暈過去的學生扔下海裡，空間大些，他們也好舒服些，但他們哪知道父親的手紮了根，命中注定到小島開花散葉。

油輪靠了岸，父親以為到了可以唸書的小島，哪知道他抵達的只不過是澎湖的港口。軍隊上校在暗夜，頒了一道密令，五千多名的學生是國家的生力軍，全體一律從軍，不願從軍的反抗者，視為暴動份子，一律投海。

父親在深夜，還沒弄明白是怎麼回事，就讓奉命辦事的軍人裝進大麻袋裡。父親被塞進麻袋之後，許多像鵝蛋那麼大的石塊也砸進袋子，將父親砸出一個腦袋花。嗡！也敲響了父親身體的鐘。

那天海風很大，父親在黑暗中聽見浪濤打在岸上的聲響，寒冷的足以濺起一丈高的浪沫。與父親一同預備投海淹斃的暴動者，多達五、六十名。孩子，知道嗎，把人投進大海中的聲響其實不大，就連掙扎哀嚎的聲響也極小，因為很快就被海浪淹沒，倒是在等待極刑的時光中，麻袋裡發出的掙扎，遠比海浪更令人戰慄。一如你的出生。

父親在麻袋的黑暗裡，想起了爺爺，想起了盼望他回家的奶奶，也想起了家鄉那片恍亮的高粱田。

緩緩的，父親小聲的敲著身體的鐘，跟家鄉的一切告別：

我的家鄉在大石莊，那裡的麻桿直又長，青稞豐收在羊隻的嘴，高粱地是窩窩頭的酒，我的家鄉釀有最純正的東北風；春天是麥子的瓦片房，冬天是小米的暖棉襖，我的女人是孩子肥沃的土，麻辣的高粱，嗆人的喉，燒不滅的是離別的九月九……

父親的小調，是占風鐸，是掛在城牆警戒的風笛，篤篤的吹奏著低沈的悲歌，是開始，也是結束，提醒著聽者過往的記憶從此一筆勾消。

必須藉由風響才能哼唱的占風鐸，一口用來戒備提防的風鐘，因為恐懼，讓父親敲響了記憶的號角。

麻袋裡的父親唱著記憶，來到行刑軍官的面前。軍官聽見了父親的響鐘，表情顫動了一下。那一短暫的片段，是父親這輩子最漫長的一刻，他在黑暗中放棄掙扎，靜靜等待死亡從他的腳裸開始淹沒。

「打開！」

麻袋裡，露出父親因死亡逼近而顯露的蒼白恐懼。

軍官看著父親的臉，襯著月色，父親也抬頭仰望。

那夜，是父親離開家鄉之後，第一次仰望天空的星河。

星河上的星子，比起家鄉的星子，顯得更閃爍飄移。

父親看不清軍官的輪廓，但他聞見家鄉泥地裡抽長的高粱氣味，從軍官身上飄散開來。一張口，父親幾近本能的要叫出軍官的小名來。

「跟我來。」軍官說。

父親從麻袋裡出來，跟在軍官的後頭，穿過層層哀嚎的麻袋，越過月影的深沈，不發一語的走著。父親不知道軍官要帶他到哪裡去，他們就只是沿著海防一路走著，後面遠遠跟著一名小兵。父親聞見空氣裡不能言語的緊繃氣息。

父親跟著軍官，走進黑暗的浪聲之中，澎湃的浪濤在他們身上打出浪沫，父親低頭，看見自己正處在兒時家鄉泥地裡，抽長的金黃高粱海之中，而高粱海淹沒了父親與軍官兒時的身影，在他們身上打出震耳的浪濤聲。

　　兒時的軍官與兒時的父親，一前一後蹦跳地走在高粱海裡。

　　「我以後要當保安隊的隊長。」父親摘下高粱穗子，將穗子捏在手中把玩，高粱的穀香立刻在空氣中散播開來。

　　「我以後要當拉杆的土匪頭兒。」走在前頭的軍官回頭，笑嘻嘻的咬了一管高粱莖。

　　「我一定會拘捕你。」父親舉起手勢作勢逮捕。

　　「我可是土匪頭兒，縣裡腳力最快的馬匹都歸我，到時你可別反過來栽在我手裡。」軍官一個飛身，將父親撲倒在高粱地裡。「不過萬一真有那麼一天，你栽在我手裡，我會把你給放了。」

　　軍官突然放開父親，直起身子站了起來，揚揚手上的灰塵，繼續往高粱地裡去，直至軍官沒入高粱海裡，父親才警醒地爬了起來，跟著追上前去。

　　父親看不清軍官的背影，但他聞見家鄉泥地裡抽長的高粱氣味，從軍官四周飄散開來。一張口，父親本能的叫出軍官的小名。

　　那一夜，父親跟著兒時軍官的腳步，一路從十八，一直走到了八十。

　　從那之後，父親成了一方占風鐸，無風的時候，是座空，佛法是說：渾身似口掛虛空，不論東西南北風，一律為他說般若，叮叮咚咚叮叮咚。風起時，父親不斷敲著鐘，覆頌他這一生生死兩訖的考驗。

　　夜裡，風停了，惡夢的父親聲息漸悄，父親回到夢裡說法去了，然而孩子的惡夢卻才要開始。我握著父親與孩子的手，不知下一陣風將從什麼方向吹來，而風裡還藏有什麼在等著我們？無法預測，不能鬆懈，我只能緊緊握著他們的手，各執一方。晨風從南面的門刮進屋內，嗡！

散文的背面

　　這是一篇最貼近我自己生命經驗的散文，故事內容是真，情感是真，寫的全是父親從大陸撤退來臺的一生寫照。作品裡，什麼都真，只除了創作的框架，是藉由父親的病帶出父親的故事。

　　創作這篇作品時，父親當時八十三歲，身體健康自在，對孩子們的心願是成家立業生子。

　　現下，這篇作品要集結出書，我的父親卻已經在去年（二〇一五）年底辭世，辭世前，父親對眼下的孩子一個個都成家立業生兒育女，各個事業有成的表現，很是滿意，沒有任何遺憾。而他自己身體依然康健，身為父親的子女們，這是最大的安慰了。

　　以此篇文，遙祭天上的父親。

〈張晉瑞／攝影〉

鄭順聰

作者簡介

鄭順聰，嘉義縣民雄鄉人，中山大學中文系，臺師大國文研究所畢業。

曾任《重現臺灣史》主編，《聯合文學》執行主編，現專事寫作。

著有詩集《時刻表》，家族書寫《家工廠》，野散文《海邊有夠熱情》，長篇小說《晃遊地》，最新著作《基隆的氣味》（與鄭栗兒合著）。

耕莘與我

大學一年級將結束時，作家許正平、當時我中山大學中文系的學長，問我要不要去臺北參加耕莘文藝營，我猶豫之下竟答應了。之所以猶豫，是一個南部的孩子，對臺北懷有恐懼感，但我真的來到臺北了，那是一九九五年，仍在蓋捷運的羅斯福路混亂無比，我真的來到耕莘大樓，參加兩個禮拜的課程。印象最深刻的作家，是許悔之，他那俊俏且憂鬱的氣質，讓我畢生無法忘（二〇〇五年他成為我在《聯合文學》的主管）。文藝營還拉拔到淡水，舉辦辯論賽與戲劇表演，工作人員很貼心，特地外帶阿給讓大家解饞……課程不提供住宿，猶記得我天天在新莊的阿姨家往返，初體驗臺北人搭公車的生活。那規律

反覆的通學通勤，總是遇到同一批乘客，尤其那個上班族，靠窗攤開佛經、手拿念珠虔誠頌唸，在臺北生活是種修行，而二十年前的耕莘，也是我文藝歷程的重要修行啊！

涵

「路的盡頭是海嗎？」

心頭不斷響起這句話，雨滴如同趨邪的豆子，順著山坡灑落硬黑的柏油路面，劈啪劈啪。

假裝專心開車的我，不敢將心中的話說出，經過「領角鴞穿越」之告示牌，在一個微微上坡的三叉路口，聽從後座攝影師的指示，我轉動方向盤轉移窗景，進入一條狹小的山徑。

我身旁的新娘，蕾絲滾鑲她白紗禮服的胸口以及修長的裙擺，這細節充滿的華麗裝飾，為了婚禮，為了眾人的注視，也為了鏡頭的聚焦。

但此刻我的心中並不聚焦於她。

而是剛去世的阿媽，也曾是新娘，大紅色綢緞繡上喜孜孜的百鳥與鳳凰，媒妁之言，繁瑣的禮俗規矩，鑼鼓與嗩吶，沒有攝影婚紗。我和未婚妻交往多年、感情穩定，紅地毯上的前進慢動作，近乎停滯；但阿媽的溘逝讓動作加速快轉，三個月內限時完成婚姻大事，一切便這樣毫無計劃、匆匆忙忙。

山櫻花的枝幹赤枯光禿，連苞也沒，不遠千里前來取景的我們恐怕白跑一趟，後視鏡反射攝影師糾結的眉頭，兩位助理表情尷尬，在濕滑的山路行駛，儀表板的指針掉了一格。不久，右手旁一排濃密的綠樹如成排的士兵斜立，把溢入天窗的光線攔截而去，前方倏然幽暗，我瞳孔的光圈隨之放大。

放入更多的光，更多的回憶。

路樹全數撤走，一片開闊的山谷當頭，雲霧千軍萬馬。這如戲台布景般迅速轉換的光影，讓我想起了過去。

　　是那個下午，在大稻埕，陽光斜斜射入隘仄的街道，我從灰暗的洗石子立面，走入進深幽長的老舊街屋，磨石子地板光滑清涼，我手扶著反覆磨擦褪色的扶手，踩著木片拼裝的樓梯，小心翼翼往上爬，漸脫離一樓不時傳來的腐朽味，走上二樓，看到慘白的光傴倒於長廊，我經過散發木頭芳香的雕窗，朝著光的來源、長廊的盡頭走去。那是不甚寬敞的大廳，高處懸著一幅畫，畫中有艘巨大的船：白色的風帆，滿載的貨物，四個紅字「大船入港」。

　　阿媽就坐在畫之下，逆著光，我看著她，陽光透過毛玻璃迷濛了我的眼。

　　雨刷來回，撥開豆子般灑將下來的雨滴，雲霧綰結水氣，山路更加渾沌模糊。未婚妻的表情越來越沉重，我後悔起早上的決定了，在如此不穩定的天氣下，執意外拍婚紗。竟還聽從攝影師的建議，放棄心中嚮往的海景，在細雨濛濛中，駛入陌生的山。熟悉路況的攝影師說水氣氤氳，綠意將更加飽滿，以此做背景，婚姻會幸福美滿。

　　竟將攝影師的話信以為真，當下眼前的滂沱雨勢，讓我有枉然的不祥預感。攝影師沉默不語，我手握方向盤續往前行，轉過削峭的山壁，湖泊現身。將車停在路旁，攝影師下車觀察，我們在車上等候。

　　不知所以的等待如同晚年阿媽等待父親歸來。

　　那個下午後，我再也不能回大稻埕的阿媽家了，長廊光影的變換就此停格，「大船入港」這四個字如跑馬燈不斷重複，切出阿媽坐在藤椅上的影像，老舊電風扇轉動粗嘎，吹動她的衣衫，我總想像，阿媽身上有細細的波浪。

　　雨停歇，攝影師向我們示意，兩個助手迅速下車手腳俐落搬移器材，我扶著未婚妻，幫她穿上大衣，手撐雨傘，不走泥濘地走草地以防滑倒，舉步維艱來到湖畔絕美的景色前，擺好姿態，未婚妻

脫下大衣，敷上厚重粉底的臂膀毫不設防裸露於冰冷的空氣中，我扶著她的腰，裝出幸福的表情，僵硬地抬起下巴，望向遠方，攝影師在一旁調整角度，鏡頭對準，快門……

雨滴在我們發抖的身軀上大把大把灑豆。

狼狽地躲回車上。

積壓的情緒爆發，顧不得在後座擦拭器材的攝影師及其助手，未婚妻發飆了，淚珠一粒粒滾下。怪罪我一意孤行、質疑我為何不更改拍照日期、憤恨我保守固執的家族，都什麼時代了！什麼三個月內結婚的陋習，好好的喜事亂七八糟、稀里嘩啦。

面對爭吵，面對未婚妻的歇斯底里，我的的確確感到難堪了，但更強烈的感覺，是一種情境的熟悉感。

那感覺可以穿越時空，串連許多事件，尤其是悶閉在家族中的紛爭恩怨。

阿公是大稻埕的有錢人，阿媽可說是嫁入豪門，生了五個男孩，該說是福氣，也可說是不幸。阿公在世時福氣滿盈，去世後阿媽陷入不幸。

那是所有豪門都要面對的數學難題，關於金錢數字的除法，土地房子的幾何切割，得絲毫不差，那是一種任誰都無法精確拿捏的平衡。於是在二樓長廊的盡頭，大廳明晃晃，情緒在那裏刀光劍影，口角、咆嘯、互毆、下跪，以及毀滅性的分家。

所有的方程式都無解，找不到一個正確的解答。

每次想到家族血腥的分產鬥爭，我也跟父親一樣憤恨難平，對伯叔的卑劣行徑凶狠面貌，相當不齒。有一段時間，我將「大船入港」那幅畫，解釋為滿載的恨意、頑劣的兒子，將巨大的難堪與苦痛帶給阿媽。

某日，看著父親失魂落魄回家，一見媽便抱頭痛哭，他說不滿阿媽的偏頗，憤而在她面前發了重誓，永遠切斷母子關係，不再踏

入大稻埕的老家一步。從那時起，我再也不能去看阿媽了，同時我也發誓，不要學那些伯伯叔叔的褊狹心胸，要像海一樣，遼闊開朗。

被情緒的風暴困在車裏，我的臉色鐵青如蔽天的烏雲，未婚妻抓起白紗掩面哭泣，後座攝影師表情不明。

對，繼續關在車裏，像阿媽的後半生，將自己封閉在大稻埕裏，成日待在破舊的老房子，足不出戶，頂多步行到市場買菜。只要一走遠，就會有人謠傳她跑到哪個兒子的家，給他錢，給他土地，給他一切的家產。

阿媽將時間暫停，隔絕變化飛快的臺北，任這個城市蓋起一棟棟大樓，街上的人群與車輛越來越擁擠，眷村改建，大安森林公園植起樹，街頭一波波棍棒與石頭齊飛的抗爭活動，捷運從開挖的交通黑暗到大放光明，政黨輪替，信義區倒數計時人潮水洩不通，歷史古蹟活化重新利用，一〇一成為世界第一高樓。

這些阿媽都不知道、也不在乎，她自閉在時間停滯、空間隔絕的大稻埕，時代的風動跟她沒有一點關係。

我曾跑回大稻埕，在老房子附近偷覷阿媽，她身影佝僂，頭髮近乎全白，臉上的皺紋看不清楚，定越來越多，像強勁的風持續增強、海面的水紋更加稠密，我不敢跟她打招呼，深怕被父親知道，會引發更大的家族內爆。

阿媽真的將自己完全封閉了嗎？

雨勢越來越大，路面的積水溢流，快漫成河流，看來只有下山一途；然而，結婚日期逼近，時間緊迫，另覓時間拍照，已不可能。

未婚妻看我不作聲，以濕紅的眼睛瞪著我，大發雷霆，吵著說時間如此緊急，乾脆不要結婚了，兩個人單身多好！為什麼結婚？那麼多繁文縟節、明星姿勢，結婚有什麼意義？

是沒什麼意義，但我告訴她一件事。

沒多久以前的事，阿媽病危，父親煎熬許久，決定踏破毒誓，帶著全家大小到醫院送阿媽最後一程，臨終前，父親流淚懺悔過去的錯誤，阿媽沒有哭泣，只以微弱的口氣說：

「無要緊啦……恁攏是我的囡仔……」

那一瞬間，我看到了光，以前所未有的清澈，躺入阿媽藥白的被子上。被子平整柔軟，如風暴後的海洋，以靜謐安詳包容一切，回溯光的來源，透過窗戶，我彷彿看到什麼，遼闊浩蕩。

數十年的過錯，父親贖罪的方法是要求我結婚，以喜氣送阿媽上西天。我考慮良久，迷信與親情拔河，現代人強調的批判獨立自主，遇到了人情的難處。

最後，我點頭。

因為阿媽，她的內心多麼寬廣，才能忍受這麼多的不堪與苦痛，在人生的最虛弱的最後時刻，能原諒、能包涵。

未婚妻低頭不語。

「路的盡頭是海嗎？」我問，攝影師點頭，說山路通往濱海公路，只是天候不佳，不知蔚藍明亮適合攝影否？

就照最初的計畫，往海邊去吧！

放開手煞車，腳踩油門加速前進，穿越外一層霧氣內一層綠葉圍起的狹窄山路，光影開始變換，熟悉感油然而生，把我又拉回那個下午，二樓的長廊，地板上的光線靜躺，長廊的盡頭，有什麼在等待著，是阿媽，是孤寂的波浪，是海洋。

2006/2/8

陳逸勳

作者簡介

陳逸勳，一九九〇年生，七年級末班車，踩在文學和電影的中間值，腳踏兩條船。

曾任耕莘青年寫作會幹事、大眾小說創作營講師、電影社社長之類……作品曾獲：臺北文學獎、全國學生文學獎、中興湖文學獎、懷恩文學獎、南華文學獎等，現職電影文案編輯。

耕莘與我

最近我又去了南方澳，曾經這裡是我文學追尋的最遠處，以蒐集許榮哲老師簽名的重要旅途之一。一片海、以及每次文學營在小說《迷藏》內頁記下的每一筆帳，長途跋涉，從一端朝向另一端增長，賭上青春啟蒙的所有時間，熱烈一直存在，痛苦就成為了痛快。

直到走進社會的今天，冷眼貫穿現實的結果是——曾經我在南方澳海灘蒐集細沙的浪漫早已扔進垃圾桶，而那本《迷藏》在第一一次簽名之後便無疾而終，以簽名換算成名的代價不斐，直到那句想追上老師的話也變得廉價。如

果一個人的成就在與生活的豪賭與否，那麼貪戀擁有之後的我，失去的已經太多。

　　我從不害怕懷疑自己，上班地點的地下街，多是賴在半夢半醒之間的流浪者們。我時常也坐在那裡想，每一回出發與結束之後：準備開始的夢、以及中途下車的誰……生活從沒什麼好與不好，自己看得慣自己才是重要。

父輩

　　從宿舍返家已有一段時間，家裡的木板床你一直睡不習慣，天濛濛亮，淺眠的你望著床旁邊那包未出清的行囊，衣物還收在裡面，而暑假老早過了一半，彷彿他方才是你的歸宿，而你隨時會從此地移居。

　　客廳的光從門縫處透進你房門，伴隨一陣陣乾咳。在更年早以前，你會緊閉雙眼，強制讓黑暗取代微光，逃避在你耳畔迴響的威嚴叫喊，讓上學時間繼續陷入沉睡。而現在你早該清醒，也許你必須面對，去聆聽那些聲音意味的本質。

　　究竟──是從什麼時候開始咳的？

　　打開房門，你看到父親在客廳和廚房間忙進忙出，於是又禁聲了。

　　記得以前，房間門你根本很少打開，有也是極力躥上。而今，在你小心翼翼轉動門把，窺進縫外的光影時，你根本覺得父親有些駝了，而聲音也連帶出現，父親才說：「來幫忙，別只是看。」

　　只是在九年之後，在你早已忘卻祖父的輪廓，而父親仍清楚記得的日子，你隨父親把料理的湯湯水水盛裝好，將準備好的大包小包提至樓下，驅車前往祖父安置的沉睡處祭祀。這些年，你早已忘卻祖父的口味偏好，更讓你驚訝的是，父親究竟是在何時學會下廚的？

　　你提著兩大袋重物，看著父親踩踏著啟動桿，發著鬧脾氣的機車。這台車究竟騎了多少里程數，才將汽缸逼迫如此極限？大力踩下，發出肺癆般的回聲，隨之而來的是父親的乾咳。你記得這台車以前不是很夠力？伴隨過往的身影，而你回憶兒時看見的總是騎向遠方的印象，是父親的剪影。你最後驅身向前和父親接手說：「讓

我試試看吧。」而父親的手掌早握到通紅。

在你國一那年，祖父的大腸癌病變，同祖母臥居在伯父的住處。

伯父屬牛，俗話總說甘願做牛，免驚無犁通拖。只是家族命定的難，伯父是連父親那份一起承擔，在各個姑嫂持家而無暇兼顧，對於祖父僅存形式上的寒噓問暖時，降生狡兔的父始終窩藏躲避，病癌沒沾染到他，而僅僅在祖父或伯父間擴散，包括祖母或是你。

頓時眾叛親離的父，成了家族口中的不肖子，沉到你身上。

那一陣子，你常在伯父和家之間游移，面對兩者間，你對於這兩個男人有全然極端的感受。伯父像山，一如所有世間父輩的印象，與父親落拓不成熟成強烈對比，伯父待你如出，常開車載你全家出遊，扮演原本父親該有的角色，而你從後座窺望車前對坐的二人，時常弄錯了父親的背膀。

你走進過伯父的房間，矗著一整面櫥窗，裏頭占滿一本本武俠小說或皇朝事典，剩下是各類成功的名人經驗，總讓你流連忘返的除卻這些，是一張張世界各地的風景照，你用手去指，伯父告訴你那是歌劇院、那是鐵塔或好萊塢……你知道父親幾乎不碰書，除了當兵，也鮮少踏離過住處以外的地方。

祖母總說你像伯父而不像父親，在你身上看見的，是孩時伯父的身影。在你世家為農的年代，說伯父在你這樣年紀早會下田耕作、洗衣煮飯。而關於父親總是叛逆的耳語，祖母說父親好吃懶作，只愛花錢養鴿，爭執時總要跑出四合院，遠在對街的地方大聲頂嘴。等到你年歲增長，伯父櫥窗的書冊同相片逐一泛黃；等到你踏訪故居，走入那條父親叛逆奔跑過的巷道，才知道你其實像的是父親而非伯父。

後來祖父的腳逐漸水腫，是病末的徵兆。年關交替，在街訪鄰居歡慶新年一片和樂之時，你總覺得自家格外冷清，整個家族正壓抑著難言的苦悶，等待著某些事情發生。那是羊年，你清楚記得，

父親在年關將盡的幾天出現在祖父房間，拎著兩頂安全帽，那天他突然想載著祖父出遊。

你沒有跟，父親耗費一生的苦也不足以讓他買下一台轎車多載你一人，當天你看著祖父敬陪後座，戴著你上學那頂安全帽。你從陽台看著摩托車啟動的一刻，才突然想起父親的話：認真讀冊，以後賣嘎恁爸同款。

當天他們去了中正紀念堂賞花燈，拿回了一隻附贈的羊年娃娃。那隻羊你一直替父親好好留著，一直到上面的絨毛沾滿塵垢，而逐漸灰黃。

而今，父親在後座向你指引上山的路，你努力記著往返的街道、明確的告示牌，你們朝著蜿蜒的山路迤邐而上，目的地是逐漸明顯的那幢尖塔，摩托車呼呼向前，發出虛痿的引擎聲。

直至你們走入了電梯，在你搶先一步按下了關門鍵，你猶豫了幾秒鐘後，父親才開口說：「七樓。」電梯向上，你望著逐一增加的樓層數字，想像著伯父、父親，以及祖父的樣貌。當父親將鑰匙交給你，你緩緩旋開那道精緻的蓮花隔板，你才突然想起以往，在你與父親或伯父同跪在祖父骨灰罐前，一如旋開板鎖的此時此刻，總是靜默。

時間總是停留太久，好幾次，直到你說腳痠，他們才叫你先到樓下燒冥錢，孩提的你，總不解骨灰罈子究竟有什麼好看的？某次在你悄悄離開時，刻意藏匿在塔樓一隅，偷偷觀察著伯父或父親。

時間繼續靜默、無聲……他們的表情沒有變化，直至他們流下了第一滴眼淚，靜默才被打破，你才在自己身上發現了溫柔的可能。你知道終究有那麼一天，也會跪在誰的面前，忍受靜默持續到某一片刻，永遠不再腳痠。

而你不希望，用鑰匙才能開鎖的那天，會在你生命裡出現。

陳慧潔

作者簡介

陳慧潔，臺大經濟系。參與第八屆「搶救文壇新秀再作戰」文藝營，曾擔任散文創作坊講師。作品曾獲新北市文學獎、時報小品文等。

耕莘與我

非常喜歡和耕莘的人們談論文學時那種爽朗的快樂。

尖尖

　　再兩天，家裡的鎖就要換了。換了鎖家就要堅固起來。

　　爸的聲音在浴室裡暈濕了開，我擦淨身子拿圓梳吹頭髮，不小心碰倒尖尖平常用的那罐護髮油。蓋子沒關，瓶口泛著光。平常我回家晚，沒什麼時間和尖尖說話，她便在我吹髮時來到我身旁，有一搭沒一搭的聊。曾幾何時我們竟這樣無話了。當我們映在同一面鏡裡，我更清楚感覺到我們是多麼不同的兩個人。可能是眼睛、鼻子或說話時扯起肌肉的方式——我也說不上來，我們自外表乃至生活模式幾乎沒有共通點可牽成同個樣子。

　　尖尖很悍，叫罵起來非要人出了血纏肯罷休。小時候她刀口只對著我，對大人滿嘴糖，她一仰頭一笑一開口，那些嘴角便被逗樂了。於是我很小便知道世上沒有什麼是公平的，只要誰願意放下身段，陪眾人玩一把，玩得精采玩得叫好叫座的，便是贏家。即便手法拙劣，有時也被誤認是聰穎機智而顯得可愛了起來。

　　偶爾聊到尖尖，常被問「妳們長得像嗎」，我只模糊地說身形差不多，畢竟答案對發問者或許也不那麼要緊。然而正因為我們唯一的交集是同樣抽高的身材，尖尖常拿我衣服穿，穿了有時也不洗，亂塞亂丟，她像一口剪子，所經之處都歪斜了縫，偏了原來的光整。

　　大人總以為小孩可愛，愛與他們捉玩笑。但逗人者人恆逗弄之，許多大人便被小孩耍一道。媽也是。尖尖的縫直裂到了青春期，媽才發現可愛被揭穿就不可愛了。媽哭紅著眼說，天下父母心，等妳當母親妳就明白了。母愛溫柔若水，眼角給剪破，遇著縫只是溺了口，眼淚不停流。

　　尖尖剛開始晚歸時，爸和媽窩在客廳，爸啜著菸，壓著報紙讀。媽不時拿起電話撥，話筒壓了一陣又放下。只能放下。「我又在她書包發現一包菸。」媽的聲音抖抖的，像被菸頭燙掉一塊皮似的。該斷的時候就要斷，爸嘴裡說著，放下報紙去收拾尖尖散在玄關的鞋。尖尖出門總要風風光光，打點衣著好好地挑撿雙鞋（有時是我的鞋），其他一只只則凌亂攤著，如被遺棄的嬰孩哭也無聲。

　　我有時走出陽台看。對面大樓的燈一盞盞滅了，想著，由遠方望來，暗夜裡或許只剩我們家客廳的燈泡頑強打著光，猶自晃蕩等待歸人。待著待著，客廳竟顯黯淡起來。爸的菸頭明明滅滅。

　　以前的景色並不是這般，打我有印象起，陽台前其實是方空地。那時尖尖還未來家裡一同住，我總自個兒玩耍。七八歲的我愛爬陽台，吃力翻上去，腳底穩了心也踏實，抓著陽台鐵條猛一站起──像隻鷹，看到好遠好遠（遠方朦朧的是後山嗎？是別的縣市嗎？），我彷彿真的感受到風的速度，要高歌，要飛馳。小時候媽常摟著我，指向空地說，看哪！妳還沒出生前，那裏是片綠蒼蒼的竹林。我常在上頭踩四輪腳踏車，後輪兩旁的輔助輪子滾呀滾的，晴空朗朗，黏膩的汗汁順著背脊而下，爸媽笑臉朦朧映在前頭，快樂那樣真實，而家從不在遠方。但我們無從知曉是誰砍了那片竹子，如同從不曉得是誰在空地上起了間華美的大屋，然後越起越高，終至掩去陽台外的暮色。

　　鐵條讓尖尖很不安。她真的被那幾根竿子囚禁起來了，困在小屋子裡讓她暴躁且易怒。牆上掛著全家福，尖尖那張秀氣的臉蛋自小就一副嘴巴癟癟的樣子。一道剪子。我是描了紅線的布，紅線虛虛點點。她感覺不到自己，便透過不斷與我爭吵來確認自己的位置。我很是不耐，但大人總要我多包容她。我於是也對大人不耐。我不曉得包容與指責該如何拿捏。我不知道這種事有沒有人真的曉

得。我訓練自己成熟，為的是避開那些小丑般的伎倆。但我討厭被要求成熟。這我也很矛盾，簡直像在跟自己鬧彆扭似的。我喜歡在自己的小書房裡待著，家裡沒有人時便跑去陽台看路人。我喜歡看人但不喜歡被看。

尖尖愛來敲我房門。爸媽以前說，生個妹妹妳才有伴。我不喜歡她出現的原因是為了給我個伴，好像沒了她我就寂寞難耐。我有朋友，我愛出門玩，累的時候也窩回書房整理自己的腦子，或倒到床上睡。我一個人很好。我相信尖尖更不能接受她之所以存在的理由，但她的確常來敲我房門，不知是我陪伴她或她陪伴我。

她有時蹦蹦跳跳跑進我書房向我展示最新一季的設計，嚷著：「我以後要當服裝設計師！」我轉過身，她看見我桌上數學課本旁的塗鴉，她突然冷了臉，甩上門走了。我說，我比妳大個幾歲，會畫比較多東西是當然的，不然我豈不白活。什麼白活，妳才幾歲。她不睬我。

其實她做過很多嘗試，但都等不到那些投資成熟到可以回本時。她也努力當過小說家，料理大王或美髮師。但小說只有開頭，羊肉麵只有肚子餓時才會找鍋子，頭髮則是一次尖尖失蹤，我們找了好久才在角落發現頂著參差亂髮的她，她把剪刀摔在一旁哭泣，一地凌亂。於是她再也不動刀了。

她不斷摸索著，但我錯過了她摸索的階段。我越來越失去對她的耐心，只注意著自己。我開始起變化了。我的的確確感覺到有些什麼事正在發生。我不再睬她。我很興奮，但也很不安。我為自己保密，像等待某樣事物初綻的時刻。我的房門越發緊閉，時間日夜流動著，我細細吹著頭髮，上護髮油，仔細盯著鏡子裡的自己看。

尖尖於是這時會靠過來。我們是一起長大的，我知道她察覺到了。她也看見了鏡子裡我們的不同，並且我正快速變化著，漫爛如一片剛潑撒出去的墨彩。她想參與我的祕密，但我卻背過身，偶爾

甚至感到有點惱羞成怒的癲狂。我搭上車和家裡一起去後山的日子漸漸少了。我早已拆掉腳踏車輔助輪，自己騎車上下學，開始在全家福裡缺席。我最愛在黃昏時騎經一個等紅綠燈的街口，光從樹縫後探頭，像說著，我走了，走了，會再來的。於是我哼著歌，踩起踏板像踩著滿天雲緒滾滾，穿上制服再脫下，穿上再脫下，雲霞旖旎間，竟也踏遍許多路口，等一個人，或交換體溫。

尖尖不再出現在我的鏡子旁，她變得更加尖銳，我不曉得她是因為我忘了家所以生氣，還是因為我有能力逃離家而感到憤憤不平。在我晚歸的那段日子裡，尖尖說：「我以後決不會像妳這樣。」我只是淡淡地想，那是因為妳還沒遇見那些放不下的、捧在胸口會隱隱發燙的。她的刀尖閃著光，要讓我痛。但即使痛，我是不會出聲的。像那些她散落在地上的衣服鞋子，越痛越不可以哭，哭了也不可以給人曉得。

我在鏡前探索著自己的顏色，不同的各色鮮妍且誇張的情緒正在注入我。爸媽發現了我的改變，適應著我的改變。我讓成績持平，活躍於社團或者其他，我知道我的顏色正越來越明顯。

尖尖再也無法靠著小聰明得到讚賞了。她也正成長著，並同時被要求與之俱來的成熟。她失去了被注目的焦點，於是越發暴戾乖張，直到她在外面的朋友身上找到成就感。

我不斷地往前看，一直往前，想成為一隻鷹，看得更遠然後更遠——直到一次我重重摔了下來，再起不能。我開始想家，開始想起小小的客廳，偶爾甚至會想起尖尖吵鬧的樣子。這真是很不可思議的事。

週末午後，我推開書房門，對面大樓擋去了光，午後暖陽不再探入客廳，媽被朋友約去做臉，讀著報紙的爸棲在陰影裡，不動如一幀素描。當我發現，尖尖好久沒有來敲我房門時，我突然有點想念起她來。

尖尖去了哪兒？

不知何時開始，我被她鎖在門裏頭了。我們什麼都不曉得。只曉得她蹲在鏡子前的時間長了，回家的日子少了。偶爾她在浴室裡吹髮，我上前去拿髮油，我們的視線在鏡中互相碰撞，隨後很快又各自隱去。她吹著髮，開始穿起短褲絲襪背心，加入雌性的軍備競賽。

偶爾，我會想起以前尖尖堅決對我說的那些話。我突然寧願她什麼也未曾經歷。我對那些注視著我的目光感到敏感而不自在，尖尖卻要大家都看她。她要重新得到目光焦點，一個新的舞台。只許對外開放，工作人員不許鬧場的舞台。她將自己鎖起，而擁有鑰匙的是那些不屬於這個家裡的人。

此後這些事一再發生。當我提早回家，會在陽台看見不熟悉的鞋子；當我經過巷口，會看見熟悉的身影旁跟著不熟悉的男人。

一天爸媽拗著我們出門，說去後山賞櫻。春櫻爛漫，尖尖卻一路無語，窩在車窗旁跟著山路左顛右晃。當我們行經一棵特大的山櫻花，媽小孩子般興高采烈地拉我們下車要拍照，尖尖恍若無聞。媽只好跟我與爸照照相，臨走前又不死心，叫了幾次尖尖，她仍不應。

我有點看不過眼，酸澀澀地說：「她大概今天沒戴隱形眼鏡，出門沒吹頭髮，所以不想下車吧。」

回到車上，尖尖在車窗一角氣紅了眼。她眼淚滴溜溜地晃呀盪呀，緊緊咬著唇，幾個字好不容易從齒縫裡推了出：「你們不要以為我都沒有聽到。」

一路上，媽都在為我緩頰，並安慰尖尖。我沒有說話，一句道歉也沒提。我不曉得為什麼自己這樣冷血。但實際上當下我並不覺

得冷血是壞事。那天我們在山上打野味的店如往常點了薰香入味的桶子雞、炸溪哥、炒過貓和鳳梨苦瓜雞湯，送單前又加點了一盤鹹蛋炒苦瓜。來的時候是山苦瓜，那天的苦瓜炒得很不好，和鹹蛋味道搭不起來，苦味濃厚，連綿起伏如蓊鬱山頭一峰又一峰，又似女人的乳房。

尖尖低頭吃著。我看著她，突然湧起一股氣。但我也不曉得是對她還是對自己，也有可能都是。隔壁桌也坐著一家人，是一對約莫十來歲的孿生姊妹花。不知怎的，我突然想起初中高中階段，被家裡帶出去吃飯時，看到隔壁桌與我年紀相仿的女孩總想，她怎能吃得這樣自在這樣恢意，和打扮不頂入時的爸媽弟妹同桌而不害臊呢。

我突然難受起來。突然為自己對尖尖這樣苛刻感到難受起來。我竟不知不覺也成為自己所討厭的不理解小孩的大人了。

尖尖、尖尖。山苦瓜難以下嚥，我們剩了好大一盤。走時她仔細拉整了外套，若無其事地回到車上。尖尖。不知不覺地，妳也隆起了胸部，開始醞釀起女人的體香。

父親節那晚尖尖便不再與我們同桌。四人桌擺了三副餐具，多的那張椅子上則堆滿包包外套。我們在乳白餐桌上享用著精緻餐點，沒有過多的沉默，卻也讓談話停在恰當的溫度，不宜過熟。我們都曉得她在對面公園裡蹲著和朋友抽菸，但沒有人說。

客廳裡爸拿著報紙讀，要媽先去睡。菸頭明明滅滅，我走回書房，亮起一盞小燈。

爸要尖尖交出鑰匙。站在爸的面前，不知何時她已抽高，已不再像個小孩，不再像以前那樣亂發脾氣了。但我不知怎地卻懷念起她漫天的抬槓，還有那些鋒利如一把剪子的亂諷亂罵。

剛學會用腳踏車載人時，我也曾載著尖尖到處晃。從棋盤狀整

齊規劃的街道中撥開榕樹的鬚根，帶她品嘗巧克力塔和鹹派，再順著河濱公園的路一直延伸到河濱。有人打棒球，有人戴耳機跑步，有人彈吉他唱著歌。浸在陽光裡頭，我微微出了汗，下坡時我們歡呼，迎風像隻瀟灑的穿越千山萬水的鷹。車道蜿蜒起伏，上坡時她在後頭喊著加油、加油，我吃緊了力，小腿繃起，使勁踩滿踏板一輪又一輪——那一刻，我真真實實的感覺到了她。尖尖，我必得負著妳。

我們還要一起走過好多好多。我們一起映在鏡裡，即使我們那樣不同——我恨妳，好恨，恨那全家福上的癟癟嘴，恨妳空口說大話恨妳不努力就放棄人生，恨妳輕易交出自己的鑰匙卻鎖住我們全家人。當妳說著「反正十八歲前我都會回來這個家」，好像在計價，秤斤秤兩。我恨自己是這樣冷漠的人，放任妳的需要卻自行關上書房門。

上一次我們一同在家時，我說我要出門買飯了可以載妳去走走。妳說好啊拿起外套便坐上我腳踏車後座。車才出巷口妳卻突然說啊對了不用麻煩了載到公園附近就好。到了公園，我讓妳下了車。此後我沒有再載過妳了。

我突然想起，妳剛出生時曾待過臺北一陣子的。那時媽還很年輕，裸著乳房的媽懷中抱著妳，媽說，來，快來看妹妹。尖尖。尖尖妳那時好可愛。我輕輕戳著妳的肌膚，妳柔軟的小手不住揮動，等待人來將妳握住，然後牽著妳走過並告訴妳如何珍惜每一次的日落。走了，走了，會再來的。城市裡巷弄交錯，在路口等著等著，總有茫然總有忍不住蹲下來哭泣的時刻。

爸說，再兩天就要去換鎖了。家裡的燈是暖的，肚子餓了下點羊肉麵總也舒服的。

許亞歷

作者簡介

　　許亞歷，一九八四年生、臺大哲學系畢業。平日為自由教學者，擅長與兒童玩耍、交流。從小致力於三事：感受、想像、打破限制。相信文字的可能性和人的可能性一樣無可計數，最佳的探測方法只有不停實驗和擦撞，能走到越陌生的地步，越好。

　　曾獲二〇〇九臺北詩歌節影像詩優選，著有《這個、世界、怪怪的》；曾任《幼獅文藝》圖文詩專欄作家。

耕莘與我

　　回家路上買到最後一粒大頭菜包子。小時候不吃大頭菜，覺得名字難聽、似指桑罵槐。有陣子也因為金蜜蜂冬瓜露的廣告詞，厭吃冬瓜，深怕矮肥短。寫作就是一件大頭菜的事，總能直指、迂繞脫出書寫者的困境。教人害怕，當在裡頭望見自己創作或身而為人的不足時，像照著鏡子，自我訕笑。然而，在耕莘的課堂上，聽講師分享寫作的內外、周延與核心，我漸漸懂得那樣寂寞的自我觀照，無非是必經之路，引你知曉千百種的誠實、洞見唯一之心。之後，

你願意取消終點，讓所有的經過成為目的。

　　長大了，覺得大頭菜涼拌醃漬煨湯皆宜，吃再多也不去煩憂過大的頭圍，在毛帽下漸漸熱成一顆包子。也是僅此一粒。

長頸鹿

　　長頸鹿冬天會不會也想有一件高領毛衣。領口拖延成一條隧道，長而浪漫，所有的引擎溫熱含蓄地在裡面排放廢氣。像雪山隧道，假日的車流緩緩附和著隧道廣播，朗讀同一封情書，塞車的一天，就成了深情的一天。

　　高領毛衣有說不完的深情。特意多織的布幅呵護神聖領域：盼愛之人時長引頸、願為愛受死可以刎頸，決定和吸血鬼共度一生也得先捐獻脖項。所有的深情在這裡蓄勢待發，準備得證。

　　高中第一年冬天我在制服下墊穿高領毛衣，和暗自喜歡的人交換日記。隔日、隔日地取回、遞出，基於奇怪的體諒，真正的心意在其中努力縮編：一表訴情感，對方託付的坦白將頓時變成被動的暴露。坦白和暴露不同。好比在露鳥俠面前，儘管胸懷坦蕩，卻也起了赤裸的氣餒。是不公平的。

　　為了不剝奪對方的坦白權、延長交換日記的篇數，整個冬天，高領毛衣束住我的咽道。深情是說不出來，所以說不完。

　　愛人當下，發言如塞車的隧道——塞得那麼久了，你最大的弱點在於隧道口的光，那麼亮、是安全的嗎？不知不覺閉上眼睛。

　　高血壓一般。

　　為了過更好的生活以談更久的戀愛，長頸鹿們皆是高血壓患者。啊，好長、好長的脖子，必須如此才能將血從心臟送至腦部。用力打出訊號，傳遞摩斯密碼，小學曾玩過類似的遊戲。以排為組，從第一個座位的人，遵照老師出題，在後面同學的手心打出節奏，依次傳接到最後一位，答答、答答答、答、答答，解碼為「二

三一二」，傳得又快又正確的組別得勝。

就算很想贏，但我待的那一組卻常是輸家。緊張潮濕的掌上，一隻手指溫溫熱熱地點著暗號，一想到自己將帶走別人的汗、或是用汗恭迎對方，就覺得肉麻、無以為繼。一不注意就錯亂了。「二三一二」傳到後來，一二零亂、丟三落四，彷彿一生一世都要錯解下去。

可以強而堅決地表態，那是長期血壓過低的我無法體會的力道。

上兒童美語課，外籍老師教到單字giraffe，問：「你們知道長頸鹿通常怎麼死掉的嗎？」是彎下脖子喝水時摔死的。叉開前肢，幾近劈腿在河邊伏下身體，這樣沉重的脖子啊，就算未因重心不穩骨折傷亡，敵獸一來也完全來不及招架。

聲調漂浮的說明，像是太空梭轉譯來自另一星系的奇聞。雖然老師還畫了示意圖闡述死法，但實在離奇以至於難以相信。

好不堪一擊的脖子。或者說，因為脖子，而變得那麼不堪一擊。

不堪一擊之處，往往被人設下圈套。夜市的套圈圈遊戲，是圈套的大本營。一個一個的廉價小禮，列隊站好，握著圈圈的挑戰者永遠抱持信念：近的劣等品充作熱身、後方的雖遙但回本較快。然後就掉進了圈套。不管多麼厲害的神擲手，一邊投中標的，一邊受遊戲挾持，「又中了，打鐵趁熱，繼續下一回合吧。」「失敗沒關係，再投一圈吧！」成功者、失敗者，伸長得此望彼的脖子、拉開前肢，牢困攤岸。

於是，再精心圈劃的禮物，近程目標、遠程願景，總在愛悄然退場那天遺留出一片地雷區，讓人進退兩難，非得等到地雷一顆一顆逾期失效。套圈兒遊戲什麼時候結束的呢？結局若此，也曾懊惱，寧願好好大打一架，把買圈圈的銅板給折算回來。

打架時先揪住對方的領子勝算比較大。領口圍著脖子，圍出一個圈套。長頸鹿打架也利用這圈套，搖晃脖子，或撞或纏，直到摺

倒對手才罷休。再溫文儒雅的動物，利害衝突的時候，還是會毫不客氣地往最脆弱之處進攻吧。

咽喉是那麼脆弱的地方以至於能短則短。

爸爸脖子極短，買衣要特別挑過，立領不穿、襯衫領子太寬不穿，為的就是不讓領子給他安上緊箍。長頸族的婦女五歲起便在脖子上套圈圈，一圈兩圈層層疊加。美是緊箍、是受難；美是安全，為防範入林時遭虎咬頸，亦有此一說。爸爸的短脖子後來也縛於緊箍。因暴力討債入院，動了頸椎的手術，護頸圈幾乎二十四小時不離癱瘓之身，在醫院展開漫長的復健。

我常想爸爸的復健應有兩支線，學使腿操手，學說。可是習步的他是不說話的，從喉嚨傳出幽幽的嘆息，短短的脖子越嘆越長。家人感到惶懼，不知道爸爸在隧道裡還藏了幾筆巨債。我們緊緊守著護頸圈，要它鎮在隧道口，隨時通報車流。

許多夜裡、白晝，爸爸都對我抱怨：「戴著、又悶又痛。」我想他會這麼講是好的，比起壓抑在喉頸內的真話，至少身體有感覺、懂得痛。媽媽說：「你看你女兒還願意這樣照顧你，身為一個父親，心不痛嗎？」隧道沒有答話。

攝影書上，長頸族女子面向鏡頭，有些羞赧，眼神僵直卻充滿閃躲。她們還有機會表白愛、投靠愛人的肩懷，為自己爭取一些值得信賴的事情嗎？

遲遲未抵達的真相，需要一顆有力的心臟。而愛不能據理力爭，每一輛駛出隧道的車，都是朝光盲目衝撞。

那就是低血壓的我，成為高血壓長頸鹿的時刻。

廖桂寧

作者簡介

廖桂寧，用右手拿筆持筷的左撇子，設計的從業人員，貪心於各項事物，所以硬說自己效法蘇東坡：一手拿畫筆一手拿文筆。現實是，無論哪一筆，目前都需要努力再努力。二〇〇八年中和庄文學獎散文類成人組佳作、第四屆臺北縣文學獎散文類佳作、第一屆新北市文學獎小品文第三名、耕莘文學獎。

耕莘與我

來耕莘之前，我是別人眼中愛讀書、文筆不錯（就是那種學生時代作文會拿高分）的人。上課後我只想問自己：到底讀了什麼？老師提到的作家，好多都沒聽過；建議的閱讀書單，一本都沒讀過。追書單成為最大樂趣，後來，當老師開的書單裡有我讀過的，忍不住在心裡大喊「賓果」。

書寫也是，〈碎拼圖〉成了分水嶺。從沒想過可以近距離認識這麼多作家，更遑論讓他們花時間看作業，指導建議。很想說：從此以後我就懂了。事實上，我還是上上下下的，這次得到讚許，下回就讓老師眉頭深鎖不知該說什麼。一次作業評析，宇文正老師因為不知道為何我會在文章後半段轉變，改走

耍寶路線，無話可說的情況下，只好以文章題目開玩笑說：這篇也「落水」了；得到讚許時，三位老師的意見未必相同，但寫不好，老師們倒是評語一致。〈落水〉改寫後，得到不錯成績。雖然未必每次都是好成績，但我珍藏每個評語與建議。

那段可以白天上課的日子裡，每週一次，走進耕莘，順著樓梯向上，抵達樓頂，大片大片的光照在眼前，那是個寬闊的中庭；旁邊小小教室裡，作家分享創作心得、文本分析，向我散發文學之光。

碎拼圖

「唰」地一聲，我手上新買的拼圖，像火山爆發岩漿般四處炸開，隨著我撕開透明包裝膜的同時，盒蓋與盒底便脫離我的手心，分家了。

好好的一幅「小熊家族」，就因為自己的粗魯，硬生生地散落一地。我抱怨著。索性直接坐在地上，雙腳一盤，就地組裝起來。

「這片…」我隨手拾起一枚，比對著盒子上的畫面：「應該是……森林的部分吧。」

完整的圖像上，有熊爸爸和熊媽媽，牠們中間，牽著一個小熊寶寶，在他們的後方，是小熊們的家，背景有一片森林，森林的一角，有一條小木橋。

「跟外婆家一樣耶。要到外婆家以前，一定會經過橋。」

我順著記憶中遙遠的地圖，回到外婆家。

由福和橋進入永和，從林森路轉永利路，順著走到永元路，到底右轉得和路，會經過二〇八站牌的路口，媽媽是這樣教我們到達外婆家的，順著路往前走，機車行旁轉進巷子裡就可以到外婆家。

若不轉彎，再往前走就是四號公園了，很久以前，五路公車總站在這兒。在我年長一點後，嫌棄母親教的路線過於曲折，自作聰明的研究了另外一條路線：在臺北車站轉乘五路公車；若是這樣，經過的橋也換了，會經過中正橋。在總站下車後，順著路直行，會看見一個有著紅色拱門的巷口，由此進入也能到達外婆家。

外婆家是在一棟公寓的二樓，位於L型巷子的直角處；從陽台望過去，可以看見一個小廣場。紅色低矮鐵圍欄內，由三面矮屋舍圍成空地，據說其中一間是神壇，但供奉的究竟是何方神聖，我至

今都不清楚，因為對當時的孩子而言，真正的聖地，是前方的小廣場；傍晚時分，便是朝聖時刻，附近的孩子們在此聚集玩耍，玩著木頭人、紅綠燈、老鷹抓小雞等團體遊戲。放學時間以後，伴著陣陣晚餐炊煙，小巷裡迴盪著孩童戲耍的笑聲。

曾經居住過一年，一旦離開，便成來客。

孩子們的遊戲圈子，我無法加入；不是在地的，總覺得格格不入，我出現的原因，多半是因為表妹們帶著去了，只好非常勉強的加入。我眼前一張張與表妹熟稔的陌生臉孔，用著狐疑的眼神上下打量，向她們詢問著我的身分，我多疑的猜著：他們不希望我加入。表妹沒有過多的解釋，便要大伙兒一起玩耍。而我只能假意沒有察覺到曾有的質疑眼光，假裝融入那個除了表妹以外，全然陌生的夥伴關係中，再悄悄退場。不會有人介意我僅在一旁觀看，或者離去。

某個黃昏，一如往常，我在一旁觀看，盤算著離開的時機，但不知怎麼的向後翻仰，就這麼跌坐在旁邊的仙人掌上；孩子們驚呼著找大人求救，不記得事件如何收尾的，僅存的畫面是：在眾人的包圍中，我一動也不敢動的站立，哭泣揉著雙眼，外婆蹲在我的後方，一根一根的拔著附在小腿上的刺。

夏天的夜裡，廣場會放電影。多半都是一些老得不能再老的片子了，不但畫面粗糙，螢幕上的演員，我們一個也不認得。很多時候，我們只是在人群中鑽來鑽去，無趣了以後便散人；某個晚上，播放了一部古老的鬼片，以當時來看，特效就已經粗糙得令人發噱，姊妹們戲謔學著影片中淒厲的鬼聲，一路衝向外婆家，黑漆漆的樓梯間裡充滿我們鬼叫的嗚嗚聲，跑得太慢而墊底的我，直覺得伴著聲音有陣冷風吹向背脊。他們不知道：其實，那個晚上，我做惡夢了，真的夢到鬼。

影片中的女鬼穿出放映的白幕，滲入我的夢中。她青著一張白

臉，臉上五官模模糊糊的被黑髮遮住。她的身影飄忽，忽焉在前，倏地又在身後，我陷在青藍色的圈圈中無法逃脫。前方不遠處，是廣場的孩子們，表妹也在其中。他們正玩著跳繩，完全無視於我的存在，也彷若聽不見我的呼救，轉動的繩子規律的拍擊著地面，伴著孩子們的笑聲：「小皮球，香蕉油，滿地開花二十一，二五六，二五七……」

咯咯的笑聲，將我遠遠隔在這裡，有鬼的世界裡。

我回頭，女鬼雙臂伸直平舉，快速向著我飄來…

我們也會直接在公寓門前玩起來。在沒有太多車子往來的巷子裡，直接以紅磚頭在地上畫起方格玩跳房子。我對遊戲唯一貢獻便是畫格子，線畫得又直又正，這是我最得意的時刻；一旦遊戲開始，我便在中途出局了，我老是無法以單腳跳出三個都有石頭的框框外，即便跳過了也無法穩穩站住；手腳不協調的我，在妹妹們最愛的跳高遊戲中，淪落到腰部高度以上全程牽線的角色。

相較於體能遊戲，拼圖只要付出時間，就毋需中途棄權認輸。但五百片的拼圖真是一個考驗眼力與耐性的工作，我已經覺得自己兩腳痠麻，腰疼背痛了，於是我換了換姿勢；眼前小熊家的牆面已經被我拼湊完整，紅棕色木條橫向排列。小時候的美術作業，遇到畫房子時，外牆也都是這般橫向交錯排列，尤其是磚瓦屋；但是在現實的工地裡，真正會敷在房子外觀，讓每棟建築樣貌不同的，是那一片片大小顏色不同的瓷磚片。

轉進外婆家前的轉角，當時有工地，整棟剛以水泥架構好的空間裡，我們"撿"了許多瓷磚回家。

「別拿，這是人家的。」外婆見了不太高興的說著。

「可是它丟在地上啊。」我們堅持那是人家不要的，不顧阻止，我們選配了一堆不同花色大小的瓷磚片回家，當作扮家家酒時的餐墊。

　　聽說，後來外婆拿著我們偷來的瓷磚去向抗議的工地負責人道歉。

　　會從空地上冒出的，不只是新的大樓，還會有新公園。

　　走進安樂路，眼前就是四號公園。天氣晴朗的夜裡，和同事相約四號公園散步，新整建的公園一片整潔，走道兩旁黃色的燈光向上投射，我們慢慢穿過坐在一旁閒聊著的婦人，視線的遠處有正在慢跑的爺爺，迎面一條漂亮的黃金獵犬，主人手上的鏈子鬆了，牠興奮的在草地上大步跳躍著。

　　「我記得：以前這裡是五路公車的總站……」我指向前方。手指猶疑了一下，向旁邊微微移動：「應該是那裡……我忘記了……」

　　散發著新興氣息的公園，我沒有辦法從大腦資料庫裡找到對應。此刻的映像，記憶中的景象，竟重疊不起來。那間小有名氣的咖啡店存在之前，立在那裡的是什麼？我認真的想了一遍又一遍，只能搖頭放棄。

　　穿過永貞路，直行的路途上，前方岔開一條巷子，通往永和國小的後門。爸爸曾在某個傍晚，帶我們去那裡運動，他害妹妹從單槓上跌落。

　　「你爸真是太離譜了，妹妹這麼小，居然把她抱上單槓以後，就放手轉身去跟弟弟玩，害她給摔了下來。」讓媽媽如此氣憤的往事，不知妹妹記得否？這麼多年了，她額頭上的疤痕隱隱的存在著。

　　再往前走，可以到達樂華夜市。偶爾和同事也會去吃個晚餐，但不是從這個入口進出，因此，這條路上，有我記憶中幾個蹦蹦跳跳的孩子，一路笑鬧往前方走去的畫面。其實，勤儉的外婆，很少讓我們有機會外食，多半我們只是在這條街上走走看看，若身上剛好有一點零用錢，就玩那些標價十元的遊戲，買枝棉花糖分食。到

夜市玩，只是一種長征的行為，代表活動範圍的增加。

　　每個新學年開始前，我會特地跑來永和找表妹陪同買鞋。也不是非要在這裡買白布鞋，我就讀的學校附近，就有一間專賣便宜白布鞋的店家，但是，買布鞋這件事，就讓我們幾個孩子又賺到了一次聚會遊玩；我們一路吃著小吃，玩玩打彈珠，撈一下魚。返家時間迫近，才匆匆跑進一家鞋店裡，隨便買一雙鞋，只為了回家好交差。

　　外婆過世後，有一段時間不曾踏足永和。和同事逛夜市時，覺得腳上踏踩的地磚和兒時不同，究竟是何時鋪設的？眼前的這一攤，和當時的，是同一攤嗎？

　　記憶一旦尋到一個起點，便接二連三的蹦跳出現，一環扣著一環；如同拼圖找到對應邊界，便能向四方延展開來。我的拼圖持續完整，而記憶地圖不斷向前擴展，如同當時活動範圍，以外婆家為圓心，半徑不斷增加，畫成一個更大的圓。

　　就讀國中後，擁有搭乘公車的能力，表妹會帶我們去離家更遠的竹林路玩耍。竹林路上有百貨公司，沿途還有許多小精品店；我們在百貨公司對面的手扒雞店裡點一杯可樂，就在那裡聊天說笑話待上整天，或者，掃街般將沿途每間店面走訪，小女生很喜愛的書籤書夾、小娃娃、小擺飾等物件讓人眼花；後來，表妹們喜歡上溜冰，除了去西門町外，有時也會去中正路上的溜冰場，這裡可是我初識溜冰的第一間店呢。只是，我，依然是去摔跤的。

　　第一次穿上溜鞋，表妹和她同學早已一身好武藝，教完基本技巧以後，隨著音樂節奏滑行去了，放我們在一旁練習。我和弟弟兩人在有扶手的邊角，跟腳上的輪鞋搏鬥，摔倒了起身，才走兩步就又失去平衡，雙腳被輪子一路向前帶，腰部以上留在原地，一屁股摔在地上。不怕摔的弟弟，沒兩下就離開角落跟上表妹的節奏，以不熟悉而令人感到滑稽的律動，與她們一起玩著溜冰接龍。

「一起來吧。」表妹說。

「妳們的速度太快了，我跟不上。」我搖搖頭。

「好吧，那等妳改變主意，就過來吧。」她說完，以輕快的步伐滑向同伴隊伍中。

那條長長的接龍以逆時針方向順著空間繞行，從我眼前出現一次又一次，越接越長。我只敢以緩慢的速度，沿著手扶欄杆的這面牆，來回滑行。

在這之後，我還是不太敢加入接龍，只能順著人潮向前，一旦被推擠，就只能乖乖滑倒。

當初的那家百貨、手扒雞店早收了，而當時的那家溜冰場呢？應該也不在了吧？

表妹房間牆上掛著一幅小狗的照片，仔細察看，會發現是由一千五百個小片組成，那是她當年的傑作。那時的表妹極愛拼圖，週末去找她玩耍，常看見成堆碎花花的小圖角在她桌上；完成後的作品裱框，接著又會有數量更多的碎片出現。看著她仔細比對拼組，覺得無趣，湊熱鬧的在板上拼一張兩張；就像她在我的素描作業本上，添了幾筆沒意義的陰影。

這麼說來，我沒自己拼過一幅完整圖案呢，想著想著，也去買了一盒。尋著舊時的路線，走向記憶中表妹購買拼圖的店家。我試著減速，眼睛向四周搜尋著熟悉的景物，以便抓取記憶中那一張張不知散落在何處的拼圖，深怕給遺漏了。

「這裡，以前和妹妹一起走過……」我自己對自己說了起來，像是給自己說故事：「我記得，就讀過一年的幼稚園，在前面一點的地方…」我好像聽見五歲那年拍的鈴鼓的聲音。

拼圖是會完成的，而記憶卻會模糊。外婆走了，我心中的板塊竟也跟著摧壞崩解；暗暗喊了聲「糟糕」，實體的改變增加記憶的流失，記憶中的碎片，再也無法完整拼出我曾經有過的歷史。

輯四

我與另一個我

彷彿我曾經也那樣死過，卻繼續歡欣鼓舞地活著。

——李翎瑋

凌明玉

作者簡介

凌明玉，國立臺北教育大學語創所碩士，目前為耕莘青年寫作會寫作班課程編排，兼任寫作班導師。平日熱衷看電影、日劇，抱著兩隻貓滾來滾去。未來想要確切執行一半旅行一半寫作的生活。

創作至今十五年，曾獲中央日報小說首獎及小小說獎、宗教文學獎小說首獎、打狗鳳邑文學獎小說評審獎、新北市文學獎小說組第二名，林榮三文學獎、世界華文成長小說獎，吳濁流文藝獎、國藝會文學創作補助等。著作有小說《愛情烏托邦》、《看人臉色》，散文集《不遠的遠方》、《憂鬱風悄悄蔓延》、少兒傳記《動畫大師－宮崎駿的故事》、《我是爸媽的照相機》等時，少兒傳記多次獲得「好書大家讀」年度好書獎。

耕莘與我

約莫一九九五年來到耕莘，初次交的作業便是小說，之後，彷彿好像也只寫這個文類。其實我壓根兒不會寫散文吧。如果我說，直至在寫作班授課，才

逼迫自己寫出像是散文的模樣，做為一點點不夠格的範本，學生請不要用伊媚兒客訴我（笑）。更甚之，也陸續指導出幾篇學生的散文征戰各大文學獎，但我本人其實未曾獲得任何散文獎項（大笑）。總之，我僅僅是以小說的靈魂套裝了散文血肉，恰好描述了挺感人的故事。散文這極致暴露自我的文體，終究是在耕莘教寫作的過程順便與學生一起學會，讓我不小心收穫了隱匿於日常的不尋常之事。然後，總要迫不急待躲回小說框架，假裝一切從來不曾發生過。類似這種掏翻情感的文類，或許也只有在耕莘，我才能心甘情願寫出一二，然而在耕莘教寫作已然超過十五年，這唯一不能虛假的事，讓所有真實成為琥珀，封存了最美的時光。

不知道的事

不知道的事，像無所不在的溼氣，留駐在牆面，羅織成畫，浮凸時間的線索。

那時，我們還不清楚，得到了不只是甜美，還有數不清的繫心牽掛。不知道的事，從此開始。

家中有獸，跫音近乎無聲，中年之姿的貓咪，時常拖著腳步溫吞漫走，他的生活不再有冒險亦遺忘捕獵本能。或者是我，以一個家困守了他，讓他失去雄心也失去自由。

自老公寓遷至大樓居住後，越接近天際線越靠近想像的烏托邦，慢慢的，我辭去工作，有時讀書寫作，空想占據了很多時間，大約這個時候，貓咪加入了我們的生活。

朋友家貓口眾多，她始終想讓我練習擁有一隻貓，她懂我，如此想望擁有一隻貓的陪伴，於是我將小貓裝在棉質提袋偷偷摸摸帶回家，朋友笑說，「妳先生可能無法消受這份驚喜，如果真的不行，再還給我吧。」

後來發現擁有其實是沉重，陪伴更是輕蔑的念頭，兩者皆不能輕易定義從今而後我們和貓咪的關係。

我們開始練習，練習重新看待生命的餽贈。

是該認真寵愛的，由一掌可握的精靈樣貌，化為懷抱滿身的豐腴大貓，練習是必要的。從清淺呼吸、會蹦會跳的小獸，做為玩耍之物輕率的對待，直至日日梳理他蓬鬆或糾結的毛，他亦以溫暖包覆我們奔波於外的疲憊低氣壓。

是該沉默的，生活緊繃時，望著貓咪緊抿的嘴角，教人學會沉澱和放鬆，原來當他瞳孔謎成細線，那些尖銳的刺眼的也就悄然流

失了。

　　近日多雨很少天晴，灰暗天際偶有飛鳥掠過長桌玻璃鏡面，他懶得移動身軀只隨手撲抓幾次幻影，老貓入定的姿態。

　　他從不逼視日常，而是讓日常靠近自己，我卻總讓日常擾亂心房。

　　那日讀梭羅所寫，「生長在雜草蔓生的林間小路上的香蕨木和木藍上的露珠會把你下半身打濕。叢生櫟的葉子泛光，好似有液體在上面流過……」，想到往後人們皆要握著書、緬懷過去虛設未來，方才懂得悲涼無法描摹的況味。

　　貓咪不曾知曉梭羅描述的露珠、星光、葉叢和樹林，在城市之窗他遙望日月推移，安穩的從喉嚨發出呼嚕聲響。書頁尾聲，我揉揉徹夜痠澀的眼，陡然從寶藍天色中亮起的朝陽，已將整個廳堂灑滿了晶瑩貝殼一樣的星砂，而貓咪只是無聲踩著光線，悄悄溜到走廊陰影處，將自身縮成一個句號，很小的嘆息似，適才望見日夜交班的美麗剎那，已成為輸給時間的籌碼。

　　七歲的他不喜玩小把戲了，彷彿進階到另一時空，常瞇眼睥睨瞧我，雖還注重儀容也只是慵懶的捧著尾巴整理，接著便是往沙發扶手旁倚靠，擺放他如千斤沉重的頭顱，繼而酣然入睡。

　　睡和不睡，是貓咪最多的日常選項，與我寫或不寫，時間的分配比例相同。我不書寫也讓渡許多時間給與睡眠，該睡時也孜孜矻矻敲打鍵盤，如同他在夜裡悄悄欺近腳邊，偷偷磨過我的小腿肚，那是一句叮嚀，怎麼還不睡，或是我陪著妳直至天光。

　　最喜歡這種無所謂的時刻。

　　當他親熱磨過紙箱周圍的稜角，連同置放一旁的稿件也啃咬得有滋有味，紙箱邊緣鋸齒彎曲處沾滿的毛絮都是他安靜的愛戀，以及沉默仰首凝望的時光，我僅是食指點點他濕濕的鼻頭，他便乖順窩在筆電旁假寐。

　　當我寫稿多是狠心漠視，亦無法多接收他的眼神，這些渴求曾數次動搖了敘事意志，但不管我如何鋪陳傷口隱喻，反覆掀起又遮蔽，故事結局慢慢的總會美好一點，一如時間從不吝給我們機會去寬待往事裂口。

　　步入中年的我們重新開始，如金石承諾，好好照顧一隻貓兒，並不打算還給朋友這份禮物。貓咪讓我們不斷重返時間現場，童年的遊戲，育養一個家，以及了解信守的定義。

　　偶爾我趴在地板學他翻滾，與他一起伸長手腳進行貓式瑜伽，他總困惑歪著頭，又當沒什麼事發生徐緩走到玄關坐下，那大多是家人返家時刻；他的貓天線掃描整個樓層的歸人，聆聽每支鑰匙轉動家的聲音，每天每天，如此堅持。

　　鋒面將來，高樓窗外呼嘯的風還澎拜著海浪音響，建築是擺盪在半空中的鐵達尼，家人歸返後，貓咪又走回我腳邊翻滾著肚腹，不管豪雨拍擊在窗欞之外，他一派安然自得。

　　他的腦容量很小吧？大約只記得揉他下巴要呼嚕，雀鳥啁啾飛過窗欞必凝神靜聽，長廊傳來腳步聲即專注守候……發現雨後飛蛾，注視薰風吹搖著插在酒瓶中的乾燥蘆葦，那些瑣碎無用的枝節，他都很有興味的撿拾和傾聽。

　　不知道的事，還有更多，被遺忘在季節改換、書頁翻撥的某個下午。

　　當我在某個夏夜晚風中，伸手覆蓋在貓額頭上，攫取一些小貓嬰兒般甜美眠睡，或在涼薄秋日，無端想念他追逐長尾並咬囓紙球的身影，時間點點漏逝於我們熬過的長夜，以及他專注盯視尖耳朵的倒影，這些長短不一的畫面都落在微亮天光裡。

　　我們終於經過了多少季節呢？望著貓咪過日子，狂躁之心不由學會數起慢拍子，偶爾看他忽然聳立身軀望著天空噗噗而過的直升機，一次次警戒，煥發神采的英氣之眼，須臾亦無所執、捧著頭睡

倒在身側。

　　貓咪日日將輕巧步伐填滿磁磚空格，偶爾屈身窩在空格之中，如逗點與句點的小憩，提醒我觀看日常的餘裕，每當回頭看他熟睡，忽而了解現世安穩該是如何讀取。

　　貓咪鍾情於牆上的新掛鐘，經常世事不驚、萬情不擾的盯著秒針，一格格移動目光，輕微的一呼一吸，如此永恆。經常人貓依偎著，即想起美國詩人桑德堡的〈霧〉：「霧來了/以小貓的腳步。」

　　詩人描寫著貓兒的步履如霧般空靈，不沾塵世的目光，遙望港口城市繁華的一日逝水，詩人筆下「無聲的拱起腰部」的貓兒，讓我思及將自己拋擲給虛空的姿態，也要是放盡力氣的優雅之姿，前途無效或茫然時序交替之後，或許一切如霧一般，但真實是我們在一起生活著，我們仍在一起，每天每天。

　　這些不知道的事，後來才懂得，星星點點都是餽贈，而不經意由指縫漏失的，是愛，或者忠貞，我們都說不清了。

刊於2013年10月號幼獅文藝

許榮哲

作者簡介

小說家、編劇、導演。

臺南下營人。臺大生工所、東華創作所雙碩士。

曾任《聯合文學》雜誌主編，現任「走電人」電影公司負責人。

曾入選「二十位四十歲以下最受期待的華文小說家」，目前於綠光表演學堂、臺灣文學館、臺灣科技大學，擔任小說／劇本／電影／桌遊等講師。

文字作品有《迷藏》、《小說課》等十餘種，有六年級世代最會說故事的人的美譽。曾獲時報、聯合報、新聞局優良劇本獎等獎項。

影視作品有公視「誰來晚餐」等，曾獲台灣大哥大微電影最佳紀錄片等獎項。

耕莘與我

一九九九年，我二十五歲，研究所剛畢業，錢多事少離家近地留在學校當研究助理，心底想的卻是我要離開這兒，成為另一個人，雖然我還不知道那應該是怎樣的一個人。

　　約略是一個木棉花開滿羅斯福路的時節，我百無聊賴地騎著黑色迅光一二五從臺師大附近的耕莘文教院晃過，意外地瞥見了當年度的耕莘青年寫作會招生簡章。簡章上，像夏夜螢火蟲一樣亮出來的是那些我從沒聽過的小說家、詩人，這些離我比草履蟲仰望織女星還要遙不可及的夢幻稱謂。

　　正是那一天，我決定以一種一刀兩斷，頭也不回的方式，徹澈底底逼自己離開，成為另一個人。

　　後來，我在耕莘得到第一個文學獎、第一次擔任文學講師、第一次組織文學營隊，陪著耕莘走過最艱困，也最美麗的一段時光……我真的如願變成另一個人。

　　世界沒有耕莘，世界依然轉動；許榮哲沒有耕莘，許榮哲如夢一場。

名字，重複一輩子的愛

我的女兒，名叫「三三」，一二三的「三」。

朋友知道我為女兒取名為三三時，大多不以為然，他們認為不能因為自己的喜好，而造成孩子一輩子的困擾，因為三三這個名字太特別了，肯定會招來關注的眼神，每個老師都想叫她起來說幾句話，或回答幾個問題。

我笑著說，這正是我的目的，我希望女兒從小就知道自己是特別的，所以她必須隨時做好上台的準備，因為她無法躲在其他名字裡，混水摸魚，得過且過。女兒必須時時刻刻意識到，自己是個一眼就會被看到，並且永遠記下來的女孩。

但這只是其中一個原因，另一個原因和我父親有關。

我是從自己的父親身上，學會當爸爸的。我從父親那兒學到的是沉默的力量。

我的父親是個農夫，求學過程中，每年兩次，開學前夕，他就會突然消失。直到稍稍長大，才從姑姑口中得知，他又去借錢了。

我們家三個孩子都讀私立中學，但家裡務農，根本付不起學費。所以父親每年固定兩次，一個人騎著腳踏車，偷偷到開電器行的姑姑家借錢，等到當期稻作收成之後，再把錢還給姑姑。

足足超過十年的時光，我們兄妹三人，就是在父親低下頭來借錢，和彎下腰來種稻，來來回回交錯之下，才得以完成學業。

所以每次考試時，我們三兄妹都戰戰兢兢，因為我們知道，我們正在超支父親的能力。父親供我們上學的學費，不只是用汗水換來的，它還包含了……屈辱。我們可以浪費汗水，但絕不能辜負屈辱。

　　好幾次，我們考壞了，合理認為父親一定會責罵我們，因為沒有人比他更有資格，但他連一次叨唸，諸如「爸爸這麼辛苦，而你們居然……」之類的話也沒說出口。正因為如此，我們更自責了。

　　十年如一日，父親的沉默開始慢慢變成力量。

　　自己當了父親之後，我希望自己也能像父親一樣，沉默地努力工作、沉默地不誇一次口、沉默地不把責任轉嫁到兒女身上，但我知道這實在太難了，我永遠做不到。

　　最後，我想到了「名字」，一個不用說話，就可以說話的好方法。

　　中國字裡，重複的字出現三遍，大都有「多」或「大」的意思。如三個人，众，眾立也。如三輛車，轟，巨大的聲響。但「三」這個帶有多數，或多次意涵的字，卻只有簡單三劃，因為希望自己的女兒既豐富，又單純，於是取名「三三」──人生豐富的三，個性單純的三。

　　三三，這是作家父親，所能送給女兒最好，也最長久的禮物。她是帶著父親的愛，降生到這個世界的。

　　三三，我每叫一次女兒的名字，就提醒自己一遍，那個最初的願望。日後有一天，我不在女兒身邊了，她依然會一而再，再而三地想起父親想對她說的話。

　　三三，人生豐富的三，個性單純的三。像我的父親一樣，他一輩子沒有說出口的話，卻成了我對他最深的回憶。叨叨絮絮，卻又沉默異常，重要的是……充滿了力量。

神小風

作者簡介

　　神小風，本名許俐葳。東華大學創作與英語文學研究所畢業，參與第一屆「搶救文壇新秀再作戰」文藝營，之後任耕莘青年寫作會總幹事，並出版小說《少女核》、散文《百分之九十八的平庸少女》等書。

耕莘與我

　　參加過「搶救文壇新秀再作戰」文藝營的人大抵都能明白，相較印刻或聯合文學等其他營隊，這並不是一個「大師級」的活動；不是上對上「你應該如何如何寫」的內力傳遞，而是「我們可以如何如何做」的交通往來，把講台下的我們當成一個個「可以寫」的人來對待。像朋友似的親切招呼，隨口就聊起一本對自己至關重大的書，坦承到幾乎無私的熱情。那簡直是種魔法，在他們的談話裡，我第一次感覺到自己獲得寫作的資格。我總想像這裡是鬥陣俱樂部的後台，我們在這裡休息打屁，是為了從那些對話裡獲取多一些登台互毆的力氣，好心甘情願的承受下一個拳頭。乍看之下像是魯蛇間的取暖討拍，但有很長一段時間，我以這樣的寫作會為傲，因為每個人都是那麼飢渴，卻又那麼真誠。

吊橋少女

我稱它為「ㄉㄠ ㄑㄠ」。

不清楚字怎麼寫，從母親那兒遺傳過來的語言，像某種先天不良的病症，含在口裡全化成模糊的注音符號，或許是來自更上一代外婆的外省口音，也可能是不懂臺語的我口誤。無論如何，少女時期一臉粗魯相的我，總在出門前被母親叫住，她自抽屜裡拎出一條扭曲變形的爛布，扯著喉嚨以極大音量對著我吼：「妳別忘了出去要穿ㄉㄠ ㄑㄠ！」

這話總是可以有效止住即將邁出門的我，轉身回頭忿忿奪下母親手中物品，嘴裡埋怨著：「妳小聲一點啦！隔壁都聽得到！」手裡連忙關上大開的窗戶，深怕鄰居聽見了會笑話，母親頓時化為廣告裡那位「妳怎麼不去廣播電台說給全臺灣聽」的婦人，背著手一臉尷尬的站在旁邊，看著我脫掉上衣，三兩下胡亂將「ㄉㄠ ㄑㄠ」抹上身。

而我的女伴們並不這樣稱呼它，「ㄉㄠ ㄑㄠ？」一次泳池更衣室裡的午後時光，我像個偽裝臺灣人卻意外冒出內地腔的大陸新娘，不知所措的跟女伴們結巴解釋脫口而出的詞彙。

（妳們、妳們怎麼會沒聽過呢？）

（真的沒聽過呀，誰知道啊？）

她們並不——從不這樣稱呼它，它有其他更正統更漂亮的名字，例如胸罩、bra、內衣等等，我偏偏選了一個其中最老土的稱呼，吊橋吊橋，硬寫成國字也無端彆扭，如同我獨自站在殘破吊橋上望著女伴們嬉笑，還沒弄懂這座島的與眾不同，少女的我從此便小心翼翼閉緊嘴巴，站穩吊橋再也不走過去。

　　我的吊橋也與她們的不同，母親自市場買來的三件一百，一律無花紋整面素白，這種白不乾淨也不純，放久了便會泛起黃邊，像一經時間淘洗便會露出破綻的窮困歲月。別說任何集中托高效果，連鋼圈都沒有。鬆垮垮兩塊布料拉扯罩杯像個破魚網，純粹最原始功用包住兩顆乳房，湊合著度過山丘與溪谷，低頭望去真像座吊橋了。吊橋不穩，顫抖著隨著身體左右搖晃，支撐我走過少女時光。

　　炎熱的暑期輔導總令人昏沉不耐，高中課堂裡聽見頂上的電扇嘎嘎作響。我抬起頭，望著前方女同學的身影，濕透的白淨制服牢牢黏在背上，身上吊橋的肩帶和扣子在汗水之下清晰可辨，透著淡淡的粉紅。女同學日日變換其顏色，也是從那時起，我才知道原來內衣還有別的花樣，彷彿一種晚熟的愚蠢，大紅的，粉紫的，綁蝴蝶結的……全在濕熱的暑假裡被我看得清清楚楚，我不發一語低著頭躲在她背後，心底有著偷窺過的心虛。

　　我開始和女同學中午一起吃便當，兩個人親暱交換各家菜色，她的便當也不比我的豐盛，蒸過變黃的青菜都是一樣的。我們低著頭吃，也不怎麼交談，偶爾抱怨一下生活或考試，嘻嘻哈哈日子就過了，而我掛在心上卻始終沒說出口的一句話仍是：「欸，妳都在哪裡買吊橋的？」。

　　畢業典禮那天，全體學生穿好整齊白淨制服，一班班整齊落坐大操場，校長談話時間還沒結束，雨就落下來了。一開始是細雨接著陣勢變大，但誰也沒敢離開繼續坐在那裡，女校的學生總有種特別奇異的乖巧。雨從肩上蔓延開來，我逐漸看見前方女生濕黏制服下的吊橋顏色，像噴了水就會顯現密碼般的奇異暗號。

　　不、不只是她，整排女生的吊橋有如夢境般，在無人離去的大雨中看得一清二楚，彩虹般各色排列在我眼前展演，一場真人實境的青春女體內衣秀。我轉頭看見班上那個最瘦小最不起眼的女生，

此刻制服下卻是一套粉橘色的蕾絲吊橋，隨著呼吸在胸前緩緩起伏，「妳……」話未出口，我下意識的彎腰遮掩，身旁好友笑鬧著說：遮什麼遮？算了！反正大家都被看光了！胸前鵝黃吊橋晃動著，我不說話，拉上外套包起身體，暗自詛咒自己為什麼今天穿的是家裡最破最爛的一套吊橋？鬆垮肩帶和失了彈性的罩杯，不斷從我胸前滑落到腰間，這狼狽模樣一定被身後的人看得清清楚楚。

那場畢業典禮最後怎麼結束的，我已經不太記得了。雨過之後，所有漂亮奇異光景全被洗刷得乾乾淨淨，唯獨我仍不斷想起那個坐在大雨中緊縮身子的少女，低下頭眼眶泛紅恨不得逃離現場，想哭竟不是因為被看光，而是憎恨自己居然沒能穿件好吊橋。

我不知道和我同樣七年級的少女是從什麼時候開始穿吊橋的，彷彿一切就如初經來潮，有一天忽然「啊，來了」，時候到了就是了。假日市場裡賣的吊橋尺寸常常只有簡單的ABCD，擠在買菜的人群中跟著母親走，攤販拿著大聲公叫著：「內衣內衣三件一百……」成堆吊橋擠成小山散放在攤位上，如同一般賣魚賣肉。顧攤的歐巴桑只瞄了我一眼便說：「妳穿A的。」，連摸都沒摸，像憑空便能判斷西瓜甜不甜苦瓜苦不苦。A罩杯從此像貼在我胸口的至理名言，但吊橋形狀和母親的D罩杯看來竟都沒什麼不同，只是兩塊布料的大或小，奮力罩住兩顆乳房，卻無法抵擋地心引力。

我跟著母親穿吊橋，穿上不難，難的是彎下身來將副乳往前塞，「把旁邊的奶撈過來就是了啊。」母親說。我總學不會，乳房歪七扭八的塞進吊橋裡晃盪，仗著青春便不管形狀與否，穿好便是。那時我才明白，$\frac{5}{2}$ $\frac{1}{2}$ 二字或許真有其意，支撐著兩座山頭的吊繩自肩頭滑落，鬆垮垮托著整座凹凸溪谷不致於崩塌。穿鬆變形的吊橋捲進洗衣機裡，母親說省水，一次洗吧。便跟著全家衣物（當然包括父親汗衫內褲……私密少女心事和五十歲男人的汗臭，竟奇

蹟似的在那個當下融合了），旋轉糾纏扭成一團麻花，洗淨後全晾在後院，方形曬衣架吊下幾個夾子，母親的我的，後來還加上妹妹的，曬衣架便變得格外忙碌了，一家子女人全擠在一起，吊橋如梅乾菜似的條條晾掛。在房裡讀書，窗開著抬頭便可看到A罩杯D罩杯一條條迎風擺盪，奇異熱鬧的景觀。

母親也開始會買一些內含鋼圈的吊橋，比一般鬆垮布料更能撐起乳房，但仍是廉價貨。洗過幾回，鋼圈便刺破內襯外露了，剛穿上還沒事，出門走了幾回卻忍不住突如其來的刺痛，低頭看胸口已片片紅腫，還得表現鎮定走路小心翼翼，像有條蛇張了毒牙埋藏在胸前，隨時冒出頭來咬你一口。不知情友人笑說妳幹麻老低頭看胸部？一股不知名惡意自心底升起，心底恨恨的想著：妳們這些有錢人哪裡知道，肯定沒嚐過被吊橋鋼圈刺過的滋味！獨自站在危危顫橋進退不得又說不出口，那模樣狼狽不堪。

嚐過了鋼圈苦頭，我撿回單純素布吊橋穿上身，身邊的女孩都逐漸長大，不一定是長高，但她們開始穿高跟鞋配絲襪，即使再疲憊還是將自己打扮的容光煥發，走進大街上那些到處都是的黛安芬、華歌爾、曼黛瑪璉……我與她們從同一個起點出發，卻不知道在什麼時間點轉入別條岔路錯開了，吊橋搖搖晃晃只容得我一人通行。我走進再熟悉不過的菜市場，依舊蹲下身和歐巴桑們挑挑撿撿滿地吊橋，從她們身上看見母親的樣子，還有，我自己的。

時間久了，總會有看不慣的人想救我自吊橋離開，指引我通往另一個正常少女世界，剛交往的男友一日放假，興匆匆的說要帶我去個神祕地方，我被他牽著走，繞過了常去的書店電影院咖啡館，最終莫名奇妙被牽進了名牌內衣店。

門上性感女星叉腰頂著傲人雙峰，女店員微笑著一邊靠近一邊嘴甜的說：唉真好，妳男朋友陪你來選內衣呀？喜歡哪一種樣式

的，要有集中功能還是調整型的？習慣抓著一兩件吊橋和歐巴桑討價還價的我，抬頭望著她一句話也說不出來，只想轉身逃出門。

逃不了，我被推進更衣室裡，「先試穿幾件看看！」聲音未落，我還在望著鏡子發楞，店員就鑽進來了，說句不好意思便順手幫我拉擠胸部，冰涼手指輕微擦過光裸皮膚，一種過於親暱的不自在。我偷瞄一眼標籤，心裡暗自計算三千塊我可以在菜市場買多少件？嘴裡小聲說：「小姐你拿錯了，我的SIZE是A。」店員愣了一下望望我，忽然爆出笑聲：「小姐妳有沒有搞錯！妳這大小明明就是C！」拜託妳是C罩杯！聲音響徹整家內衣店。

（C罩杯？）

（但歐巴桑明明說我穿A的，我是A罩杯啊！）

店員轉身鑽出更衣室，我轉身望向鏡裡單薄女孩，身上是自吊橋中莫名生出的碩大乳房，鋼圈被柔軟的包裹在布料裡，極厚軟墊牢牢襯住胸部，這已經不是以前那座破爛吊橋了。耳裡聽見店員以誇張的音調告訴男友：「有沒有搞錯！你女朋友連自己是什麼SIZE都不知道？她這幾年穿什麼過活的呀！」

那個瞬間，我彷彿看見當年畢業典禮上的她們，那些被雨浸濕的女孩，此刻全轉過身來望著我，她們身上仍是那些好看的彩色吊橋，像是在同聲問我這個問題：「妳這幾年來穿什麼過活的呀！」我站在鏡子前渾身發抖，從A罩杯到C罩杯，我以為我終於可以邁步走向她們了，我幾乎要這麼以為……

但不是，這座華麗吊橋絕非為我所搭建。耳邊聽見男友回應店員聲音：「我早就覺得她的內衣很怪，一個女生穿得歪七扭八……」，更衣室裡一片模糊，我心中某個地方被狠狠的掀開來，像吊橋背後的扣子，有什麼「啪」的一聲鬆開了。

掉下去了。

我穿著新內衣回到家裡，感覺衣服下的胸部異常堅硬疼痛，下午總是作家事的慣常時光，母親獨自一人坐在房間內整理洗好的衣服，一條條吊橋貝殼似的合起整齊疊放。我遠遠的望著她，彷彿看見A罩杯少女光著兩顆乳房大步跨進房間，如孩子般雙頰通紅，還帶著一種稚氣的任性，氣鼓鼓的走向前抽起一條吊橋，握在手裡仍是像爛布似的軟趴趴，她尖聲對母親大叫著：為什麼妳都不買一點正常的吊橋呢？，還有「ㄉㄠ ㄑㄠ」到底是什麼東西啊！內衣就內衣啊！

母親愣愣的說：我怎麼知道。

我也都是一直穿這個啊，吊橋就嘛是吊橋！

而事實上我並沒有那麼做，只是靜靜坐在那裡繼續望著母親，如同那些我已不再記得的傍晚時光。窗外的光終於整個隱去消失，四周暗去，母親緩緩起身準備進廚房作飯，折好的吊橋們整理好放在一邊，陪著我。我站起來，打開抽屜一個個將它們放進去，像緩慢在黑暗中渡過一大片荒原般，連聲音都沒有。

有些路，光是想就好了，不必真的走過去。

那件新內衣洗過一次後，晾在頂樓陽台再也沒動過，任風吹雨打摧殘它漂亮身體，它不該是「ㄉㄠ ㄑㄠ」，而是胸罩調整型內衣等規矩好聽名字，它屬於另一個C罩杯少女，而不是我。

窗外剛洗好晾乾的吊橋依然條條垂掛著，在風中緩緩晃動，像對青春的道歉與弔念，和我一起安靜而堅決的，守著衣服底下的祕密。

此文選自寶瓶出版社神小風散文集
《百分之九十八的平庸少女》

林巧棠

作者簡介

　　一九八九年生，臺大外文系，臺大臺文所，耕莘青年寫作會，祕密讀者編輯委員。曾獲時報文學獎散文首獎、時報文學獎書信組優選、林榮三小品文獎、臺大文學獎等。作品曾刊登於《聯合文學》「新人上場」單元。目前就讀研究所，並在《女人迷Womany》網站主持專欄【Herstory】。

　　小時候以為當女生真好。長大了才知道，這是件悲喜參半的事。我是個貪心的人，願望很多，其中之一是八十歲仍能跳舞。如果能跳舞，為什麼要走路呢。

耕莘與我

　　本來我是不相信自己能寫的。直到我認識了一群人，他們相信我可以。

　　參加「搶救」時我已經大三，當初只是單純地被課程吸引，而且在寒假舉辦的文藝營很少，我抱著姑且一試的心態報名。雖然念的是外文系，我卻覺得自己再平凡也不過，距離作家的夢想不曉得有多遠。我老是在門外摸索，卻怎麼樣也摸不到門把。

　　過去我也舉辦過好幾個營隊，以為幾天幾夜活動該有的內容不過就那樣嘛，沒抱著多少期待，公車上和同行友人有一搭沒一搭地聊天。不過，直到播放開訓影片、榮哲老師上台說話後，我就知道自己錯了。錯得離譜。

　　這絕對是我見過最瘋狂的營隊——從台上老師到身旁小隊輔，從書展負責人到清理廚餘的工作人員，每一雙眼睛裡都閃著熱切的光芒，急著想告訴你文學的豐富與美好。只要你肯開口問，每個人都樂意分享他熱愛的作家與作品，毫不藏私。

　　入會之後，榮哲和儀婷老師都曾在我對寫作感到惶惑不安時鼓勵我。得林榮三小品文獎時我大五，正準備重考研究所。榮哲老師在臉書上說：「你們寫下的每一個句子，都黃金般延展了自己與耕莘的夢。」這句話被我抄下，至今仍貼在書桌前。

　　　　　　節錄自〈耕莘與我——故事的開端有光引路〉一文

一口

　　這藥方能還你本來面目，但是過去的都會回來。

　　深怕觸犯一臉嚴肅的老中醫，半信半疑的我只好點頭，走出診間時嘴上不禁碎唸：什麼回不回來？好詭異。春天本來就是過敏季，偶爾噴嚏鼻水，頂多起紅疹一下就消了，媽卻大驚小怪硬逼著我去診所。

　　燥晴，或憂傷而綿長的雨，宛如躁鬱症患者般反覆的春季，一日內溫差可逼近十度。毫無食慾的某日我隨意喝了西瓜汁充饑，手機螢幕顯示三十二度，難怪。沒想到才過午，天驀地暗了下來，結實的深灰雲層掐住高樓的咽喉，整座城市都呼吸困難，連我長年阻塞的鼻端都能嗅到濕氣。

　　課堂上教授正講著李商隱，到了「芙蓉塘外有輕雷」一句，窗外突然「轟隆」好大一聲，全班都笑了。雨點般的笑聲中，豆大的雨珠傾刻落下，冷意如蛇竄入領口。不久頭皮卻開始發熱，我下意識抓了抓，沒在意。直到前方同學傳來講義，我抬頭，轉過來的她差點沒驚叫出聲——大片大片的紅疹從我的髮際延伸到唇邊，指尖到處是一道道縱橫交錯的粉紅軌跡，蛇行至頸項、鎖骨、胸口……

　　我嚇壞了，一面忖度著要去向老中醫求救，一面安撫同學，沒事沒事，過敏罷了，雙手忙著上網搜尋到底怎麼回事？作息正常不熬夜，按時吃藥也沒亂吃東西，除了剛才的西瓜汁——鍵盤上我的十指飛舞，資料瞬間顯示在螢幕上：西瓜性大寒，有天生白虎湯之稱，清熱解暑，脾胃虛寒者不宜。

　　課後我飛奔至診所，頭臉的疹子已經消了，剛才的混亂像一場過於精緻的惡夢，證據只剩泛紅的抓痕與破皮。嘴唇卻越來越腫，

乍看是無數細小的疹子，近看竟是水泡，嘴一微張便痛到嘶嘶吸氣，雙唇彷彿針包。

鬚髮近乎全白的老中醫向來不疾不徐，觀察臉部，問問題，探脈，此刻我卻覺得他實在太慢了，慢到我好想把他桌上的紙筆把脈枕甚至那一小尊佛像都掃到地上。終於，他開口說明不是感染或食物中毒，「脾經開竅於口」，他解釋，「過去的都會回來，熬過就好。」他叮囑幾句該忌的食物，稍改一下先前藥方便結束看診。

這下不信也不行。還能怎麼辦呢。忐忑等待「過去」的焦躁彷彿獨坐漆黑影廳等待一場正要開演的恐怖片。膽小如我從來不看恐怖片的。果然，唇上水泡腫脹如大沸湯鍋，我按照醫囑忍著，僅用棉花棒輕輕抹上凡士林。才痛幾天卻像幾年，唇角只要輕輕上揚幾度，細針立刻狠狠往唇肉刺去──我正因貪嘴或畢生說過的大小謊言受罰嗎？那陣子我一句話都不敢說。

不能說話還好，不能笑簡直要我的命。從小愛笑，但我逐漸發現唯一能放肆笑開的時刻只有拍照。也許我生來缺乏判斷場合的能力，日語說「空気読めない」，不會讀空氣，就是中文的白目啦。老師走上講台時絆了一跤，我憋不住笑；同學失戀大哭的樣子真醜，我笑，笑到朋友扯我袖子到一旁低吼：白癡，沒看見他們瞪你？我嚇了一跳。真的不知道。

我學會吞下聲音。小圈圈外的日子不好過，看班上那幾個邊緣人就知道了。於是畢業紀念冊每張方正大頭照裡眾人皆矜持，唯有我大笑露齒，雙眼兩彎新月。

好不容易上高中，純女校，教官老愛吹哨喊住違規同學。長襪顏色只准黑白，球鞋圖案不可超過鞋面八分之一。規矩多又嚴，卻是我生命中最自在的金色時期。除了吃零食聊天打排球，女孩們最擅長毫無顧忌地大笑，即使笑到拍桌、笑到吊扇震動，也不會引來旁人「沒教養」的譴責目光。

那段日子課本教的很少，人教會我太多。

十七歲，還不知安靜為何物的年紀。夏天才到，我們剛進教室就迫不及待脫下悶熱百褶裙，套上運動短褲，有人連皮鞋都脫了，一雙藍白拖趴噠趴噠走遍全校，多瀟灑。如果看到走廊盡頭隱約出現軍綠色影子，趕緊繞道就是了。

小卓就是這樣的人。校隊的王牌選手，一頭俐落短髮與頎長身材，排球場上的英姿迷倒不少學妹。我最愛看她笑，黑亮的眼全世界最澄澈，像寵物店玻璃窗裡的小狗。雖然親暱，有時身處一大群女孩裡仍令我厭煩，太過細密的心思，連一奈米大小的得失都要計較。

但小卓不同。她有女孩的纖細身材，卻擁有男孩的爽朗與瀟灑，其他人和她一比都太軟弱太剛硬不夠明亮缺乏質感。這些話當然要藏在心底，她若發現還得了。

所以同班一年後我和她才因排球賽相熟。上高中前我從未碰過排球，體育課練習，半小時下來我只要成功將一顆球發過網就算進步了。性急如小卓簡直看不下去，決心教會我基本技巧，好強如她絕不允許自己班級在發球上失分。

差勁的球技無法澆熄我對排球的熱愛，我好愛看球以拋物線劃過球場上空那幾秒，黃白藍三色球痕，天空用力微笑。我更愛看小卓發球，左手拋球的同時右手向天延伸，陽光在指尖閃耀，就在球即將被地心引力下拉的五分之一秒前右手狠狠拍下！對手只看見一顆灰色砲彈擦過身旁，空氣中隱隱然有焦味。

得分時她會大聲歡呼，露出一口閃亮白牙。場邊歡聲雷動，學妹瘋狂的尖叫聲好刺耳，我不禁皺起眉頭，隨即舒開眉心──的確，誰捨得不喜歡她？

她教我接球，「兩手平伸，手肘盡量靠近，用手腕形成的部位接球」，她的雙手由背後越過我的肩膀矯正姿勢。「球來的時候，

就像這樣……」她微微蹲下，說話時溫熱的嘴唇靠在我耳邊，癢癢的。我聽見自己震耳欲聾的心跳，希望她沒發現。

她絕不能發現。那是不可以的。

許多年了，我還記得她微笑時嘴角上揚的角度，露出的牙齒數量恰好是牙醫師公認的黃金比例。

某日高中好友聚會，窩在我房裡邊吃零食邊翻畢業紀念冊。我突然發現同學對我的印象除了愛笑之外，竟是「愛吃」。「哈哈你真的很愛吃耶！」我們太愛笑了，就連留言時笑聲也是必備發語詞。「你是溫柔的人，又愛吃，不過我喜歡。」十篇留言裡至少有三篇這樣寫，奇怪的是，我對這件事一點印象也沒有。

我轉過頭問朋友：欸我以前真的很愛吃嗎？三人愣了一下，表情的變化如同面對一張剛發下的數學考卷那樣，皺眉，搖頭，臉上問號永遠比考卷上的問題還多。

直到我伸手要拿朋友的奶茶並說「我也要喝一口」時，才赫然發現這印象從何而來。結伴上廁所逛福利社，放電影時擠同一張椅，共吃便當，共喝飲料，這是專屬我們之間的密碼，用來代替無法當面說出口、就連寫紙條也不敢問的句子，好隱藏自己的內燙外溫，熱水袋一樣的心。

每個人的密碼都不同，「陪我去廁所好不好」是一種，「欸！肥妞！」是另一種，或者一句話也不說，直接了當地占用對方桌椅，無論主人再怎麼威脅推擠都不下來直到上課鐘響，也是一種。我的密碼則是「一口」。早餐、午餐、點心、飲料，我總是要求一口，但僅有少數人知道那只是一口。

「我可以吃一口嗎？」有人笑我天生嘴饞，有人幫著解釋「別人碗裡的總是比較好吃」。而她們不知道其實我根本不餓，連嘴饞都稱不上。

「我可以吃一口嗎？」翻譯後也許是「我們是好朋友對吧？」、

「你還在生我的氣嗎？」、「我和她，你比較喜歡誰？」……問句被化妝成小小的撒嬌、試探、挑戰，如此曲折，甚至到了無理的程度，一個問題永遠不只一個解答。倘若更親暱點，連開口都省了，眼神示意後便能直接拿走對方手中的食物，吃了再食歸原主。

一口的學問不小，提問畢，換妳答。吃慣彼此口水的女孩們很慷慨，溫柔地遞過手中麵包，將吸管湊近我嘴邊毫不遲疑。有人仔細調整三明治的位置，將餡料多的那一側翻到上頭；有人患「口水病」，感情再好也不吃他人咬過的東西，這種人通常會豪爽地將食物丟進我便當盒裡。

偶有冷戰幾天的朋友聽見密碼，僅是面無表情點了點頭，正當我吶吶地不知該如何是好，躊躇半晌後打算離開，轉身前卻從眼角瞥見她在偷笑──此時，那一口是什麼根本不重要。

不過，數年後當我再度獲得一本厚重的畢業紀念冊，卻發現裡頭大多數人我都不認得時，才發現隨時笑著要一口的特權已被時間取消了。我必須學習分辨笑容的種類：真正的稀少而明確，其餘皆是化妝，好比當我試探性地發出密碼，而對方僅說「好啊自己拿」卻正眼也不看你的時刻。

或許是索討過太多不屬於我的一口，我現在幾乎無法進食，連喝水都得用吸管。幾顆較大的水泡開始化膿，棉棒纖維輕輕擦過就破，流出溫熱的黃膿。不言不語將近半月，雖然失去了表達能力，連「痛到齜牙咧嘴」的權利都沒有，靜默的日子卻沒有想像中難熬。我學著不去理會燒傷般的腫痛，萬物皆有時，該學的是等，畢竟許多事不急著說。

同樣是學習，忍痛好學，排球好學，最難的是等待。

那時在小卓的教導下，慢慢地，我不再看到強勁的發球就想躲。雖無法直接回擊，但我已經能接球了。冰敷膝蓋時痛得嘶嘶吸氣，但我一點也不後悔，後悔的是現在才認識小卓，而高中生涯只

剩下幾個月。鮮紅的心是一口熱水袋，課本和老師都沒教過怎樣才不會打翻。我就這樣把自己潑了出去，著急地想知道她的一切，愛喝什麼飲料，討厭哪個老師，校隊練球辛不辛苦？喜歡哪種類型的人？

那時還不知貪快很危險。看見我的球技進步不少，小卓轉而訓練下一個人，比賽將近，竟有人連球都接不到。她太忙了，忙著逼人也逼自己，笑容少了好多，但每天放學我還是拉著她練球，每節下課都在她的座位旁打轉，說上幾句話就快樂一整天，根本沒注意她臉上偶爾閃現的厭煩，眉心間升起一股灰色的焦慮。

她想必察覺到了什麼避之唯恐不及的事。那天放學，她抄起書包後就不見了。我捧著球走向喧鬧的球場，卻看不見任何相似的身影。操場上晃了一圈沒找到，正打算放棄，經過體育館時卻發現有雙熟悉的舊藍白拖落在台階陰影處，鞋主人握著一瓶可樂，眼神垂地，一副若有所思的模樣。

我躡手躡腳走過去，在小卓身後蹲下悄聲說：我也要一口！她猛然抬頭髮現竟是我，一把推開，那瓶可樂就這樣灑在我的白襯衫上。

手中的球咚地掉落地面，時間和甜膩的氣味一同凝止在空氣裡。我們都愣住了。我第一次看見那樣的小卓，曾經澄澈的眼睛黑得那樣驚慌……她扭頭便跑，像受傷的小狗，半開的嘴唇沒留下一個字。

洗好的制服還殘留淡淡的咖啡色痕跡，我們的關係就這樣被定型了嗎？我把襯衫收進衣櫃，決定永不再穿。我不要她想起。

隔天，看見她漸漸從走廊那一頭來，我迅速低下頭，腦海裡拚命搜尋所有可用的詞彙——今天是不是有英文小考？要不要一起去買早餐？算好距離，回頭，卻迎上她別開臉的瞬間，本該笑開的雙唇緊抿成剛硬的線。

　　小卓的座位在我正前方，但她再也不回頭問我「喂老師現在上到哪一頁？」「死定了我又沒帶數學課本」。整堂課我幾乎看不見黑板，目光裡只裝得下她的背影，齊耳短髮，皺皺的白襯衫……天氣漸涼，我的雙眼卻濕熱異常，視線裡的一切輪廓不清，然後模糊，溶解。

　　比賽也結束了。我以為第三名已經很好，但小卓心中只有第一，隊友說的。我和小卓已經很久不說話了，直到畢業好幾年後我逐漸學會把熱水袋一樣的心拴緊，我們都未曾交換過一個字。我在臉書上看見她照樣打球，比賽，留長髮，從同學那輾轉聽聞她和學長戀愛，分手，再戀愛。我想我是沒機會了，再怎麼不甘心也沒辦法。

　　起初我打定主意要等，一句話，一個解釋，隻字片語都好。心像繃緊的弦，繃得太累就斷了。直到服藥以來，我硬是忍下將水泡戳破擦類固醇的幾次衝動，一個月來無論冷暖都戴著口罩，等待傷口成熟，新皮漲潮，彷彿海灘上的浪緣。鏡子裡的唇花花的，深紅淺灰慘白，像濕地，混雜卻生意盎然。

　　也許真正的等待是不再等待。

　　回診時，老中醫還沒開口我便迫不及待地說，過去真的回來了！他愣了一下才回答：那當然。過去你怎麼對待身體，現在身體就怎麼回報你，吃我的藥要有耐心。我差點就要回答，最難學的不是忍，是等。

　　就像畢業紀念冊裡放肆展示一雙雙粉唇好牙的女孩，她們曾接收我的密碼，慷慨地分給我手上的和心裡的一口。比起課本，她們教會我更多。

陳栢青

作者簡介

　　一九八三年臺中生。臺灣大學臺灣文學研究所畢業。曾獲全球華人青年文學獎、中國時報文學獎、聯合報文學獎、林榮三文學獎、臺灣文學獎、梁實秋文學獎等。作品曾入選《青年散文作家作品集：中英對照臺灣文學選集》、《兩岸新銳作家精品集》，並多次入選《九歌年度散文選》。獲《聯合文學》雜誌譽為「臺灣四十歲以下最值得期待的小說家」。另曾以筆名葉覆鹿出版小說《小城市》，以此獲九歌兩百萬文學獎榮譽獎、第三屆全球華語科幻星雲獎銀獎。二○一六年出版《Mr. Adult 大人先生》。

耕莘與我

　　謝謝耕莘。我現在明白的是，寫作終究是一個人的，可文學是大家的。一個人寫，一個人孤獨，多痛苦，多理解，寫作是寂寞的遊戲。但知道總是有人在旁邊，知道他們懂，他們不懂，可我懂他們，那也是文學。那就是文學。

暗中豐原

　　車行過後，路燈接在車尾巴後一盞一盞暗下。像電影鏡頭，主人翁後腳根才提起，世界已經在他背後逐一碎裂崩落，路都不見了。而前方是由燈鑿出來的，車頭前一個張臂擁抱大的暈黃光源，柏油路劃過，地上銘黃反光線穿過，石子路過，兩旁一一拉下鐵捲門淺廊厚門的八零年代建築經過。過去了過去了，一切都過去了。只是在暗中，而家還沒有到。

　　我跟爸爸說，豐原怎麼變得那麼黑？爸爸手握方向盤，頭也不回的說，因為市公所沒錢啊。都負債囉。反正路上沒人，還開什麼路燈。

　　我說我們就是人啊。想再接著問，那我們交的稅用去哪裡了？我想問，那之前市長承諾的政見呢？我還想問⋯⋯但是，等等，市長早不是用選的了，縣市合併後，市長不是市長，變區長了。我這才發現，連現任區長是誰，我都搞不太清楚。

　　而更早之前，我和爸爸已經無話可說了。

　　面前石堵牆彎疑無路，燈光撞壁，一個急轉，路又長了出來。拐彎入巷，打檔放慢，光照中鐵捲門虎虎向上拉，新娘揭起頭紗似，暗著的臉四四方方僅露出兩點紅光，像誰的眼睛也正與我對看。那是神明廳前紅燈。要到庭院的感應燈自動亮起，光在此時成液態，水侵潮起，有什麼湧進車內囉。然後一切都看到了。到家了。

　　走廊上燈亮了，飯廳門打開了。桌上紗罩掀起來了。飯菜重新冒起煙。一切在光裡頭露出了線條。我們的話語也是，一個又一個

對話方塊，有問有答，吞吐有度，稜角分明。說明這幾個月的生活。說明在這座小鎮外的生活。說明，說明。一切只是說，好像說了也就明朗了。不說的，就讓他在暗中吧。感情，工作，抽乾水似逐漸乾枯的存款情形，不說自明，也就只是慢慢變暗。

夜更深的時候，想洗澡了。但水怎麼流，一逕是冰的。大喊問，怎麼沒熱水呢？很遙遠的地方傳來悶悶的聲音，瓦斯管壞啦，要修了。先等我們把熱水器接上開瓦斯桶吧。暗中有水嘩嘩，我以為黑暗是靜止的，但它正在動，險險的動，究竟是黑暗延展的快些，還是物事崩壞的速度呢？等不到熱水，我在房間裡瞎晃，這裡碰那裏摸，手指一抹把灰塵撫掉，十幾年的沈澱。眼睛掃過去，下一秒，餘光所及，又正目回視，怎麼回事，有點不對頭？這才發現，書架上有排兒童科普書一字攤開在那。他們在那，依然在那，我在走廊上大聲的喊，之前不是把他們裝箱上膠帶，說要捐出去嘛？怎麼他們又回來了呢？媽媽說問你爸啊你爸說說。爸爸說還可以用咩書放了又不會壞還能用啊。浴缸的水在這時滿出來了。想再喊些什麼，走廊上燈已經暗了，門都關了。氣也氣不起來。

在暗中。一切在暗裡，在我不知道的時候，他們又悄悄跑回來了。過往歲月。要的，以及不要的。但真不對勁，一切都不對，物品都在他們原來的位置上，但為什麼？那麼久的時間了，不應該這樣啊。好像從我離開，他們就在那裡，關上燈，閉上眼，等我回來。然後一切又打開燈，旋轉木馬在破敗的遊樂園中緩緩旋動。怎麼回事呢？我闖進時間的細縫了嘛？還是他們已經死了。只是為了我，很努力的，重新活起來，表現出歡樂的模樣，似乎一切如昨。

那樣的想法也只是暗中的一個夢吧。隔天昏昏醒來。日光裡一如過往。但也就是一模一樣而已。一切只是漸漸舊了，瞬息毀之也不可惜，新的又覺得無甚品味。我在小城裡晃盪，路老是在挖，紅綠燈壞了尚未修，空氣中有一種失去秩序的忙亂感，但連這失去秩

序也是一種意料之中的秩序。不,連這秩序都快沒有了。新起了捷運工程,幾條路被封了,很不好意思的問人,某某路怎麼走,連自己都害羞。那時真心想,該回去了。

是啊,現在都不說,回家了。而說,去豐原。現在都說,回臺北了。

我想回臺北了。該怎麼跟媽媽說呢?那裡的路燈比較亮。夜裡比較看得見。那裡一切都還在變。就是太急了。但在那裡我覺得比較方便。方便的意思是,他們不會等我,但就算是被一個人留下來,也自在多了。有時候,給人自在,就是給人方便。

媽媽只是說,現在晚囉。太晚了。晚回去危險。明早爸爸載你去車站吧。於是又回到暗中沉眠。每次在家裡頭睡著,都覺得不會再醒過來了。是太放心嘛?或者是太不放心,太放心,因為知道這裡是家,太不放心,因為知道這裡是家,但終究還是要出去的。在外面的世界,光比較刺目,退一點點,很容易就比別人暗了。向日葵也正昂頭爭他們的日照。這樣想著,也就醒來了。卻又太早起,早到天還沒大亮。奇怪在臺北根本不可能這麼早起床,窗外還是黑的。我要走了。我喊。而媽媽已經在廚房裡,好像他一直站在暗裡。在暗中,就為了等我。他說,要走啦,要我拜一拜神明再走。那樣的暗真綿長,連神明鼻樑高挺的臉上都有陰影,爸爸則站在神明桌側,被話語啟動般,隨著微光,或目光,緩慢的拿下供桌上杯盞開始倒水。咕嘟咕嘟,我說水倒滿了我來點香,爸爸說好。空氣裡有濕濕的氣味,我到處摸索打火機,一打二打,怎麼也點不亮,倏忽,誰按下牆壁上開關,是媽媽,他說你幹嘛呢?我以為他叫我,一回頭,卻發現,是爸爸,他一雙手拿著水瓶,流水傾注,水正往杯中倒,還在倒,一直倒,已經溢出了杯緣,咕嘟咕嘟,神明桌上倏忽泛開一整灘一大片。

一切都停下來了,一切又還沒。那一刻,有一種「我抓到你

了」的感覺。我看著爸爸，爸爸看著自己的手，神明望著我們。然後，光來了。魔法解除。他們又動起來。好不忙活。「太黑了嘛！」爸爸解釋。而媽媽拿抹布麻利的擦拭。桌子濕了又乾。一切像沒發生過。我的臉上紅紅的，真不希望被看到。真不希望看到。沒看到，一切就還可以跟以前一樣吧。沒看到，他們就還能繼續動下去吧。想說些什麼撐過這個尷尬的場景，但怎麼想，都想不到該說什麼，啊，我不是很早以前，就和爸爸無話可說了嘛？

　　只好一家人都拿起香，向神明說話。

　　神啊。我說。好希望回去喔。

　　回到那時候。

　　回到暗中。

　　那時那麼亮。那時我只是一個孩子，還沒去過外面。那時我的爸爸壯健而媽媽短髮帶波浪人來勁兒時像潮水大浪猛勢逼人，那時這個家旺盛彷彿發爐。

　　那時我以為豐原是非常大的小鎮呢。就算是小鎮，也是世界上最大的。

　　那時就沒有路燈了嗎？但為何那時候，每個夜裡，我都可以在外遊盪，衣擺拉出，兩眼放光，彷彿能視物，第二天依然朗朗的上學？

　　回頭一眼，鐵捲門正虎虎朝上捲，天光大亮，外頭日照針刺似逼進，我且忍住，一定要忍住才行，不能跟著光回頭，一回頭，就看見真相了啊。看見現在。

　　只有在那時，我和黑暗融為一體。

　　而現在，只剩下黑暗。

　　且我是再也進不去了。

此文選自寶瓶出版社陳栢青散文集《Mr. Adult 大人先生》

黃文俊

作者簡介

黃文俊，筆名墨云，臺中人，一九八九年生，詩、小說、散文皆有創作，總以用數據逼近創作的本質，並將困難的文字簡單地說。

很希望能擁有莒哈絲所期待的那種完全的，書寫的自由。

曾任耕莘《現代詩創作坊》、《大眾小說創作坊》、《散文創作坊》講師等。現為粉絲專頁《每天為你讀一首詩》編輯委員。

曾獲林榮三文學獎、時報文學獎、臺北文學獎、臺中文學獎、高雄打狗鳳邑文學獎等。

耕莘與我

〈鐘〉是臺中文學獎首獎的作品。但還是不太成熟，這一次修稿拿掉了至少八百字，讓它看起來簡練了一些。在寫作會多年，重要的是自己，是人，是創作。我希望自己能夠一直寫，畢竟那是一件令我著迷的事情，在寫的時候，會覺得無比逼近真實，強迫自己得面對、釐清，更接近自己。

最近會想，下一篇，下下一篇，我要寫什麼呢？

　　有什麼是只有我可以能書寫的主題呢？我想有，所以得一遍又一遍投入，試圖完善自己的概念和結構，那很重要，很重要。

　　想到這裡，便覺得時間異常不足，所以想把盡可能多的時間，都投注在「創作」這件事情上，但還是覺得杯水車薪。

　　但書寫是這麼迷人，能夠單純享受快樂的事，一如一場壯遊，一如一場流浪，直面自己的生命。

　　所以，我還是想寫，還是會盡力寫。

鐘

　　妳一直很在意時鐘。

　　一個人在小房間獨自醒來，睜眼經常被鬧鈴吵醒，妳一向容易注意到某些細節，像是光影、空氣、溫度，對這些事情分外敏銳，天氣有點冷，坐起仍感到十分恍惚，彷彿身處於臺中的透天厝。

　　離家遙遠，但許多地方充滿相似性，比如妳醒來都會讓身體軟下，放空，讓視線盡可能地模糊，讀取鐘面上妳的倒影，秒針答．答．答，其實一直不是很確定，是在什麼時候開始學會注意時間的呢？

　　妳慣性在每天六點鐘開始練習活下去的方式，練習呼吸、吞口水，適應活在這個世界上身體所有自然的反射。鐘面上恰好切成兩半，就像外頭橫亙的公路，兩旁是老舊的國宅，每天妳都有一張時刻表，手上的廉價智慧型手機設定了APP，比如兩點要上山和教授meeting，三點要到台電大樓和朋友吃飯。六點前買六點二十發車的客運，兩個小時後到統聯中清站，讓爸開車來接妳。

　　一連串的瑣事貼在妳的大腿上，定時震動，此起彼落地提醒妳不至於喪失規律，鐘聲敏捷地鑽進耳道，撞擊妳的鼓膜，聲音漸大漸遠，妳讓自己安於被制約，確認自己的定位，安放意識的位置，跟隨秒針前進，循環，有條不紊地走完整圈。

　　妳擁有過不少時鐘，但每座鐘都存在著或大或小的問題。

　　妳的第一座鐘在舊家的透天厝二樓，那是一個小小的方形時鐘，如金閣寺般的箔金色旁邊，鑲著一點鐵鏽，六歲的妳特別喜歡躺在床上扳弄它的鬧鈴聲，大多數這時候媽不在妳身邊，妳安靜地反覆聽完每一首鈴聲，播完後還很不確定地拍了拍鬧鐘，那些音樂

多半是哀傷而悠長的，整個下午妳會讓棉被浸泡在眼淚裡，拉著床腳，甚至脾氣不受控制地揭扯著床頭櫃後貼著的風景海報，等母親回來好聲安撫才安然睡去。

舊家也有妳的房間，那其實是哥以前的房間，房間掛著妳第二座鐘，在哥離開家後，他就把房間讓給了妳，實坪不大，也沒冷氣。但妳喜歡棲身於那。這個房間堆滿妳從高中至大學以來在各家二手書店買來的書籍，大多和數字有關，上面的尚未讀完，下一本又已疊上，像牆上的分針不斷被秒針覆上，此後妳慣習在燠熱的氛圍裡，不停練習完成一則簡練的日記，不帶技法，簡單，扼要。

直至秒針停止的那天。

那天也同時是妳舊家房間開始沒有門的日子，妳始終無法抑止某些事物從生命中離去和毀壞，妳為自己買了第三座鐘，仔細調整他的行進規律，那是一座沒有玻璃面的鐘，彷彿赤身裸體，妳可以獨裁地停止秒針的行動，每隔幾分鐘就干擾它一次，做這個動作的時候有時妳會遲疑，到底是怎麼一回事呢？但秒針仍故我地專心前進，於是妳似有意會地微笑了起來。妳開始習以為常地去適應這座鐘給妳的突兀感，並把寫下的日記偷偷藏在掛鐘的背後。

鐘聲滴答作響，緩慢回復的視線，讓妳有回到臺中的錯覺，感到有些安適，房間仍暗著，鐘面的螢光彷彿鬼火般吸引著妳，黑暗中習慣什麼也不做，多過於在書桌前伏首，或是在鍵盤上模糊妳的生命經驗。沒入黑暗，動作也會自然地緩慢，妳需要小心翼翼地感受四周世界的流動頻率，就像是尋找特定的區段的秒針流速，在沙沙的輕噪中，想辦法追上，然後規律轉動。

妳用盡各種方法讓自己不至於變成一座壞掉的鐘，順著自己的生命脈絡，寫下好幾篇壞掉的小說，想起許多被遺忘的印象，特別是小事。指針一秒一秒推移，妳開始很少回家。在家的時間進入最後倒數。

很多事情，妳其實一直都知道。

第二座鐘的散在地上時，妳迅速地辨析出它的本質，一些卡榫、齒輪、碎玻璃，妳一塊塊撿起它們，整體數量不比妳的文字要少，整個晚上妳不吃東西，也不說話。然而隔天看到媽擺在桌上的早餐，妳還是安安靜靜地拿起來吃，在漫長的日子中，妳始終給自己上緊發條，校正，朝既定的方向走去。

天色淡淡地亮了起來，妳的耳邊充滿著黏膩的騷動，早晨應該要吃藥，可是妳怎麼也不想吃，精神狀態頗差，這是一種會讓妳重上軌道的藥，就像安眠藥能讓人一夜好眠一樣，同樣的也有藥能讓妳規律走動、規律生活，談笑自若地輕聲說話。

倒一杯溫開水，張嘴，妳就能重新嵌上電池，即使偶爾感到暈眩作嘔、亂經，第三座鐘買回來不到三天，妳每隔幾個就會發覺有些許誤點，不是太快，就是太慢，後來每隔幾天，妳都要重新校準時差，它越走越慢，慢到妳幾乎要以為他像一幅掛畫般靜止在那裡，妳躺在床上，下意識地覺得虛軟無力，鐘面上的時間不停地慢下來了，起初是一個小時，後來是兩個小時，整整慢了二十四個小時後又開始準確，然後接著又慢……

在狹長的小房間裡，第三座鐘替代妳的門，宛如一座與世隔離的城鎮，形成一個輪廓把妳的全身包裹起來，妳行走其中，但並不覺得有絲毫厭惡，反倒感到安適。

只有這個時候，妳不會聽到時間滴答的響，不感到焦慮。那真的非常地安靜，所有的聲音都躲在巨大的時間背後沉默，無法穿透進來，即使有，那也很細微，細微到可以將其視為雜音忽略掉，生活中有太多的雜訊，而妳必須要如斯規律地往前。

妳還記得那天晴朗的天氣，在車上妳和媽有一搭沒一搭地聊，妳們的談話經常處於尷尬和無聲，本來有話，最後也漸漸地只剩下手錶和車行窗戶與空氣摩擦的聲響。

　　避開一些敏感的話題，因為妳知道會吵，所以不如不提。這是一種帶有任性與軟弱的逃避，從小妳便不擅和人來往溝通，高中妳的人緣仍不好。再把指針往前撥，那是連霸凌都還沒有發明，這個詞彙尚未普及的年代。更早妳常被欺負，無數次讓媽到學校善後，妳記得每次妳坐在媽的機車後座，妳會偷偷看著地上流動的兩條影子。妳有很多話想和媽說，但不知道該如何開始，好不容易開口了，於是又把話嚥回喉嚨，每到這個時候都覺得有些疼痛難耐。

　　妳看著難得上妝的媽，穿起就算外出也不常穿的高跟鞋，到底要去哪裡呢？妳把頭別向窗戶，看向流動的街景，在那裡整個世界都彷彿消失了一般，閉上眼，妳覺得妳又回到妳的小房間中，掩目逃掉她的視線。那是多年來，妳最熟悉的一切。

　　隱隱約約，聽著媽沉睡的鼻息，毫無理由地，妳難過了起來。

　　明亮的光線透入室內，微弱可以視物。妳努力調息體內的不平衡，以及藥物產生的不舒服感，生理時鐘早在日夜顛倒的作息下毫不可信，開始服藥的時候，妳真的以為會好起來，但每到夜裡，藥效一過，妳又開始重複性地憂鬱，感到無力，過去的時間硬生生擠入妳的生命脈絡。

　　抱著時鐘，夜裡每過十二點，妳就會感覺空氣開始擠壓扭曲，妳一次又一次地重歷生命每一座鐘毀壞的時刻，最後妳清楚地聽見啪地一聲，三根指針在妳的胸腹之間斷裂，直刺喉嚨，妳不停地乾嘔，想把這些指針吐出，但他們仍蠻橫地想要繼續地前進，維持正常規律。

　　妳一直很在意時鐘，和它簽訂長期的契約，如果不這麼做，身體的每一個細節就會開始裂解，發出喀喀的聲響，於是妳寧願讓另一座鐘來取代妳體內的鐘，對妳的生命進行宰制，當指針每一次地轉動，妳也會感覺到一陣悶悶的疼痛，有如經期般，那並不舒服，但會跟隨著妳一輩子。

　　這是最後一座鐘了，而妳得選擇與它共存，它成為妳一部分的器官，無法將分解，那是一次真正的融合，毀去的部分再也無法回來，妳背向時鐘，再次閉上眼睛。

　　指針挪動的聲音如心跳般，在妳體內重新響起。

王姵旋

作者簡介

王姵旋，平面設計者，喜歡好吃的東西，還有吃好吃的東西。

即使獨自一人也不太會無聊，最怕在人群中寂寞和不斷退化的記憶。

總覺得每天睡醒，腦海裡的字彙好像隨著哈欠又打掉了幾個，為保存明日的記憶而寫作操練用字。

耕莘與我

很多年前，我還未滿三十歲，親愛的妹妹過世，生命中的一切都很不確定。那些日子靜悄悄，毫無生息，偶然在網路上看見耕莘女性文學班開課的訊息，每一堂課的名稱都好特別，對我發出亮光般的邀請，於是我決定去看一看。

開課那天，走進耕莘的大門，在女性文學的課堂上，我找到一種安心在文學的縫隙中。

於是我一期又一期的去上課，這個地方安靜收納了生活中無處可去的想像與寂寞，也收納了我的文學夢。

六十五％，臺北

二○○六，六十五％，臺中。

夏天正要開始，我北上，像粽子上掉下的糯米，粘著你。

我還記得，我要離家的那天，我去百貨公司刷了三套昂貴的新內衣，買了aveda充滿精油芳香的有機保養品，然後從我房間的衣櫃隨手收了兩三件T恤一併放入黑色旅行袋，這些簡單的物品要陪我展開新的人生。兩個妹妹還在摩斯漢堡打工未下班，爸爸在房間看電視，我默默地收好東西，準備離開這個家，媽媽追出來，問我你打算這樣離開我們嗎，我說是，媽媽接過我手上的行李說：「你是我女兒，讓我送你吧！」坐在媽媽的摩托車後座，我因用力抑制淚水而臉部僵硬，不論媽媽說什麼，我只能用嗯回應，直到坐上統聯，從車窗偷看媽媽離去的背影，我才伏在前座的椅背哭泣，眼淚好熱好鹹。

我是為了愛而北上的。因為每一次你從臺北回來看我，當你坐上車子離開的時候，我就止不住的心痛，為了不讓自己再次心痛，所以我選擇去和你住在一起。

那年夏天，我們就在中坡北路某個頂樓出租小套房裡，展開新的人生。為了怕會像衣服上乾掉的飯粒一樣被你剝掉，我找了一份巧克力專櫃的工作，老闆問我工時很長，休假很少沒關係嗎？我苦澀的笑說工時長很好。

因為你每天加班，因為我不想表現出隨時都在等你的樣子，這是延長關係的辦法。

二○○六，六十五％，臺北。

那個夏天，我在一○一努力地吃著高級巧克力，一邊吃一邊

賣，最喜歡六十五％左右的苦甜巧克力，含一口，微微的苦在嘴裡化成滿腔的甜蜜，腦內啡分泌，憂鬱迎刃而解。我覺得這是「甜」的最高境界，牛奶巧克力和白巧克力充滿一種不勞而獲的甜，只有甜，會不耐吃，九十％以上的又太苦，對我來說是一種折磨。我在臺灣最繁榮的首都，首都裡最奢華的地方賣著高級巧克力，每天看著這些政商富賈的女友太太們，我很滿意，上班狂吃一顆顆上百元的巧克力，晚上十點坐在一〇一門口等你接我，順便欣賞下班的精品店櫃姐和來接她們的跑車，然後再去五分埔買一九九的衣服包包。

我在臺北，我在奢華的巧克力泳池中浮沈，無法上岸。

二〇〇六，一百五十％，臺北。

臺北夏剛過完，秋風就來。我剛離開臺中，二妹十幾年的紅斑性狼瘡再度發病。一直到了中秋節，小妹偷偷打電話告訴我，我才知道。於是我買了我最愛的巧克力，奔到彰化基督教醫院看她，但她不能吃。同一天，醫生宣布她的腎臟已失去功能。那天，表哥結婚，我們家所有的親戚正在酒席上歡慶。我和小妹還有媽媽圍在二妹的病床前哄她，她的肚子手腳整個人因為無法排尿而漲得像一顆西瓜，嘴唇因為洗腎而乾癟脫皮，連說話都很困難，她說大姐，陪我去發巧克力給護士。

我站在她身後，看著她極為艱難的走每一步，看著她因為唾液不足而困難的一個字一個字的對護士說這—是—我—大—姐—帶—回—來—的—比——利——時——巧——克——力——喔。而我只能躲到樓梯間，抱歉的痛哭。

二〇〇六，九十％，臺北。

十一月，二妹，歿。巧克力對我的抗憂鬱作用，瞬間失效。

好長一段時間，我上班的時候，會躲在復古歐式巧克力冰櫃底

下痛哭。只要一有客人，我會立即換一張笑臉，站起來，帶著鼻音介紹巧克力，我心裡氣惱，為什麼買得起高級巧克力的人這麼多。同事中有些人對我充滿了同情，有些人越來越討厭我。我無所謂，我想她們都是非常堅強的臺北人，無法理解有什麼痛苦是巧克力和名牌包無法解決的。

二〇〇七，七十％，臺北。

二月，西洋情人節。我們公司特地從比利時邀請巧克力大師來臺，連著幾天，在一〇一現場製作縮小版一〇一巧克力，我每天看著巧克力大師，一層一層的疊著，當他豎立起尖端的高塔時，有那麼一刻，我想著從那裡跳下去是什麼感覺。每當有老闆或是股東到現場，巧克力大師也不寒暄，只是微微點個頭，繼續做他手上的巧克力模型。他是一個高大蓄著鬍子的中年爸爸，終其一生只做一件事，日復一日，做著巧克力。有一天，他拿著一片一〇一的巧克力碎片走到我面前，要我嚐，那現做的巧克力，味道極為濃郁，完全不像冰櫃裡賣的空運巧克力。巧克力熔點極低，一點體溫就能讓它化作泥。我吮吮手指，用殘破英文告訴他我好羨慕他，可以終其一生專心做好一件事。他給了我一個擁抱，說你也可以。然後巧克力大師結束工作，留下巧克力一〇一，飛回遙遠的歐洲，飛回他的家，飛回老婆孩子身邊。

是的，我也可以。我。也可以。所以踏著巧克力大師的後腳，我也離開了，離開這個甜蜜高級又廉價的工作。

而你的工作，始終不變，你一退伍，就離開你原本在臺中的卡通公司，北上加入遊戲業每天畫著小小的刀劍人物。你說，臺灣本土卡通沒人要看，老是幫迪士尼做廉價代工怎麼行？還是遊戲好，線上遊戲比較有錢途。

我覺得愛上你的我真有眼光。住在後山埤白色窗框的小小套

房，我覺得我是五分埔的貴婦，我們什麼都有！微波爐、電視、二十七吋的電腦、PS三、冷氣可以吹整晚，不上班的日子多的是時間，除了夢想，我什麼都有。我們，好富有。

二〇〇九，七十％，臺北。

我不得不說，臺北真好，我的命真好。我們從後山埤的中坡北路搬到南港舊莊一間大坪數的公寓，我們還買了一隻昂貴的貓咪，那隻貓咪有著綠眼睛，瘦瘦小小的身體，寵物店說這隻貓大約三個月大，但是付了錢，帶去給獸醫看才知道被騙了，營養不良的六個月齡，我很失望，我渴望當一隻小貓的母親，你說這不是貓的錯，你就是愛這隻貓，管他幾個月。你越來越愛貓，我的嘴唇我的話題越來越乾，我知道你不介意養著我，就像你不介意養著虛報年齡的貓，可是我介意。

幸好失業潮給了我一個機會，我的運氣真好。政府付錢讓失業的人培養一技之長，我開始忙著上課，我忙著成為一個有用的人，我忙著翻轉。我想如果我跟你一樣有專長，也許我們逐漸乾掉的愛情還有一點機會。

同年秋天，你領到了好幾張股票，隨手賣了，換成各種產業的小股票，我覺得好好玩，好像收集7-11的點數一樣，不知道最後可以換到什麼禮物。

二〇一〇，六十五％，臺北。

五月，報稅。去年的收入加股票，要繳五十萬的稅。你說只好去貸款繳稅，因為你手上的小股票都沒有賺到錢。我不相信，又驚又喜，我們真的有錢到這種地步嗎？傻瓜，你說，然後繼續看股票不再理我。

我說，我找到工作了，有人要僱用我做平面設計，你的投資有

回報了，我邊說邊戳你的額頭。

我是平面設計師耶，你可以娶我嗎？好吧！起碼可以節一點稅，你頑皮的眨眨眼。

因為繳稅，你負債了。於是我們搬出這個有電梯的大坪數公寓，搬到南港展覽館附近一處老公寓的頂樓加蓋。一個頂樓加蓋了兩間套房，兩間套房面對面，窗戶對窗戶，親密得好不自在。除了冬冷夏熱，對面套房的小情侶總是在窗邊抽煙，煙順著風飄過來，我氣喘就發作。小情侶和我們不同，不，正確來說，應該是和你不同，他們年紀很小，收入很少，總是在大吵，有時我在家裡一邊趕著設計稿，一邊擔心是不是該打電話叫警察。在這裡住了幾個月，有一天你回來說，又發股票了，這次你要賣掉六張。

我說再去買更多小股票嗎？

你說不是，是買房子。

我驚叫！跳起來！對面的情侶架還沒吵完，我們就要搬走了，這就是臺北，這就是遊戲業。

在我們買房子的同時，你的同事忙著選賓士，忙著挑女友，有人一個晚上花一萬塊吃鼎王。這些事你還記得嗎？我們有幸在臺北，碰上遊戲業最好的時光。

二〇一二，臺北七十五％。

冬初，在新房子裡，我們還買了I PHONE四，手機遊戲真好玩。我好幸運，像中獎一樣我懷孕了，小小的胚胎，我叫他巧達，巧達濃湯的巧達，一週一週過去，姐妹們為我禱告，巧達還是沒有出現心跳，長輩說沒有出現心跳的胚胎還是不要取名字吧！我不管，我依然每天跟巧達講話。

有一天起床，天氣有點冷，肚子有點痛，我到浴室去，發現下面在流血，肚子越來越痛，非常痛，我站著嘶吼，想去沖水，子宮

又是一陣疼痛，手掌大小紅黑色充滿黏液的塊狀物掉下來，這怎麼會是巧達。WTF！我憤怒的尖叫哭泣跌倒在地，你從床上跳起來，衝進浴室看我，撿起地上的巧達，丟進垃圾桶。

你叫了一台計程車，把我抱進去，我的眼淚仍然留個不停，婦產科醫生不管問我什麼，我都不回答，只是哭著。最後離開醫院，你說我們去吃火鍋幫你補一點力氣吧，我才終於停止哭泣說好，我感覺到靈魂的某個部分隨著巧達的逝去而消失了。

二〇一二，八十％，臺北。

年底，照例這個時候你公司應該要發股票或是獎金了，但是沒有，只有寥寥幾萬元，你不敢相信，我也不敢相信。你說，要還房貸只能努力做手機遊戲拼拼看了，線上遊戲最好的黃金時代過去了，你花了兩年做出來的線上遊戲短短幾個月就關伺服器了，你說現在不管是武俠、奇幻、什麼風格都無法讓online game起死回生了。

我說還有暗黑破壞神、魔獸啊，你可以試試看！

你笑了，帶著一種酸澀，你說臺灣，做不出來。那成本太大了，老闆不給時間。

二〇一三，六十五％，臺北。

年初，我們還是沒有把巧達生出來，你的手機遊戲倒是先生出來了，你說公司允諾會給獎金，所以你拒絕了某家線上賭博遊戲公司發出的邀請，你期待著你應得的那一份。

二〇一三，七十％，臺北。

年底，你喝了酒回家，你說分紅，公司今年不發了。

你不知道明年房貸還有沒有辦法繳的出來。你一個人上了頂樓，我悄聲跟上去，站在你旁邊，頂樓的風很大，黑漆漆的伸手不

見五指。

你站在盆地邊緣，看著這個城市，我看著你。

你在想什麼呢？我有點緊張，為了留在這個城市，我們是不是都犧牲了什麼？這個城市的轉速是臺灣最快的，我們像星星快速崛起，也快速隕落，風光過去的很快，挫折過去的更快。我們經歷過神蹟，昨天還住破房，今天就住好樓，這裡，是永不止息的online game。

寶貝你記得嗎？我曾經什麼都不會，但我現在卻是一個平面設計師，我還會寫文章，你看。

寶貝你看起來很累，我們不要煩惱，睡一晚再說吧。

明天醒來，我帶你去看巧克力一○一，好幾年沒去看它，不知道至今還在不在。

不知道巧克力大師退休了沒有，我突然像懷念遠方友人一樣掛念起來，我希望還有人跟我一樣記得他。寶貝，別管房貸了，你知道嗎，我可是唯一一個吃過巧克力一○一的人。

寶貝，也許明天醒來，我們會找出一種方式，成為一種新的族類。

在這個城市慢慢綻放。而這個城市，總是會有六十五％的時候，總是會想出新的辦法，新的定義，接納。我們。

李翎瑋

作者簡介

　　李翎瑋，一九九〇年生，桃園人。女生。異性戀。臺大法律系刑法組研究生。臺大大陸社前社員。耕莘青年寫作會總幹事。曾獲耕莘青年寫作會傑出會員、臺大文學獎、林榮三文學獎等。

耕莘與我

　　很多次都是耕莘把我從大地的邊緣拉回來的。夥伴們給我一點關心，給我一些小食，給我擁抱，告訴我我以為走到絕路的地方還有希望。很不好的時候想著陸爸，想著要問，陸爸啊，如果生活走到走不下去，該怎麼辦。好像腦海浮現陸爸笑著的樣子，說，只要記得你仍然被照看著。

　　那時覺得像是摸到了神。我還是知道自己很糟，零星的優點，許多缺點。像我這樣的一個人，仍然有耕莘這樣一個地方，夥伴毫無節制地給予我善意，照看著我。沒有別的解釋，這片大地有神在守護，有神在不計成本地給愛。

　　讓我相信可以了。讓我相信只要願意，我可以不再讓害怕主宰我的一生。

眾物之屍

像是貓屍這類的

臺北接連半月令人絕望的陰雨還有得下的，但這個晚間我的雨季就在走回宿舍的路上功德圓滿了。那時候我正途經車棚，雨聲點點打在鐵皮棚頂。

有一隻蟾蜍正從眼前跳過，險些喪命高跟鞋下。連日陰雨，到處都是草坪的校園裡橫屍遍野，從泥濘的土水之間跳出來呼吸的蟾蜍葬身在來往的無辜行路人腳下，有時那些屍體尚未乾涸成標本，新鮮地曝曬在雨後的清晨裡，濕淋淋地肚破腸流著。今晚的這一隻蟾蜍幸運地沒有加入那些慘不忍睹同胞的行列，緩慢地划了兩下後腳，跳開步伐以外。

步伐以外，有別的吸引注目的東西。

偏僻的車棚沒什麼車子停，裡頭零落的車體之間有著大片空白的水泥地，水泥地上躺著一條貓屍。頭扭過去朝別處看，肚腹卻端莊地正對著我。那貓的頸子扭著，樣子讓我想到鳥。尤其是有長脖子的鳥，像黑天鵝。

這不是我第一次看見貓屍。

年紀很小的時候我看過死在柏油路正中間的幼貓，而且當時我才剛離開那一條小貓身邊不久。那時發現兩條被母貓遺棄的黑白條紋小貓，流連忘返地逗弄、漫無章法地照顧餵食了一下午，正想回家向母親求情養下它們，其中一隻就立刻被行車撞死了。

我們在黃昏的馬路中間低頭看，那一條剛死的幼貓眼珠迸出臉

孔之外，表情扭曲，身體已經壓扁。但幾乎沒有什麼外傷，形狀完整，除了身下有血之外，就像只是用走路的姿勢躺在地上一樣。另一條貓靠得很近，對它的伴兒舔著舔著，偶爾虛喵兩聲。不到十分鐘就有人把貓屍弄走，地上用水潑過，血跡都不剩，活著的幼貓也不知去向。

那是我至今的人生中最接近死亡的一次。我站在一伸手就可以觸及這條貓的地方，這條五分鐘前還舔著我手指的小貓。而此後，就算像如今一樣再與別的貓屍相逢，那條幼貓身上有些東西我已再也摸不到了。

萍水相逢的奇異身體何以總是屍體

我總是特別在意那些萍水相逢的屍體。

我在意一切風景，通勤的車上總選靠窗位置看大片風景退後離去與眼前天涯無垠；行走時抬頭看樹影低頭數石子側身看行人；但總是特別在意那些萍水相逢的屍體。

在意屍體可能是因為屍體是一種身體，身體與什麼都有關，心物二元裡身體與心智關，與生活有關，與性別有關所以又與賀爾蒙有關，與快樂與否的激素有關，與體能有關，體能又與勤勞與懶惰、與人生能夠企及的高度有關。屍體與身體有關但又更多了一些東西，與死亡有關，以及隨著死亡的意象而來的與生命有關的連想。

未必只有屍體擁有這種身體經驗，其他的，例如家裡的母狗被閹割。閹割也是一種充滿了符號與聯想的事。剪開腹部（細軟的白毛與滑嫩皮膚）——摘除子宮（聖爵，子宮。抹大拉的子宮）——剪卵巢（真正澈底地生殖失能。我看著它們仍然活力充沛、雙目明亮，猶如此前此後全無不同。然後想，到底有沒有不同？想它們是

否仍會去騎乘別的狗，是否仍會發情，而性何以一定要與生育有關才是完整無缺的性）——

　　但巧遇屍體的頻率比起這樣被閹割的身體，毋寧是更頻繁輕易得多：最容易參見（也往往比較習以為常）的是花季尾聲的花，夜雨過後大量的、或完整或破碎的花屍裹在平時慣見的枯葉裡，整條花徑變成一個華麗的墳場。將至的杜鵑花節年年都是那麼回事。或更夠格稱為屍體的，雨季時的兩棲類；車道附近的鳥屍；水溝蓋上的老鼠；手洗衣服的時候在水槽裡撞見死去的、一身斑斕的蛾。

　　每一枚屍體都是被安置在一幅襯映的背景裡的：昏黃的街燈下面目模糊的青蛙，看得出已經風乾，燈下撲飛的蚊蟲偶爾下凡親吻；池塘裡的魚翻過肚子，但雙鰭微微撐開似乎又對自己的處境游刃有餘得很，像是隨意撥兩下就能游走。

　　凡是遇見屍體我總留連觀看。我在意它們死著的樣子。我在意它們橫屍的地方，它們的身體怎樣不安穩地撕裂，它們看起來如何安詳得像是壽終正寢，或如何（大多數是）死不瞑目。

　　基於某種偏執，面對這些連拒絕我的觀看都做不到的小生命，基於它們慘烈的死亡，我願意相信它們在此之前曾經不平凡地活過。

　　我見識了許多的屍體，見證這些生活中細微的死亡，分享一種特殊的親密，空曠的時空裡只剩死去的這條生命與我，再無其他。

某一段光陰死在黑天鵝屍裡（而另一些繼續去活了）

　　而黑天鵝屍是我所見識過最不尋常的屍體。

　　母校的池塘滿植荷花，但荷花的盛開季節以外那都只是一座荒涼的池塘，和一座乏人問津的涼亭。於是在池塘裡購置了一群綠頭鴨，與兩隻優雅的黑天鵝。黑天鵝老早病死了一隻，多年後另一隻

在某個週末死在池邊的草徑裡。

　　當時第一個發現的人腳步猛地停下。那一停使我險些踩上它的鞋子。我的手在它手裡，突然被抓得死緊。然後我才看見。我是第二個發現的人，倆個人手牽著手去向人報告這事，黑天鵝的死去儼然為那時我們活活潑潑的生活相處作了某種證明。

　　這巨大的黑鳥是那樣子死著的，端正地坐在草叢中，只有長長的頸子垂下來看得出是死了，隨著腦袋隨意鋪在地上像一條黑色的粗軟繩子。初次用這樣的方式與我們碰見，我們沒有問黑天鵝，它當然也不打算解釋。印象中那樣的凝視真是持續了一段長長的時間，長長的安靜，安靜得直到後來這成了學校裡的大新聞，直到一群學生轟轟烈烈地走出校門，我都聽不見聲音。

　　那一尾黑天鵝活著的時候見證著涼亭裡的所有故事，但它來不及看到故事的結局。我不知道它是否遺憾，但它並沒有錯過什麼；自黑天鵝從荷花的池塘離開之後不久，我在池邊的，在美麗母校的一切故事也迅速地死了。某一部分的我死在同一個池塘邊。一樣無聲無息一樣毫無預兆，只是沒有屍體留下來。然後我離開那座校園。

　　我不曾想起這一尾美麗得不像生活風景的黑天鵝。我不曾想起它在活著的時候領著一群水鴨君臨天下的樣子，更不曾想起看見它安安靜靜死在草叢裡的時候，心裡一點感觸都沒有的我自己。

　　也當然不可能想起更多年前那條幼貓，與連摸它一下都沒有，看了兩眼就離開，心如止水繼續過日子的我。

　　結果我才終於發現，從我跟著黑天鵝死在那個池邊之後，從我離開那個校園之後，我才開始，才開始為了屍體停下腳步，才開始設想它們的生命，設想它們曾經在風雨中掙扎地求生，曾經意氣風發的活著。

　　而我也才開始在風雨中掙扎地求生，才開始意氣風發地活著。

不適合死亡的城市與硬要死在這裡的鴿子

　　但真的說起來，我一開始還覺得臺北真不是一個適合發生任何死亡的地方。剛來到城市時曾經有一個時期的我如果在這兒邂逅任何一個死屍，會第一個想的是，你不應該在這裡死的。臺北是這種擁有見鬼的天氣、雨要下不下、空氣悶熱發狂的地方，是這種沒有人對別人的生命感興趣、何況是對別人的死亡感興趣的地方，根本不適合誰在這裡死的。你的身體不會用自己想要的方式乾淨地爛掉，會溼了又乾，半溼半乾，許多生物在你身上不太乾淨地咬嚙很久很久；你的死亡也不會被投以應有的注視或尊重，不太有機會有人來收拾你，甚至說不定會有忙碌的人寧願從你身上踩過去也沒想到看你一眼。

　　我也忘了是從何時開始我不再那麼想了，但第一次意識到，是那一具鴿屍。

　　我們第一次相遇，是因為我要出去找可以抽菸的地方。準備考研究所的期間竟日萬分焦慮，成天在找抽菸的地方。能抽菸的地方總不是些友善地方；抽菸的人根本找不到友善地方。必須技巧高超地退進一些陰影，或確實找到與世隔絕的偏僻處，偷偷摸摸。我從圖書館出來繞到後頭，草長樹蔭濃的，一陣安心想著可以開始抽菸了，就看到地上鴿屍。我知道一隻鴿子選這樣地方死，它是沒打算向天下昭告自己的死亡的，我一看就知道。跟那些橫死街頭的蟾蜍或老鼠不同。

　　那時可以看出鴿屍已經死亡多時。但不噁心。腹朝下，頭歪向一側，原本是下背與屁股的地方現在是空洞。不知道是因為這個傷口死的，還是死了之後才被腐蝕出來。空洞裡看得到插出一支腿骨，但大抵洞內是混亂一片，凌亂的羽毛殘骸，身體組織幾乎看不

見。腳踝上有環，不知道它的主人有沒有它的消息，知不知道它死在這裡。但我沒辦法也沒有打算去通知它。湊近一點看發現眼睛也不見了，也是空洞（但眼睛變成空洞相對於屁股變成空洞來說合理一點），看起來很安靜，過了兩秒才發現那個空洞有好幾隻螞蟻蟄伏著，這時才開始動起來。我站遠一步，又發現一隻縈繞的蒼蠅，也不知道已經縈繞多久，但我剛剛沒看見。它本來站在鴿子身上，六足離地一下，象徵性繞了個八字（始終不懂蒼蠅為什麼總是喜歡象徵性地飛。又沒人懷疑它有翅膀），又停回鴿子身上，姿態溫柔得連鴿屍的羽毛都不顫抖一下，這隻蒼蠅無論造不造訪它的身體都不讓它的死亡被打擾。那時候我才聞到令人作嘔的屍臭，但沒有前一天晚上吃完晚餐時那麼作嘔，可能是因為已經沒有那麼困頓。

　　走回圖書館時我的腦子裡還是在想著鴿屍，又想到新聞說印度有些父親看到一出生的嬰兒是女嬰就立刻扔到井裡淹死，想了一下，如果是嬰兒就死了，或是它沒馬上死但後來長大時死了，有什麼不一樣。回到圖書館的時候突然想到我好想把那具屍體拍下來。但又想，應該不要去打擾這場死亡，死亡應該要莊嚴一點、不可打擾一點，不管它有怎樣的形式，不管死的是誰，有沒有人幫它唱哀歌，它希不希罕。

　　但這想法流轉到第二天我又忍不住出去看鴿屍了。我就這樣每天去看它，凝視著它，抽完菸，走掉。那個身體結構漸漸坍塌，逐日逐日扁掉，從身體柔軟的地方開始被侵蝕，在潮濕的土上面目全非地持續敞開，剩下灰藍色的羽毛，羽毛的覆蓋下隱約看得到一副骨架。大部分的死亡總是看起來跟安穩相去甚遠，跟死不瞑目接近一些，但我還是寧願相信它無懟無怨。如果它要死了，它確實掙扎，掙扎到底，但掙扎不過來它也無懟無怨，就算沒有人知道它怎麼死的也不會怎麼樣。只有我們這些雞婆的人類會以為怎麼樣而已。

那是我至今相處最久的一個新鮮屍體，我每日出門抽菸，就持續看望它看了許多天，直到某一天終於它不見了，不知道被掃落葉的晨間工作者挽走了還是怎樣。一場死亡歷時這麼多天，有一個菸氣薰天的人在這裡注視著它直到不能再注視下去為止，我在想這樣送它一程的排場算是隆重還是簡約。

安穩死亡

而今雨依然下著。澎湃的洪水氾濫打在車棚頂上，貓屍在棚底靜靜安躺，它的頸子不自然地扭曲，像黑天鵝。

貓的臉面無法辨識，身體的狀況也難以判斷，不像是剛死，微微濕潤，卻不知是因為多日潮濕的雨季還是它才剛剛啟程還未乾燥完畢。

蟾蜍自貓的身邊好整以暇地跳過去，那頭曾經邪惡的生物現在沒有玩弄它於股掌之間的能力，蟾蜍跳得不受威脅。這是多日來首度看到活著而非慘死的蟾蜍。

如果這條貓活著，它會頑皮地去凌遲那隻蟾蜍的，它絕對會。而它為何死在這麼不尋常的地方呢，車棚深處既沒有來往的粗魯鞋子，也沒有快速行進的車輛，這一條貓咪的掙扎生命應該是要繼續開展下去的，卻這樣嘎然而止了。但得到像黑天鵝一樣的唯美死狀，得到在遮蔽之下無風無雨的安穩死亡。

蟾蜍不疾不徐地跳出我的視線之外後，我把視線從貓屍身上移開，重新邁開腳步。

彷彿我曾經也那樣死過，卻繼續歡欣鼓舞地活著。

一邊繼續往宿舍走去我突然想，這些時日以來與這麼多的屍體相處，我總是為它們回憶風光明媚的一生風景並且傷感默哀，卻從來沒有想過為它們安排一場隆重的埋葬。

確實還滿不錯的，這樣面對著天空或仰看行路來人，晴天時溫暖龜裂而風起時輕輕嗅聞，毋庸入土。

有一天我死了也曝屍到某個荒郊野外的話，我會感到幸福或是天地不幸呢，我在想。

周玉山

作者簡介

　　周玉山，祖籍湖南茶陵，生於臺灣。輔仁大學法學士，政治大學法學碩士、國家文學博士，國家文藝獎得主。先後任教於政治大學、世新大學，現任考試委員。著有碩士論文《中國左翼作家聯盟研究》，博士論文《五四運動與中共》，散文集《文學邊緣》、《文學徘徊》、《無聲的臺灣》，論文集《大陸文藝新探》、《大陸文藝論衡》、《大陸文學與歷史》等書。另已發表數百篇文字，尚待整理出版。

耕莘與我

　　一九七一年暑假，我參加耕莘寫作會，聽諸多名家的課。次年起，擔任輔導員，並在讀研究所時，兼任過秘書，主編過「耕莘通訊」，當時的負責人是鄭聖沖神父。稍後，陸達誠神父回國，主持會務，耕莘進入踵事增華的時代。陸神父是哲學家，四十年來引領文壇，青年景從，翻新了文學的定義，即「文學是哲學的藝術化」。我在耕莘逾二十年，同輩中印象最深的，就是白靈、婉雲兩位，他們是神仙眷屬，也是聖賢夫婦，對寫作會的貢獻，直追陸神父。耕莘的良師益友，是我生命中的永恆烙印，值得記取與追尋。

漢江畔的凝思

　　漢江的水，依舊在流。

　　蔣經國先生年輕時，在江西南部服務，寫過一篇感人的散文，題為「贛江的水，依舊在流」。我援此例，是有感於久不見漢江，而且它未改名。

　　一九八三年，初抵漢城，震懾於這座城市的規模。它有世界最大單一城市之稱，人口、面積和建築物等，都是臺北的四倍以上，早已不是臺灣中學地理課本所載，韓戰前後的殘破景象了。由於反差太大，我的心情沉重起來，想到井底之蛙、夜郎自大之類熟透的成語，竟然就是我們的自況，實在始料未及。

　　此刻的漢江畔，遊人或垂釣，或散步，一派悠閒，很難想像四十多公里外，一如臺北與中壢的距離，就是前線板門店。此時的淡水河，號稱黑龍江，異味撲鼻，乏人問津，對比太過強烈。我的首度韓國行，如遇風雨的衝擊。

　　一九八九年，再訪漢城，前一年，韓國已舉辦過奧運，高聳的選手村，成為國民住宅，這座城市的場面更大了。再度進入中華民國大使館，大使從薛毓麒先生，換成鄒堅先生，不變者，俱為謙謙君子。大廳的牆上，鐫刻了蔣介石總統的題詞，首句說：「韓國古稱君子之國。」君子派駐君子國，誰曰不宜？我卻在偌大的使館中，想到韓國遲早會和我們斷交。這樣的悲觀，不僅來自「勿友不如己者」，韓國不會這樣想嗎？更重要的是，大陸太大又太近，影響朝鮮半島至巨，中華民國政府離開大陸太久，與大韓民國的歷史情誼，能拉多長呢？

　　一九九一年，南北韓同時加入聯合國。

一九九二年，韓國與我國斷交。

斷交是必然的，沒有中共的加持，韓國就進不了聯合國，它必須回報；甚至，它主動投懷。當時的韓國外長即稱，假如不與大陸建交，到了二十一世紀，亞洲四小龍，第一個除名的，就是韓國。現在，韓國是世界第十大經濟體，最大的貿易對象是大陸，猶勝美國與日本。因此，犧牲與中華民國的邦交，算什麼呢？

同時，犧牲在臺北的韓國大使館，算什麼呢？那棟別緻的建築物，位於臺北市忠孝東路，後來成為觀光局的辦公室，最終夷為平地，如今即將蛻變，化為大巨蛋的一部分了。倒是漢城鬧區的中國大使館，歷經大清帝國、中華民國、「中華人民共和國」，依然為外交官所用，只是館內蔣總統的題詞，必已無存。對中共來說，這又算什麼呢？

斷交那一幕，依然深印心頭。夏廣輝先生曾在館內，熱情招呼我們，如同家人。這位山東華僑，在降旗那天，和數以百計的館員與僑胞，揮淚痛哭，是如此無助。我在臺北的電視機前，想到他們的無辜，以及國家的無力，失去亞洲最後一個邦交國，一切源於一九四九年失去了大陸，就要承受百般的炎涼。「所謂國際，這樣的氣候便是」，余光中先生的開示，還是卸不下我心中的巨石。

以後可有韓國行？此念一轉二十五年。

二○一四年，三探漢城，它已經改名首爾，漢江則未改稱首爾江；有人建議改為近音的韓江，也未成案。流動的水，仍是漢江。

瘂弦先生告訴我，韓國政府改得了文字，卻改不了語言，首爾（Seoul）仍是中國話「首都爾」的簡稱。韓國者，異國也，想要「去中國化」，似屬理所當然，但要完全「去中國話」，實不可能，首爾只是一個顯例。至於「去漢字」，朴正熙總統即已推動，至今的確少見。我們在堂皇的國會裏，看到早期議員的簽名，完全是漢字，現在則少得可憐。若與日本相較，我不禁想問：有此必要嗎？

　　日本不廢漢字，無損其獨立，反而豐富其國力。古今中外的文化，總見磁吸作用，強勢勝過劣勢，最後如海納百川，有容乃大。滿人入關，努力學習漢文，乾隆皇帝的漢詩，數量冠古今，未聞其強迫漢人學習滿文。漢人來臺，繼續使用中原古音，包括閩南語和客家語，少有學習原住民語言者。我自己總是同情弱者，但不能不面對強勢的文化。

　　韓國現在面對中國的崛起，中文已成為顯學，僅次於英文，中學列為課程，這是識時務的表現。至於街頭少見漢字，就像少見英文一樣，我必須提醒自己，不要耿耿於懷。可喜的是，韓國的小學課本，特別寫到蔣介石先生，支持韓國獨立，貢獻良多。看來，韓國固然有「恨」的文化，並未完全失去感恩的能力。

　　我們抵韓的第一天，臺北代表部的石定大使，就陪訪了國會議員朴明在先生，更以人蔘雞湯的晚宴，驅散零下三度的寒意。此時重逢夏廣輝先生，他已是代表部的顧問，以一貫的忠誠，協助大使，開拓館務。走過二十二年前的斷交，臺北與首爾之間，似已柳暗花明。

　　第二天早晨，石大使在代表部門口，熱烈歡迎我們。「駐韓國臺北代表部」的銅牌上，鑲有中華民國國旗，進門處和會議室，各有兩面大型國旗，在異國一分鐘內，看到五面國旗，感動莫名。一九四九年以後，中華民國的邦交國，從最高時期的六十九國，減為現在的二十二國，處境實在艱困。外交官在非邦交國的工作，更是難上加難，其中的汗淚，宜有一部「中華民國外交史」，以及另冊「中華民國外交官」，完整紀錄，垂諸青史。

　　代表部在世宗大路，占地六百餘坪，同仁五十餘位，堪稱大館了。青瓦台總統府在附近，清溪川在眼下，地理位置甚佳，雖無昔日大使館的廣闊庭院，但也寬敞明亮，是現代化的辦公室。國父遺像和馬英九總統肖像，在會議室對望，我不禁默禱：天佑中華民國！

　　世宗是朝鮮王朝的明君，一四四三年，他和幕僚創造了韓文，稱為訓民正音，但是遲至五百年後，才被廣泛使用。我在政大服務時，曾在典麗的世宗研究所，和韓國智庫的學者座談。正因明君不可多得，所以世宗無所不在，這也道出後代的想望，各國皆然。

　　石大使為我們簡報，提到旅韓的華僑，持中華民國護照者，現約一萬八千三百人。他們的祖籍多為山東，未必來過臺灣，仍奉中華民國正朔，和我們同一國，其中二十餘位在代表部服務，視我們如親人，照顧有加。至於來自國內的同仁，因有相近的生活經驗，所以一見如故，甚至本是老友，就有勞接待了。首爾三日，最堪記取的，是血濃於水的同胞愛。

　　韓國與我國的學術交流，未因斷交而中止，現有九十八所臺灣的大學，與一百八十五所韓國的大學締結姊妹校，往來密切。此行匆忙，未及聯絡我的韓國老同學，他們已執中國學的牛耳，昔日在臺北，慷慨高歌，甚至以閩南語交談，完全推心置腹，是我回憶錄預定的一章，誠盼他們健康。

　　孫中山先生早就指出，朝鮮半島是東方的巴爾幹，也就是火藥庫。他似乎料到，南北韓會分裂，而且背後各有強權。韓國現在必須緊靠大陸，用以牽制北韓，駐韓國的臺北代表部，也因此特重安全與應變，保護我國人士和我方權益，此時工作的重點，在啟動與韓國的經濟合作協議。看來，這個世界上唯二的民國，今後會正面相處。

　　久別重逢的漢江，第一眼是深藍色，一如我見過的地中海，值得裝在瓶中，帶回臺灣，用來寫鋼筆字。隔日再望，則已恢復常況，或是不同的天光雲影所致。日本作家筆下的聖城首爾，既熟悉又陌生，既東方又西洋，既古典又現代，等候我第四次的到來。

翁嘉銘

作者簡介

　　嘉義人，一九六二年生，世新五專編採科畢業。筆名「瘦菊子」寫棒球評論，以本名寫搖滾樂評。早期著力於詩與散文創作，受作家劉克襄鼓勵投入臺灣流行音樂評論，進中時晚報副刊轉向大眾文化評論。曾任《文星》雜誌復刊號、《中時晚報》編輯、《台灣日報》體育組組長、味全職棒《龍族》雜誌總編輯、滾石網路（RIC）音樂文字負責人、「貢寮國際海洋音樂祭」評審團召集人。曾出版《從羅大佑到崔健》、《妳是我的墜落》、《天使e魔鬼的情書》、《棒球經》等等著作。現任世新大學中文系歌詞＆新聞寫作課老師。

耕莘與我

　　不太記得是哪年參加耕莘寫作班，大概是一九八二年吧。那時世新快畢業了，思考未來，是音樂或文字？決定選文字，為加強文字能力就到寫作班上課，不論是馬叔禮或其他上課老師，都打開了我的文學視野。

　　那時是年紀最小的學員吧，其他大哥大姐們對我的啓發也不下於老師們，耕莘寫作班是那時代文青相互取暖、砥礪的好去處。但我又很愛孤獨，所以並

不太想回去。

　　我原想寫詩的，因為學長陳平芝，詩人陳義芝之弟，但寫不過他們，進中時晚報副刊想寫小說，我想我寫不贏同事大哥張大春，寫詩拼不過我主管羅智成，只好寫評論，但有次遇到東年老師，他說，你寫評論太浪費了，唉～算了。

唱寂寞的歌

　　其實我並不認識寂寞。從小爸媽就沒帶我去敲過寂寞的門，更不知道寂寞會長個什麼模樣。等我長大了，看一些散文、小說、詩或歌詞，老遇見寂寞這傢伙，我想寂寞一定比尼采、卡夫卡、愛因斯坦、帕格尼尼還偉大，不然怎麼有那麼多作品，以寂寞為主角、配角或中心思想呢？

　　想起小時候下雨天，哪兒也不能去，站在屋前數從簷下滴落的雨珠，嘴裡不經意唱著〈泥娃娃〉：

　　　泥娃娃泥娃娃，一個泥娃娃，他有那鼻子也有那眉毛，眼睛不會眨……

　　發呆著，不覺讓雨濺濕衣裳，惹媽媽一頓罵。

　　現在想來，才知當時該告訴媽媽：因為我寂寞。

　　因為肢體殘障之故，上學時不必到操場參加升降旗典禮。每天升降旗時教室只剩我和兩位被歸為白痴的可憐同學。偶爾看著全班站在操場唱國歌和國旗歌，不知不覺有種傷感的情緒流淌，文藝腔的說詞叫「愁」。

　　抵不住愁浪洶湧，在教室裡也會裝著抬頭挺胸，大聲唱起國歌或國旗歌，那兩位也不必參加升降旗典禮的同學笑著站在我旁邊，跟我唱起歌來。

　　等大了點，有次經過一所小學牆內傳來國旗歌時，心底不覺生出一種難言的惆悵，按寂寞的勢力範圍來訂，連「山川壯麗」都寂寞了！

　　寂寞真是藉口，讓我們在人生的沈悶中，懂得尋找自我逍遙的出口。因而我讀詩。在十多歲時，隻身從小鎮到大城市讀書，上完課在宿舍裡百無聊賴，學長拿了幾本詩集給我，徐志摩、周夢蝶、余光中、鄭愁予、商禽、蓉子等等一概不拒。

　　周夢蝶詩寫寂寞，是會動的、隱形的，但確確實實感到寂寞來了：

　　　寂寞躡手躡腳地／尾著黃昏／悄悄打我背後裏來，裏來……

　　「躡手躡腳」？我揣想著，這寂寞是小偷，把人的另一顆心偷走了。

　　喜歡鄭愁予是從歌開始的。有位民歌手學姐任祥唱過一首〈錯誤〉（後來羅大佑也為〈錯誤〉譜過歌）。當一個人走過學校那幽長的隧道，〈錯誤〉就在心底響起，或小小聲唱著：

　　　我打江南走過／那等在季節裡的容顏如蓮花開落……

　　不曉得鄭愁予寫〈錯誤〉時是否寂寞，或者就是要寫寂寞，如果是的話，寂寞的形像都挺美，有柳絮、春帷、馬蹄，且是美麗的錯誤。

　　夐虹〈懷人〉一詩浪漫綺麗：

　　　……最微的燈，一扇半圓的窗下／你的名字，化作金絲銀絲
　　　／半世紀，將我圍纏……

　　但也有不是美而是深沈的詩。大陸已逝詩人顧城有首詩〈遠和近〉：

你
一會看我
一會看雲
我覺得
你看我時很遠
你看雲時很近」

　　很白，又不懂他真要說什麼，中國詩壇稱為「朦朧詩」。對我來說清楚不過了，主觀以為這也是寂寞。

　　在學校宿舍孤單的生活，姐送台黑膠殼單頻收音機陪我渡過黑夜。聽陶曉清主持的「中西名歌」，介紹剛興起的校園歌曲，每一首都撫慰我寂寥的心情。葉佳修的〈流浪者的獨白〉，有時讓我眼眶潮濕，想父母，想家，想南部故鄉。離鄉讀書像是流浪，真真少年不識愁滋味，為賦新詞強說愁。

　　之後加入學校合唱團，唱的都是藝術歌曲，沈浸在每首歌的意境裡。印像比較深的有〈海韻〉、〈遺忘〉、〈教我如何不想她〉。雖然是合唱，但經常唱著唱著就忘我了，彷彿周遭的合唱夥伴都不見了，走進音符、旋律、樂聲構成的世界中，隨著感慨、悲嘆、哀傷，覺得是歌裡的人，而不是唱歌的人。

　　甚至唱「國父遺囑」，胸中都不覺得澎湃起來，充滿激情。當年練唱完，身上總會流些汗，十分舒暢，想來真是人生中難忘的快樂時光。只是走出合唱團後，又回到落寞的蕭索處。

　　人都是寂寞的，赤裸裸而來，孤單而去。中間不斷地尋伴，不論是精神、心理上或肉體性的，總是靠向人。不然也不會有知己、鄉愁、殉道、文化甚至戰爭。寂寞從沒在世間消失過。

　　於是，街上總是流傳著數不盡的寂寞的歌。像李宗盛的〈寂寞

難耐〉是再明白也不過了；有的是不講寂寞兩字，而其實是寂寞的。羅大佑的〈我所不能了解的事〉唱道：

> 無聊的日子總是會寫點無聊的歌曲
> 無聊的天氣總是會下起一點點毛毛雨
> 籠中的青鳥天天在唱著悲傷的歌曲
> 誰說她不懂神祕的愛情善變的道理……

　　無聊歌、雨、籠中青鳥、神祕的愛情，都指涉著寂寞，只是用詞不同罷了。無聊、孤單、孤獨、思念都是寂寞不同的辭藻包裝。也因為寂寞的緣故，人總在這個時刻思索些什麼，觀察些什麼，創造些什麼。

　　羅大佑在無聊的時候寫歌，看到籠中的青鳥，雖然實際上很可能他並沒有看到一隻籠中鳥，只是一種自喻，但我確信在那刻，他心中就像有隻籠中鳥存在意識中，鳥唱著悲歌，且延伸出所見的或體驗中的愛情事件。在這個情境裡，寂寞變得不寂寞了。

　　寂寞讓人創造特有的時空，開拓屬於自己的天地。在渡過寂寞的時光中，心靈格外清澈，心思特別細密，情感非常敏銳，透過思考、研究、創作，有詩、有歌、有文學、戲劇、繪畫等等藝術，再經傳播，得到眾人的喜愛共鳴，成為一種生活方式，一種文化。

　　想想古代一個人去打獵，得到獵物很高興就唱歌；空手而回，很難過也唱歌；在家裡等丈夫回家的妻子，等啊等，一邊做家事，一邊想念丈夫，寂寞孤單唱支歌，排解憂思。因此有詩經、有各地民謠。寂寞的人寫歌，歌也陪著寂寞的人。

　　現代的流行歌曲在商業機制的操控下，大半是規格化的作品，匠氣味濃，少有自發性的創作，能幽微地潛入人心或直接撞擊心靈深處。當然，流行歌曲也是想得到大眾的喜愛和共鳴，所以不論是

唱法、詞曲和編曲、錄音，也以動人心弦，刺激大眾購買為目標，而寂寞自然是商業動機下的好題材。

隨意想都可以挑出好幾首寂寞的歌，〈因為寂寞〉、〈我們都寂寞〉、〈寂寞的眼〉、〈寂寞保齡球〉、〈寂寞存摺〉、〈寂寞夜快車〉、〈還是會寂寞〉等等，錄成十張寂寞專輯足足有餘。

寂寞成了濫詞。當有人在你耳中不斷喃喃、絮絮說著寂寞，不知不覺也就寂寞了，甚或寂寞麻痺了，忘了什麼叫寂寞。現代流行歌曲的作用，往往不是要人清醒，而是健忘，以短暫逃避痛苦。

有些創作者可以不露寂寞的旗幟，而把寂寞的況味寫得入木三分。張雨生引王丹的短詩寫成的〈沒有煙抽的日子〉就極為感人：

> 啊～手裡沒有煙，那就畫一根火柴吧！去抽你的無奈，去抽
> 那永遠無法再來的一縷雨絲。喔～在你想起了我後，又沒有
> 抽煙的日子。

可是，今天社會娛樂休閒活動多不勝數，排遣寂寞的方法唾手可得。光說流行音樂這件事就夠熱鬧了，唱KTV是臺灣全民娛樂，演唱會每週都有，PUB樂隊表演和DJ音樂都讓歌迷流連忘返。會像我待在家聽寂寞的歌、寫寂寞文章的人，肯定是少數。我一代人是啃寂寞長大的；新世代人類擁有溫飽和享樂。聽歌、聽音樂、玩音樂是為了有趣、好玩、熱鬧、流行、酷辣鮮或成為明星。

你說他們不寂寞？我覺得也是寂寞，只是排遣、抵抗、消解的方式不一樣。不會像我關在家裡品嚐寂寞，而是一窩蜂湧向寂寞。表面上是尋求團體認同；崇拜偶像寄託愛的渺茫；快速的奔忙取代等候的虛空及焦躁；希望在熱烈中化解無聊、孤單。而其實是聚集寂寞，寂寞卻不因人數的多寡而消逝。那是一個更龐大的寂寞，更進一步，只好依賴藥物來排解。

　　既然寂寞像肚臍一樣會跟著我們一輩子，知道寂寞存在就好，也不必天天對著它瞧，或掀給別人看。別人也一樣，有形貌不一的肚臍，都可以和它相處得好。

　　或者唱歌給它聽，比如我一個人時，總是愛唱大陸歌手張楚的〈孤獨的人是可恥的〉，幸福得十分可恥；或者擠在小小PUB聽寂寞的歌，途中也唱了起來，不管怎麼愁都有歌陪著，寂寞在風中呼應，是我的知己，是我的愛！一個人靜靜的，忽然耳畔又聽到原住民歌手巴奈‧庫穗（Panai Kusui）輕輕哼著〈泥娃娃〉：

　　　泥娃娃泥娃娃一個泥娃娃
　　　我做她媽媽我做她爸爸
　　　永遠愛著她

　　然後淚都乾了。

徐正雄

作者簡介

　　徐正雄，泰山高職補校畢，半個農夫，半個街友，偶而是文字工作者。

　　曾獲耕莘文學新詩、小說首獎，漂母杯文學獎、林園文學獎、大武山文學獎、三重文學獎、北縣文學獎、中央日報文藝營小說獎、聯合報年度新人展……等阿里不達約四十多個徵文獎項，文章散見中國、聯合、自由、更生、蘋果、福報、華副、金門副刊各大報。著作有《八爪熊打工記》、《尋找天體營》、《開朗少年求生記》、《打工大王》、《飄浪之女》、《斷電、走路、閉嘴──三場生命實驗》等五本，平日喜歡四處旅遊、當義工、嘗試新鮮事物，喜歡自由不受拘束。

耕莘與我

　　我在耕莘青年二十多歲時進入，那時我和耕莘差不多年紀，剛退伍在一家KTV端盤子，是個只看影視版獨鍾《民生報》的傢伙。

　　來來去去的喧嘩，只讓我看見滿地狼藉的寂寞，繁華掏空我的心，使我空虛不已，我想改變自己，用學習一種陌生新事物的方式，當時剛好在報紙上看

見耕莘文教院寫作班招生訊息，便報了名，為此轉了行，到隔壁五星飯店過著比較安意穩定的生活，依然還是端盤子，低賤卻生龍活虎的工作，讓我有豐富的題材。

耕莘，教我如何把那些不堪變成大家心靈的菜，那已是民國八十三年的事了，轉眼之間，我竟也寫了二十二年。

寫作的自由式

一、不說話一個月

幾年前，遇到瓶頸，朋友告訴我：他家附近有位藝術家，為了激發靈感，決定種田兩個月、走路兩個月、禁語兩個月。

聽到這件事，讓喜歡嘗試新鮮事的我，躍躍欲試，我決定挑戰一下禁語的部分，但是，從未禁語的我，怕熬不過六十天，於是自行打個五折，以一個月為單位，開始這項實驗。

禁語一個月，首先要做的事，就是離職。

剛好，人生有點走不下去，反正身邊還有一點點積蓄，便大膽提出辭呈。當主管聽到我離職的原因時，嘴巴張得老大，其實，連我自己也很懷疑，但我還是大膽地做了，因為，我相信：勇於冒險的人，才有得到寶物的機會。

我的禁語，並非整天把自己關在家裡，而是按照之前的生活方式過日子，只是不說話而已。所以，我像往常一樣上郵局、超市、圖書館、菜市場……遇到無法比手畫腳的問題時，就用筆紙和別人溝通，有趣的是，親朋也常常用紙筆和我交談，其實，他們大可用說的，也許，他們不知不覺被我的行為影響。

不說話之後，整個人變得很輕鬆，以前，時時要注意別人的言行舉止，以便做出適當的回應，但是不說話之後，很多事，幾乎用微笑和沉默就能回答，整個感官得到充分休息，也避免很多不必要的麻煩和爭執。

鄰居們，都以為我得到重感冒；陌生人，大多認為我是聾啞人

士，常常給予協助，甚至特別待遇！買東西時，服務人員反而跳過那些大聲吆喝的人，替一旁沉默不語的我，先行服務，讓我意外發現：沉默以對，反而比開口去爭、去求，得到更多。

不過，偶而也會發生一些插曲，有次去菜市場買水果，攤販太忙，居然沒找錢給我，金額還不少。當我焦急地和攤販比劃著，幾乎要破戒說話時，攤販才猛然覺醒，把錢找給我。

關閉嘴巴這扇門之後，身體替我開了眼睛和耳朵這兩扇窗。

以前不會注意的事物，都自動跑進眼睛裡，看起書來，也特別有效率。至於耳朵，則變得更加敏銳，這才發現，電視節目裡的人，講起話來都十分激動，讓心靈覺很不舒服！耳朵的口味，似乎變淡了，但是，置身大自然時，雖然感覺到天地萬物都在說話，卻顯得十分和諧。

禁語，因為減少和他人的互動，使我擁有更多時間面對自己、認識自己，減少語言支出，讓心靈更加環保。

因為效果良好，我每年都禁語一個月，讓自己歸零、讓身心沉澱、讓感官休生養息，彷彿冬天的樹木，當禁語結束時，往往具備飽滿能量，迎接下一個春天。

二〇一四年十二月，是我禁語第五年，今年的禁語略有不同，我甚至把範圍拉大到南部。我搭著電聯車，從臺北一路南下，在苗栗站轉車時，看到兩位外勞在車站外唱歌，很多人都匆匆而過，若是以前，我大概會視而不見，但是這次，我卻被他們真誠，卻不見得完美的歌聲給吸引。

身為唯一觀眾的我，聽得十分陶醉！每首唱完，我都不吝給予掌聲，離開時，我特地去超商買了兩瓶飲料請他們，謝謝他們用美妙的聲音，為我點綴這趟無聲的旅行。

因為苗栗到斗六之間不能用悠遊卡，只好到櫃檯買車票，我用筆寫上起站和到站，出站時，將車票蓋了證明章當作紀念，這時，

才赫然發現，那張車票居然是「愛心票」，苗栗售票員，錯認我的身分，讓我不禁莞爾。

就這樣，我用沉默的方式，在臺北和高雄之間玩了四天三夜，每天不同地點的吃、住、行，使我必須和更多陌生人交會，神奇的是，幾乎每個人都十分熱心地協助我，使我得到前所未有的禮遇和關心。

我不是在騙取他們的愛心，因為做這項實驗之前，我根本沒想到會有這些福利，這只是證明：臺灣人都樂於助人。禁語的實驗，真是太棒了！非常值得一試，若不能一個月，那七天、兩天、一天都行，你將發現，讓製造語言的生產線休息一下，是如此美妙的事。

二、傷心酒店裡的寫作者

二〇一五年七月二十五日，天后江蕙的告別演唱會拉開序幕。

由於暢銷單曲太多，無法一一呈現，很多歌只能以組曲拼盤的方式一饗歌迷；我從歌單中，看見了百萬金曲〈傷心酒店〉和比較鮮為人知的〈飄浪之女〉，這兩首歌，象徵我生命中兩個重要的里程碑。

一九九二年六月一日，我從海陸退伍，旋即找到希爾頓飯店的工作，當時月薪一六五〇〇元，以當時的水準來看，實在偏少，因不愛讀書，高職補校差點畢不了業，這樣的學歷和資質，搭配這樣的薪水，或許還是我高攀了人家。

其實我不太計較薪水，比較在乎的是否能夠升遷，我工作努力，仍無法彌補學歷和外語能力的不足，加上家裡爆發債務危機，八個月後，我選擇去職，另謀它就，首要考量就是薪水要高，我從報紙廣告欄中，發現KTV這個新名詞。

　　卡拉OK我去過，但是KTV對我來說卻是一個全然陌生的地方，從廣告上得知，新人月入可達三至四萬，幾乎是我之前薪水的雙倍，於是，拋開對KTV的恐懼，決定應徵。

　　當時正是KTV的全盛時期，需要大量服務人員，但業者用人並不隨便，男生身高必須一七五以上，女生不能矮於一六五，長像、身材都有一定水準。

　　我被分到林森北路那家店，這條街無論當年或今日，都是花名遠播，一九九三年，我依然是服務生，身價卻大不相同，這是我的淘金時代、是KTV的黃金時代、也是歌手最輝煌的時代。

　　大廳、包廂，只要有螢幕的地方，歌手無時無刻打著歌，我們則被歌打得自然而然就朗朗上口，幾乎每首歌都會哼上一段。尤其江蕙的〈傷心酒店〉、張學友的〈吻別〉、張宇的〈用心良苦〉……這些都是國歌，人人會唱也愛唱，伴唱帶故障率特別高，藉由KTV的推波助瀾，一張專輯賣破五十萬已不稀奇，上百萬者比比皆是。

　　假日時，消費者瘋狂湧入，把接待團團包圍，要包廂，因為想唱歌而發生許多糾紛，這工作，和我當初想像差距頗遠！並非打扮帥氣的帶位、收拾狼藉杯盤而已，還要洗碗盤、掃廁所、倒垃圾、算帳單（算錯要自己賠）、防客人帶走設備或破壞（也要服務生賠），有些不想付錢的客人，會一個一個接力賽偷偷跑掉，或者躲在天花板。

　　月薪三萬，真的是辛苦錢。

　　因此，每當我清包廂，和江蕙在螢幕裡的傷心酒店不期而遇時，總覺得她正唱著我的哀怨。

　　這個做四休一，一天長達十一小時的工作，除了讓我腿麻之外，無數來來去去的客人，和爬起又摔下排行榜的歌曲，讓我覺得自己雖然淘到金，同時也被時間淘空內心。

一年二個月，存了三十六萬元，決定告別這個五光十色的職場，到隔壁的晶華酒店當服務生。

這間飯店有多家餐廳，我待在生意最清淡的二樓酒吧，每天工作九小時，客人清一色是商務旅客，平淡的生活，讓我的心漸漸安定下來，有天用餐時，一時無聊，拿起報紙翻翻，在報紙副刊看見一則「耕莘寫作班招生」的訊息。

我看報紙，向來只看影劇版，那天不知為何越界看到這則消息，當下自然是不理它，可是又忍不住翻回來再看一次，考慮許久，終於決定：「我要去上寫作班。」或許，文學會是女媧，可以把我破了一個大洞的心，慢慢填補起來。

這件事不容易！

當時我上的是中班，中午十二點到晚上九點半，和晚上七點到九點的寫作課衝突，不過，大飯店雖然規矩多，也有它的優點；我們是算總工時，只要一個月上滿一百九十六小時就行，和經理商量後，我的班就分裂成兩段，上五個小時的班後去上課，下課再回來補上另一半的班。

雖然我很有決心，但是文學不是有決心就好，它需要時間的醞釀、學習和努力，之前，我只看報紙影劇版，對文學敬而遠之，而且，很多字都不會寫，說出來很丟臉，寫信給朋友，朋友回信通常通篇都在訂正我的錯字，我的程度可想而知，因此，在寫作課上鬧了不少笑話。

寫作課，大都在打瞌睡，偶而少數作家講得比較白話和有趣，我也會醒來加撿聽，像焦桐、簡媜、白靈……等老師。

三個月後，我從耕莘寫作班畢業，參加耕莘文學獎的散文作品，得到簡媜老師許多鼓勵卻沒得獎，被王宣一老師批評的無一是處的小說，卻得了優選，這件事，讓我既惶恐又驚喜！文學是什麼？多年來，我始終在探索這個問題，如此的態度，讓我一直都是

文學世界裡的學生和新人。

當年，想來簡嫃老師怕我傷心，所以只有鼓勵；而王宣一老師的實話雖然令我錯愕！但那個小說優等獎卻也是她給我的。

因為她們的鼓勵和教導，沒半點墨水的我，勇敢的踏出寫作之路，那時沒電腦，無「注音輸入法」，稿紙重新修改又太麻煩！因此，我大量使用注音符號、剪貼、連連看，寫錯字時，剪新的稿紙貼上（算是立可白的前身），若要在文句中加字，就在稿紙空白處書寫，再畫一條線連起來，想必當年這些舉動，讓編輯十分困擾！然而，這種土法煉鋼的寫法，也讓我持續創作了許多年。

慢慢的，我和文字、標點符號才比較熟一點，但，還是常常擺錯位置。

二〇一〇年六月一日，我終於出版了一本名為〈飄浪之女〉的書，回想自己最珍貴的黃金時期，似乎就在文字海中漂流，從〈傷心酒店〉到〈飄浪之女〉，足足航行了十七年，〈飄浪之女〉出版後，我的寫作呈現停滯狀態，有點墨水用盡的感覺，但我不會罷手，因為，寫作是我的燈塔，讓我看清這個世界。

同樣的，江蕙，或許真會從歌壇退休，但我相信，她不會放棄唱歌，因為唱歌，已經變成她的生命。

楊樹清

作者簡介

　　楊樹清，祖籍湖南，生於金門。歷任洪建全教育文化基金會出版部企劃主任暨雜誌部總編輯，宜蘭佛光大學駐校作家，國立金門大學第一、二任駐校作家，現任金門燕南書院院長。一九八〇年加入耕莘寫作會，前後出任耕莘寫作班輔導員、輔導老師、班導師、班副主任，並創刊《東坡快報》、主編《旦兮快報》。

　　著有報導文學《金門田野檔案》、《金門島嶼邊緣》、《天堂之路》、《閩風南渡》、《消失的戰地》，散文《燕南情長》、《少年組曲》、《渡》、《番薯王》，小說《小記者獨白》、《愛情實驗》、《阿背》、《阿背還鄉》等計三十五種個人著作，並總編輯《金門學叢刊》三輯三十冊、編撰一輯十冊《金門鄉訊人物誌》。

　　文化、文學表現，曾敲響三座金鼎獎，包含金鼎獎雜誌公共服務團體獎、金鼎獎圖書主編獎、金鼎獎推薦優良圖書獎；文學創作榮獲多項重要文學獎，一九九八以〈番薯王〉獲梁實秋文學獎散文獎首獎，一九九六、一九九九以〈消逝的漁民國特〉、〈消失的衛星孩子〉兩獲時報文學獎報導文學評審獎，一九九七、一九九八以〈被遺忘的兩岸邊緣人〉、〈天堂之路〉兩獲聯合報文學獎報導文學首獎，並以〈雙城記〉、〈尋找蘇王爺〉分獲長榮環宇文學獎、

臺灣省文學獎報導文學獎，再以投入報導文學創作，發掘新題材、開拓新視野的成就於二○○三年五四文藝節，獲頒中國文藝協會報導文學創作文藝獎章。

耕莘與我

我的耕莘記憶，一直停留在一九八○年。不願離開，也無法離開。

那一年二月二十六日，大雨滂沱的晚上，我來到臺北市辛亥路的耕莘文教院一樓大廳聽演講，「三毛談寫作生活」，雨很大，人很多，人潮把演講廳塞得水洩不通，我被推擠到門外一個邊角，只能透過擴音器聽演講。

三毛的演講之後，同年三月七日，在談衛那、林伯勳的引薦下，我再一次踏進耕莘文教院，走入了耕莘寫作會，終於近距離看到了年輕、溫文，卻稱自己「已四十五歲」的寫作會會長陸達誠神父，以及久聞其名，人稱「馬三哥」，來自《三三集刊》的寫作會導師馬叔禮，面對來耕莘習藝者，他說，「不一定要做文學創作者，能夠當欣賞者也很可觀」。

分組課程中，三月十六日在花園新城烤肉之旅中，還被談衛那、林伯勳、方明等組員推為「東坡組組長」，不到一個月時間，為連繫、凝聚會員情感，在復辦《金門文藝》的同鄉好友顏國民支援下，四月三日，刻鋼版、油印，創刊了報紙型的《東坡快報》，以一篇〈雪泥鴻爪〉代發刊詞。東坡組會員、東坡群士與《東坡快報》的發行、活動基地，就在二、三坪大的寫作小屋內。創刊《東坡快報》後，同年七月出任耕莘寫作班輔導員並主編《旦兮快報》，後來才改名為《旦兮》。

此後歷任輔導老師、班導師、班副主任等。

節錄自〈耕莘，一九八○──從寫作小屋到《東坡》、《旦兮》快報的一段記憶〉一文。

番薯王

　　——乾隆十七年七月十三日金門鎮總兵馮匯奏：奴才駐紮金門地方，稻谷黍豆雜糧俱已收穫，惟番薯尚未成熟，雖被風傾折苗葉，而根株可無損傷。

　　——乾隆三十一年十月二十四日金門鎮總兵談秀奏：本年夏秋以來雨水調勻，晚稻收成計有捌分，地瓜、雜糧亦各豐熟，現在米價每斗價紋銀壹錢伍、陸分不等，百姓樂業。

　　——乾隆三十二年十月初三日金門鎮總兵楊元超奏：金門地方孤懸海外，園多田少，產谷無幾，賴地瓜以資民食。今歲立秋之後，雨水霑足，地瓜有收，市米平減，居民樂業。合將情形恭折奏聞，伏乞皇上睿鑒。謹奏。

　　去國之後，幾已遺失了番薯。

　　那天，偶然在學校的亞洲圖書館翻閱《宮中檔》。視覺在一則接一則關於番薯的乾隆朝奏摺中停留。總兵和皇帝的官樣文章，一座島嶼的身世，竟是番薯來番薯去的。

　　讀出的記憶，我又掉入了番薯島鄉。

　　一九四九年，父親追隨十八軍前身為忠義救國軍的交通警察總隊，退守金門時已近不惑之年了。父親原是軍長高魁元培訓的一支十六人游擊隊伍，準備潛回大陸從事敵後工作。出發前夕，來自胡璉司令的阻力，沒能成行。最後，以榴炮營中尉幹事編入生產大隊

待退，下鄉開墾。因為這段轉折，與兩度喪夫的母親結髮為夫妻，承續了母親前夫留下來的五千栽農地。

從洞庭湖的魚米之鄉來到產谷無幾的彈丸島地。清一色閩南人的聚落中，唯一外來的「老芋仔」入境問俗學講閩南話，也學習種植過去未曾弄懂的作物：番薯。

半生戎馬，跋涉大江南北父親，這是多麼陌生的開始。卻也因為在番薯田旁的磚造農舍育下了我哥哥和我，種出新一代的番薯心。

兩漢時代，中原多故，即有衣冠南渡於斯，歷經千餘年繁衍成族。

番薯的年代要比島的歷史，年輕許多。起於不很久以前的明萬曆年間，有鄉人落番到了呂宋，密載番薯帶回故里。番薯得名。

農曆四月，插種薯苗的最佳時節，將薯藤剪成二、三節長，斜插入土，農曆九月即可大量收成，作為三餐主食或煮成飼料供家畜食用，也可削皮、切片、曬乾，製成地瓜簽或碾成地瓜粉貯存。

三姐藤、寸金薯、黃姜仔、英哥、鳥兼、白皮紅心、紅皮紅心，從小，我就學會了辨識形形色色的番薯種類和方言別名。寸金薯者，種個一年，一株番薯可得十來公斤；黃姜仔者，塊大肉甜，煮熟呈金黃色澤，鄉人譽之「正種」；白皮紅心者，皮薄色紅；紅皮紅心者，肉紅而甜。

夏秋交接之際，父親牛犁於番薯田，哥哥和我提著小斗籠跟在後頭，撿拾著一塊塊翻滾而出的番薯堆集在田埂一角，由媽媽以簍筐一擔擔挑回家。

行走於番薯田，每有大塊番薯冒出，「啊，番薯王！」這等驚嘆，是從媽媽身上移入的。「番薯王」的多寡，也成了評斷豐收的標準。栽植番薯的過程，如遇雨水浸泡，或牛羊侵入咬食藤葉，那

一年的收成，就不容易撞見「番薯王」了。

番薯田的採收時節，伴隨著「番薯王」翻土而出的，總也少不了沾滿銅鏽和黏土氣味的古錢幣、碎玉、瓷器，更多的是中共砲擊島上散落的砲彈碎片。我必須立即辨識出它們，然後作出留下或拋出視線的選擇。錢幣中多係「永曆通寶」和「光緒通寶」，從小由古董收購商處建立的視覺與價值判斷，它們並不值幾個錢，「永曆通寶」到處可見，「光緒通寶」年代太近，量也不少，反而不如昭和十三年日本人占據島鄉留下少量大洋的貴重。但那些永曆或光緒通寶仍可留下來，作為和村童的另一種賭資。砲彈片的吸引力似乎又高過於古錢幣，可用來向小販換麥芽糖，再進入打鐵店特製菜刀。

入學之後，番薯與番薯田仍是生活中的一部分。放學和假期，父親一聲令下，哥哥和我又得一頭埋入番薯田插苗、翻藤。收成之後，又得忙著削地瓜簽，或在牛拉的大石磨上碾磨地瓜粉。

番薯田的戲碼，像永遠演不完似的，直到所有番薯被挖出的十月杪，改種植大、小麥為止。

小學畢業前的一堂唱遊課和一趟郊遊遠足，萌生了我對番薯很不同於學齡前的思緒。

> 好美麗的古崗湖呀，綠透了我的心房！
> 明如月白如霜，陣陣清風陣陣涼，
> 南明往事話興亡，魯王舊墓桂花香。
> 折得呀一枝，教我寄何方？
> 大陸同胞處境呀好淒涼。
> 思來想去，拋卻花枝細擦槍。

這首〈古崗湖畔〉，島鄉成長中的孩子多能朗朗上口。

　　第一次在教室接觸到它，唱到「南明往事話興亡，魯王舊墓桂花香」時，音樂老師停止拍板，「魯王就是番薯王，明朝末年從大陸來到我們金門，每天吃地瓜，所以大家才叫他番薯王」，顧不了學生們懂或未懂，老師沒能再說甚麼，繼續教唱，一路唱到「大陸同胞處境呀好淒涼。思來想去，拋卻花枝細擦槍。」

　　隨後是一次清明前的郊遊踏青來到古崗湖畔環繞。先是在古城國小旁的「明監國魯王墓」與「魯亭」停駐，「這座墓是清朝發現的，當時以為是真的，後來證實是假的，但魯亭中的『民族英範』四個字真的是蔣公題的」，親自作解說的校長的表情在嚴肅中，又差點笑開來，當他指著「明監國魯王墓」時。緊接著來到青山處的魯王真塚處，「魯王死後三百多年，國軍在這裡炸才發現他的真塚，墓內有腐爛棺木四、五片、永曆錢三枚、壙志碑一個，遺骸一具不全，骨骸呈灰黑色」，校長對著地方文獻照本宣科，然後遙指七百公尺處，傾倒在半山腰的「漢影雲」石碑，「這是魯王親題的，原來是『漢影雲根』，『根』字可能被匪砲炸掉了！」

　　魯王？番薯王？從此占據了我歷史心靈的一個暗角。

　　少年時代的歷史教科書之外，實施軍管的島鄉另行編印《民族精神教育》讀本。讀到明鄭人物，總也少不了「滿清入關，中原失統，錦繡河山，淪為異族，明室一般孤臣志士，不甘臣虜，紛舉義旗，撐持半壁，是曰南明」的開宗明義；接續的「弘光覆沒，魯王監國紹興，勢單力薄，輾轉棲遲金門」的情節才聚集了我的歷史目光。但官式的記載並不能滿足我想要現場感，反倒史書《三藩記》中載「成功沉王」的歷史公案令人玩味，地方父老口耳相傳的「魯王朱以海避居金門時以番薯為主食，所以人稱番薯王」更教人著迷。

　　讀《明史》，明鄭是一個消逝在地圖中邊陲；近代編中國歷史

年表的學者，「永曆十五年」已是一個句點了。

　　永曆十五年，鄭成功棄守金廈，帶走了兩萬五千名臣民從金門料羅灣出兵攻打臺灣，在明鄭文獻中載被鄭成功待之以禮，「月饋銀米，遇節上啟」，魯王怎麼給留了下來。是魯王不想走，還是作為隆武帝臣子的鄭成功不願承認永曆帝敕命的魯王的監國地位？亟欲擺脫。

　　朱以海作為明太祖第十世孫，明崇禎十五年被冊封為魯王時年僅二十八歲，冊封使者還沒來得及趕到，明朝已亡。

　　魯王的命運注定了一生的漂流。兩度入閩，先是從建立政權的浙江給鄭彩接到廈門軍營作為政治號召資本，再為鄭成功迎至金門藉予穩定軍心，兩次入閩的結果都遭受被遺棄的命運，永曆十六年因哮喘病在金門鬱鬱而終。

　　可以想見，魯王在金門題下「漢影雲根」的心情異常悲切。後世的歷史布幔又刻意營造出一點戲劇效果？那個「根」字被連根拔起。迄今沒有「根」字消失的真正答案。

　　也許吧，少了那個「根」字，反而意外凸顯出與永曆所交織而出一頁南明的末世情懷。

　　魯王之於我，南明往事顯然離得太遠。是番薯田和「番薯王」把我拉到記憶的田園。

　　少年末期，母親故世。父親執意留在島鄉。我背著沉甸甸的行囊，告別了番薯田。由料羅灣而壽山，一場一五〇海浬的辭鄉之渡。

　　來到蓬萊之島的初期，每從報紙版面某個角落到看到軍聞社發佈的中共砲擊消息，又讓我飛入番薯田裡，重拾那些錢幣和砲片的記憶。給父親的信，總要提醒他，砲擊的時候千萬要記得躲入防空洞中，末了，習慣性帶一筆「家裡的番薯田收成可好？」父親託鄰人回覆的家書，千篇一律「來信已收，一切安好，勿念」，偶爾提

一段「今年寸金薯和三姐藤都有好收成,生出不少番薯王」,竟讓我狂喜莫名。

因著老邁,以及一場輕度中風造成行動的遲緩,父親才決定放棄那片廝守了三十多年的田畝。來到臺灣定居後,譜下了父子兩代之間番薯田通訊的完結篇。

父親難捨的,是逢年過節和大陸雙親的祭日,再也不能設張供桌於番薯田邊,面向來時路的故國山影遙拜一番。

換了一個水域,失落的,是番薯田,是神主牌,更是眼眸深處的鄉關。

父親內心深處,是否如同三百年前的魯王一般,也有著番薯情緒?

永曆十五年,魯王如果改變了心念,也許就跟上了明鄭遺臣再出走的船隊終老臺灣。他沒有,他長留於那座離故國比較貼近的島嶼,又持續了一年以番薯為主食的晨昏。

逾七旬的父親則是,別離番薯田和客居的島嶼後,迫於身體與環境的無奈,二度流放於遍佈「芋仔」和「番薯」糾糾結結的都市叢林,他能理解這種在番薯田所不必理解的政治?

捱到兩岸開放探親的年代,對他也不具任何意義了。因為離開大陸那一天,老家的雙親、兩個姐妹、四個弟弟皆已亡故。父親早已熄滅了歸根的火種,失落了返鄉的地圖。

父親的土地,應該是停格在島鄉那片番薯田吧。

父親的孩子,卻是跨過了臺灣海峽,飛越了太平洋,換了片新國度。換不走的,依然是來自番薯田的載重量,來自番薯王漂泊的記憶與傳說。

〈番薯王〉,1998年第11屆梁實秋文學獎散文首獎作品

高大鵬

作者簡介

　　高大鵬，祖籍山東青島，一九四九年生於臺灣基隆。畢業於臺灣大學中文系及比較文學博士班。曾任聯合文學總編輯，曾任教於國立臺北藝術大學、東吳大學，現任教於國立臺北商業大學。曾獲國家文藝獎、中山文藝獎、時報文學散文首獎及推薦獎。著作有詩集《味吉爾歌》《獨樂園》，散文集《追尋》《永遠的媽媽山》等，學術著作有《少年胡適》《唐詩新論》等。現為佳音電臺「藝文櫥窗」節目主持人。

我聽見米勒的晚鐘

　　在一家饒有古風的書肆裡，它像一扇推向遠古的窗，讓人恍見久違的永恆。西洋畫中少有氣氛那般靜穆的，難怪詩人楊喚要說：「牆上米勒的晚鐘被我的沉默敲響了。」

　　當周濂溪先生說：「水陸草木之花可愛者甚蕃……余獨愛蓮……」我總覺得他似乎有些矯枉過正了。萬紫千紅的花花世界中獨愛蓮，其他一概不入其眼，是否也太褊狹了點？

　　職此，在古今無數名畫中，我絕不敢說自己「獨愛」某家某畫，以免重蹈周夫子的「覆轍」。然而，穿過悠邈深邃的歷史長廊，的確有幾幅特別難忘的畫面──米勒的〈拾穗〉和〈晚鐘〉（晚禱）在我心中就始終不曾褪色。記得〈拾穗〉最早出現在少時所見的一本同名雜誌的封面上，少年的我恨不得俯伏在大雁的背上看盡那一望無際的整個秋天的輝煌！三十年前大半個臺北都覆蓋著金黃的稻田，打穀場上也有我們逐漸遠去的拾穗的背影，回憶是一個失落在遠方的棒球，沉靜的草叢中深埋著我童年的夢境。多年後讀到的《聖經‧舊約》裡孝女路得在麥田裡撿拾好心人特為窮苦人留下的麥粒而成就了一段好姻緣，這畫更打動我，以它素心人的溫柔！這麥田裡的愛是最美麗的啟蒙，無聲地啟示我：人與人間恆當以恩慈相待！

　　在〈拾穗〉的感動下很快我又愛上了米勒的〈晚鐘〉，在一家饒有古風的書肆裡，它像一扇推向遠古的窗，讓人恍見久違的永恆。西洋畫中少有氣氛那般靜穆的，難怪詩人楊喚要說：「牆上米勒的晚鐘被我的沉默敲響了。」自此每見畫中無邊的暮色便覺滿耳都是蕩漾的鐘聲……畫中那對夫妻就這樣地老天荒地佇立下去，在

垂首禱告中，彼此守護著永世不渝的愛的承諾。

連續兩次大戰，「文明的」歐陸殆成艾略特所稱的「荒原」，然而在滿目廢墟中這對夫婦依然虔敬地佇立著，儘管景物全非而鐘聲仍在。最是超現實大師達利畫的〈米勒晚鐘考古學之追憶〉（或譯：〈米勒晚禱的考古回憶〉），在一望無際的時空廢墟上，一對晚禱中的夫妻竟似核爆後教堂的斷垣殘壁，以一級古蹟之姿遙遙矗立在遊人的指點憑弔中，這是〈晚鐘〉的變奏，唱出伊甸的輓歌。

懷抱著伊甸的鄉愁，瞥見過天上風景的人大約不會再熱中於塵世的旅遊了！他奉獻在信仰之旅及關注窮人身上的錢，使他無心也無力參與世上的觀光旅遊了。更何況迷信「筆補造化天無功」如我者，這輩子大概不會到米勒所畫的楓丹白露或巴比松一帶去實地一遊了！不，這些花在過眼雲煙上的錢實在是應該奉獻給大地上流離失所的弟兄姐妹們的！悲憫之上有天國！見過天上風景的人還會在意地上的風光嗎？雖然，篤信藝術美於自然的我，每逢有世界名畫來臺展出，卻也一定不會缺席！

米勒、巴比松派的畫也曾來過臺北一次，還記得那幾天正值颱風過境，狂風如吠、大雨如醉！植物園裡萬千巨木無不齊聲震吼，勢如海嘯山崩。這不是看畫的天氣，而我也未見到〈拾穗〉及〈晚鐘〉的真跡，所見者仿作而已。但是在那間刻意為〈晚鐘〉開闢的幻燈室裡，我倒真切感受到達利筆下魔幻寫實的詭異氣氛。幻燈明滅下，我不但看見了〈晚鐘〉，還看見了〈米勒晚鐘考古學之追憶〉。十九世紀的信念化為二十一世紀的幻覺，永恆如斯其近也如斯其遠！風聲雨聲林木震動之聲，撼動著整個時代搖搖欲墜的信仰！我恰似擱淺在時間沙灘上的一枚海螺，在澎湃的潮聲與幽邈的鐘聲中無力地見證著千萬座沉沒的教堂正自喃喃不已……

米勒的筆下有堅實的土地，我輩眼中湧出的卻是滾滾的土石流。九二一浩劫固無論矣，百年罕見的南亞海嘯捲走萬千生靈，五

十年來僅見的暴風雪又橫掃整個神州大地，一時亂石崩雲，山飛海立，挾全球暖化以俱來的反聖嬰現象恍惚預兆了傳說中敵基督的陰影正從四面八方擴散集結——斯時有人喃喃念咒：「旋轉又旋轉著失控的大圈，獵鷹已不聽放鷹者的號令。上焉者信心喪盡，下焉者一片血腥……」九一一，摩天塔上有萬千紳士如驟雨落下！直昇機像來自深淵的幽靈機，在黑風猛雨中執行著黑天使招魂的指令。七號吹時萬墓開，滿天都是死人船！挪亞方舟僅剩一龐大殘破的骨骸，其巨影正在晚鐘與喪鐘交織聲中茫然遠去！

誠如使徒約翰在拔摩島靈視所見——末日蹄聲近，雲中四馬來！米勒若生在今日，他也將注目於啟示錄中人類命運四騎士之動向吧！白日將盡，殘陽似血，蒼茫暮色中再不見晚禱的夫婦和麥田的光輝，遍大地都是掘墓人的嘩笑，滿天空都眨著死人的眼睛。麥田化作墳場，晚鐘變成輓鐘，這是孰令致之，孰使然之？千山不語，萬水不答，但見雲端上有手持鐮刀的天使在等待收割頭顱。當審判日近，放逐遠方的浪子將匐匍回家。

風聲雨聲大風拔木之聲仍聲聲震撼著畫廊四壁，如同大洪水震撼著荒遠的方舟，望著猶自晚禱中的夫婦我的心逐漸沉澱下來。畫中斜陽已無多，人間晚晴正當惜！暴風雨聲雖大，仍不掩他們恆切的禱詞：「我們在天上的父，願你的名被尊為聖，願你的國降臨，願你的旨意行在地上如同行在天上……」這是往昔長日將盡時的「三鐘經」，晚鐘響時任誰都要放下手邊的世務低頭誦禱。它一天三次提醒人們浮生若夢，夢醒時每一個人都要對他作過的每一個夢負責！一旦無常來到，天地都將在大響聲中廢去，一切有形質的悉歸化滅，正是：幾回天上葬神仙，劫灰飛盡古今平！為此，人當學習放下，放下虛妄，活出真常。蓋自其變者觀之，你我都是飄過麥田的魅影；自其不變者觀之，你我又皆田中待拾的麥穗。天會荒地會老，拾穗者的巨影終將來到。

　　看破、放下、自在，東方哲人也如此教人。放下你尋尋覓覓的鋤，鬆開你緊抓不放的手，放下虛妄立見真常！這個道理在東方比西方看得似更透澈。因此，〈晚鐘〉雖是西畫，而真能賞識它的知音反在東方那拈花微笑澈底醒過來的眼中也未可知哩！而東聖西聖，心同理同，在這幅無言畫裡他們相視而笑，莫逆於心了！一陰一陽之謂道，畫中的夫妻早以同心的晚禱敲響了沉沒的晚鐘！

　　步出畫室，驟雨初歇，在也無風雨也無晴的驀然回首中，只覺洋溢乎天地充盈乎兩耳的全都是聽不盡的晚禱與晚鐘──鐘聲如禱，喚人早覺；鐘聲如喚，喚人早歸……

　　　　　　　　　　　　　　　刊於2008年5月7日自由時報副刊

語言文學類　PG1602　耕莘文叢04

耕莘50散文選

主　　　編 / 凌明玉
審　　　訂 / 白靈、夏婉雲、黃九思
責 任 編 輯 / 陳倚峰
圖 文 排 版 / 杜心怡、周妤靜
封 面 設 計 / 陳明城、陳德翰
封 面 完 稿 / 蔡瑋筠

發 行 人 / 宋政坤
法 律 顧 問 / 毛國樑　律師
出 版 發 行 / 財團法人耕莘文教基金會、秀威資訊科技股份有限公司
　　　　　　114台北市內湖區瑞光路76巷65號1樓
　　　　　　電話：+886-2-2796-3638　傳真：+886-2-2796-1377
　　　　　　http://www.showwe.com.tw
劃 撥 帳 號 / 19563868　戶名：秀威資訊科技股份有限公司
　　　　　　讀者服務信箱：service@showwe.com.tw
展 售 門 市 / 國家書店（松江門市）
　　　　　　104台北市中山區松江路209號1樓
　　　　　　電話：+886-2-2518-0207　傳真：+886-2-2518-0778
網 路 訂 購 / 秀威網路書店：http://www.bodbooks.com.tw
　　　　　　國家網路書店：http://www.govbooks.com.tw

2016年7月　BOD一版
定價：300元
版權所有　翻印必究
本書如有缺頁、破損或裝訂錯誤，請寄回更換

國家圖書館出版品預行編目

耕莘50散文選 / 凌明玉主編. -- 一版. -- 臺北
市：秀威資訊科技, 2016.07
　　面；　公分. -- (語言文學類 ; PG1602)
BOD版
ISBN 978-986-326-389-0(平裝)

855　　　　　　　　　　　　　105011653

讀 者 回 函 卡

感謝您購買本書，為提升服務品質，請填妥以下資料，將讀者回函卡直接寄回或傳真本公司，收到您的寶貴意見後，我們會收藏記錄及檢討，謝謝！如您需要了解本公司最新出版書目、購書優惠或企劃活動，歡迎您上網查詢或下載相關資料：http:// www.showwe.com.tw

您購買的書名：＿＿＿＿＿＿＿＿＿＿＿＿＿＿＿＿＿＿＿＿＿＿＿

出生日期：＿＿＿＿＿年＿＿＿＿＿月＿＿＿＿＿日

學歷：□高中 (含) 以下　　□大專　　□研究所 (含) 以上

職業：□製造業　□金融業　□資訊業　□軍警　□傳播業　□自由業
　　　□服務業　□公務員　□教職　　□學生　□家管　□其它＿＿＿

購書地點：□網路書店　□實體書店　□書展　□郵購　□贈閱　□其他

您從何得知本書的消息？

　　□網路書店　□實體書店　□網路搜尋　□電子報　□書訊　□雜誌

　　□傳播媒體　□親友推薦　□網站推薦　□部落格　□其他＿＿＿＿＿

您對本書的評價：（請填代號　1.非常滿意　2.滿意　3.尚可　4.再改進）

　　封面設計＿＿＿　版面編排＿＿＿　內容＿＿＿　文／譯筆＿＿＿　價格＿＿＿

讀完書後您覺得：

　　□很有收穫　□有收穫　□收穫不多　□沒收穫

對我們的建議：＿＿＿＿＿＿＿＿＿＿＿＿＿＿＿＿＿＿＿＿＿＿＿

＿＿＿＿＿＿＿＿＿＿＿＿＿＿＿＿＿＿＿＿＿＿＿＿＿＿＿＿＿＿＿

＿＿＿＿＿＿＿＿＿＿＿＿＿＿＿＿＿＿＿＿＿＿＿＿＿＿＿＿＿＿＿

＿＿＿＿＿＿＿＿＿＿＿＿＿＿＿＿＿＿＿＿＿＿＿＿＿＿＿＿＿＿＿

11466

台北市內湖區瑞光路 76 巷 65 號 1 樓

秀威資訊科技股份有限公司　　　收

BOD 數位出版事業部

....

（請沿線對折寄回，謝謝！）

姓　　名：＿＿＿＿＿＿＿＿＿　年齡：＿＿＿＿　性別：□女　□男

郵遞區號：□□□□□

地　　址：＿＿＿＿＿＿＿＿＿＿＿＿＿＿＿＿＿＿＿＿＿＿

聯絡電話：(日) ＿＿＿＿＿＿＿＿＿＿　(夜) ＿＿＿＿＿＿＿＿＿

E - m a i l：＿＿＿＿＿＿＿＿＿＿＿＿＿＿＿＿＿＿＿＿＿